六莲的爱情

◎清秋子 著

中国环境出版社·北京

图书在版编目（CIP）数据

六莲的爱情 / 清秋子著. -- 北京 : 中国环境出版社，2013.1
ISBN 978-7-5111-1259-0

Ⅰ. ①六… Ⅱ. ①清… Ⅲ. ①长篇小说－中国－当代
Ⅳ. ①I247.5

中国版本图书馆CIP数据核字(2013)第006194号

出 版 人 王新程
责任编辑 季苏园
助理编辑 刘 杨
责任校对 唐丽虹
装帧设计 金 喆

出版发行 中国环境出版社
（100062 北京市东城区广渠门内大街 16 号）
网 址：http://www.cesp.com.cn
电子邮箱：bjgl@cesp.com.cn
联系电话：010-67112765（编辑管理部）
发行热线：010-67125803，010-67113405（传真）
印 刷 北京市联华印刷厂
经 销 各地新华书店
版 次 2013 年 1 月第 1 版
印 次 2013 年 1 月第 1 次印刷
开 本 787×960
印 张 19.25
字 数 200 千字
定 价 32.80 元

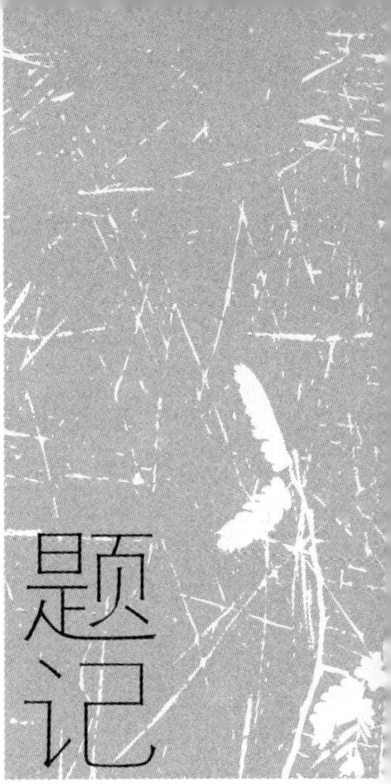

题记

我希望写一部不死的作品，能在世世代代的阅读者心里活着。我这梦，做了很久。记得当初拿起笔来胡涂乱抹的时候，还是青年。在大平原上的乡村土炕上，我读过、写过，因此我的写作，应是有一部分乡村的血缘在内。乡村多的是苦涩，但也有“日之夕矣，羊牛下来”的美妙。未曾经历的人不会知道，那也是一种无限的画意。

然而那时的种子，并未发芽长成，直至我年近花甲，才终于有了这一部描写乡村意境的小说。我所用的背景，是热带的乡村。与北方的苍然不同，椰子树下的人与物，总有鲜艳得有些刺目的亮色。至于写这部小说的灵感，或许是来自一个明亮的画面：郁郁葱葱的树下，有风，有叶子筛过的阳光，还有一个纯净的热带女孩在伫立着……为了这幅想象中的画，我想，就应该有这样一个故事。

于是，果真就有了这样一部小说。

小说里的人，不可能是完全真实的，但在我的感觉里，在写作的那些日子里，他们渐渐就都成了真实的，在呼吸着、劳碌着，有生动的喜怒哀乐。他们在葱绿的山野里，向我挥手打着招呼，令我真心地喜欢他们。我希望，人间真的能有一个这样的乡村乌托邦，能容我缓缓地走入，与劳作者们共享晨昏。

沈从文先生说，其实作品能不死，当为其中人物对个人生命有所影响。

我写的人物，已经影响了我本人，但愿也能影响到若干喜爱他们的人。我觉得，人活着，需要书，也需要有这样的人物作伴，才不会寂寞。

（图为网友根据想象所绘作者肖像速写）

目录

1. 老屋

那已经是十四年前的事了。时光真是流逝得太快了，十四年前，如今已显出疲老之相的人，那时候还正年轻着呢！那一年，白若川年纪四十还不到，忽然就闹了离婚。事情来得有些急，对方有许多不近情理之处，白若川一时想不开，这天，独自走到临海的大桥上，呆呆地望着海水，很想一抬腿，就跨出桥栏去——什么荣辱，什么得失，都一了百了吧！

就这样，两个小时过去了，耳边只有风声和车声。斜阳远远地挂在天上，很纯净，海也很纯净，海天之间，有白鸥在悠悠地飞。世界是这么好，为何路就像走到了尽头了呢？白若川在两个小时中，把几十年间的事，翻来覆去地想了个遍。就在这时，手机响了，老板心急火燎地问："你在哪儿？"白若川下意识地答道："在大桥上。"老板是什么人，什么事没见过，于是猛喝了一声："别动，你就在那儿等着！我有个急事，要和你一起去办。"讲完就挂断了电话。不到十五分钟，一辆奔驰车，山豹子一样窜到了白若川身边，猛地刹住。老板和一个马仔跳下车来，不由分说，把若川架上了车。那阵势，简直像绑架一样，惊得过往车辆连连鸣笛。

回到公司，白若川仍像丢了魂似的，不肯讲话。老板特别安排了马仔，走路吃饭，都贴身照顾着。如此过了四五天，他那直愣愣的眼神，看起来才好像活泛了一些。这事，在全公司引起了不小的轰动。白若川是老板的助理，职位令人瞩目，出了这种事，职员们私下里难免不嘁嘁喳喳。虽说离婚在当今是易事，两人到街道办事处，只需片刻工夫，便能从一桩错误的婚姻中解脱出来，但白若川是个心思细密的人，这段姻缘，错是如何错的？他一定要想个明白。

他的恋爱，在开初是何等的单纯，两人曾为共同欣赏一本书而互相倾心。但是，当走入婚姻之后，味道就渐渐变了，夫妻间为了琐事越来越频繁地争吵。他发现，不知从哪一天起，能否适应世俗趣味的变化，成了妻子唯一的价值标准。打一套齐全的家具，买一台时髦的录音机，弄到一张彩电票……便是人生重要的意义。难道说，过去自己是活在童话中？女人从未婚到婚后，就是一个加速物质化的过程？他想不明白，连带着对整个人生都想不通透了。这种离婚，是渐变中的突然断裂，好比没有预告的台风来袭，一下就把人生搅得很残破，要说心里不痛，那是没有心肝的话。

当他心情稍微平复之后，就向老板提出请假，说要去旅游。按照时下的流行说法，他是想去做“心理疗伤”。对于白若川的妻离子散，老板很同情，给他出了一个主意：“你干脆去鳖场待些日子吧。”公司在乡下有一个养鳖场，设施相当完备，在青山秀水之间，自成体系。白若川知道那地方是个世外桃源，心里就感到解脱，脱口说道："那当然好！"他谢过了老板，回到住处，当晚就收拾好了行囊，只等着上路了。

这位白助理，相貌堂堂，戴一副无框钛金架眼镜，是这个时代很标准的一个白领形象，斯文之中，还带有在商界历练出来的一种警觉。他是在海南建省时，从内地辞职南下的，在海口这地方，磕磕绊绊地闯荡至今，好歹在这家私营房地产公司里，当上了老板的助理，不过，也就是混碗饭吃。早些年，他跟老板一道打拼，风餐露宿，吃了不少的苦。后来公司的生意好了，他也跟着混好了，坐进了别墅里办公，算是养尊处优了，挨不着风吹日晒，因此面相尚嫩，说是三十岁出头，也能混得过去。

临行时老板叮嘱他，去鳖场就是散心，就是玩儿，开心就好。鳖场里的琐碎事，还是让鳖场主管小郭管着，不用他白若川负什么责任。不过，要特别留心一下鳖场的财务，盯紧了那个贼精贼精的小郭，别让那家伙在钱财上做什么手脚。若川心领神会，拍了胸脯说没问题。待到天气晴和的一天，公司的司机就开了奔驰车，把他送下了乡。

去莲塘村的那天，若川一路都在看风景，什么也没想。跑了两个多小时，汽车开进了莲塘村。猛可间，他看见了一座带有神秘感的老屋，心里便一惊，不由得坐直了起来。这样的宅子，还真是从来没见过！

整座大宅，坐落在三尺高的基座上，雄视四方，气势不凡。院子里面连廊环绕，幽深莫测，看样子，是百年的老屋了。又过了几分钟，车子戛然停住，若川这才明白，公司的养鳖场，原来与这老屋是邻居，一墙之隔，鸡犬之声相闻。不过，白若川这时可想不到——从这个绿荫蔽天的夏末开始，他本人与老屋之间，就将发生一些故事了。

2. 女孩

坐落在村子边缘的这个鳖场，在乡村里，显得很现代。围墙的四角，各有一幢值班用的岗楼，是夜间防贼用的。每个岗楼，都是一丈见方、两丈多高，岗楼的二层楼上，实际就是个住处，四面皆有窗。鳖场的湖南籍工人很幽默，一看这四个大家伙，很像当年日本兵的炮楼，就把岗楼叫做了“炮楼”，其中的一座“炮楼”，景观和朝向都比较好，小郭就派人清扫干净了，作为若川的住处。

白若川到了鳖场，对杂七杂八的事，都只看不说。日头较毒的时候，就躲在炮楼上面读书。这一日，他和工人们一道吃完了夜饭，随手朝工人撒了一圈香烟，又听他们聊了一阵子。工人们的话题，很随意，什么都聊，就是绝不聊一句工作。聊着聊着，就像有磁铁一样，转了弯儿，集中到镇上的发廊妹身上去了。若川觉得无聊，便走出了伙房。

乡间的景色，真没得说！远处的东葛岭，轮廓就像一个穿长袍的古代女子，仰面躺在那儿，起伏有致。这时候，天还没黑，正是漫天的火烧云，红透了半个天。白若川信步走出了鳖场大门，朝左边一拐，恰好就看见了神秘的邻居——那座老屋。

霞光中，老屋似有活物的神采，若川见了浑身便是一激。看那老屋，绝非一般农舍，前后三进，屋后还有外廊。样式是中西合璧，有飞檐斗拱，也有罗马柱，门楣窗棂均是雕花环绕，沧桑中透出一种早年才有的精致。

绕着老屋外墙，走到后面，若川又吃了一惊：在后廊的围栏上，正坐着一个白衣白裤的小女子。这又是什么景致？不会是《聊斋》里的幻影吧？若川抬手揉了揉眼，想看清楚。只见这小女孩，双手抱膝，正在听半导体收音机。看她年纪，也就是十七八岁样子，梳短短的马尾辫，面目清秀，皮肤白。若川早就知道，本地人当中，有的人是怎么也晒不黑的，每日大太阳底下来去，也还是白。眼前这女孩子，除了手背微黑之外，肌肤洁白如玉，讨人喜欢。这是一位村姑，看来没有错儿，可是她人不拘谨，像是见过大世面的。若川就疑心，这不会是城里的孩子吧，下乡来过暑假的？他觉得，与老屋的沧桑相比，这女孩，货真价实就是一枝鲜艳的花朵。

这个当口，收音机里，正在播放一支女声的流行歌曲。那歌词，翻来覆去的，都是“滴答滴、滴答滴”。小姑娘就跟着唱，还用光脚丫一下一下地摇荡，跟着歌曲打拍子。若川不想破坏这样美好的一幅画，就没有上前，只远远地听那小姑娘唱歌。却不料，廊上忽地就蹿出一只小黄狗来，细腰细腿，看样儿一脚就能踩扁，不过它吠起来，却无比地凶悍。黄狗朝若川大声地叫着，若川就“咄咄”地赶开它，可是无论怎样呼喝，也撵它不走。

那女孩分明也看见了若川，却只是在眼神里笑着，算是跟若川打了招呼，嘴上一刻未停地跟着广播在哼。看到若川在小狗面前慌张，她就笑，冷不防就张口问道：“阿叔，吃过饭了么？”若川怔了一怔，忙点点头，走到离女孩不远的地方蹲下来，摸出香烟来吸。小黄狗见主人与若川友善，便不再吠，也跑了过来蹲下。女孩见了，噗的一声笑了：“你这样子，怎么跟我老爸一样？难道你也是种过田的？”若川就反问：“种田的怎样？”女孩说：“做累了，就这样蹲在田头吃烟么！”若川就笑，说：“可惜，田我没有种过。”女孩说：“你那样累啵？给你这个。”说罢，从廊上递了一张竹椅下来。若川接了椅子坐下，抬头望望老屋，见那屋檐下有彩绘，是一幅南洋街景图，栩栩如生，忍不住就赞了一句：“你们家的老屋，够气派呀，祖上是有钱人？”女孩关掉收音机，瞟了一眼若川，说：“我家里呀，是农民。就算是砸锅卖铁，也盖不起这样大的房子。”若川便惊讶了：“这不是你家？”女孩说：“这房子，是一位老阿公的，全家早就去了泰国，不回来了。我们家，算是给他们守祖屋吧。”若川就说：“明白了。不过，能住这儿，也很好呀。”女孩撅起了嘴巴：“你也说好？”稍后，便恍然大悟，“哦，我想起来了……我知道你是谁。”若川笑问：“我是谁？”女孩说：“是鳖场的，白助理吧？”若川顿感诧异：“是呀，你怎么知道？”女孩顽皮地笑了：“现在呀，地球人都知道。”若川便也笑了：“那么，地球人，你知道什么？”女孩说：

“老板把白助理派来了，是来管鳖场的，对啵？小孩子还给你编了歌谣呢。”

白若川一下悟到：这小村庄里的天地，狭窄而平淡，有消息就传得快，自己来了，也算是不大不小的新闻呢，于是便说：“你说说，歌谣是怎么编的？”女孩说：“你听好啊——”随口便念了出来：

白助理，助理白，
吃面包，喝牛奶，
坐奔驰，爆轮胎，
一个跟斗栽下来。

若川听了，哈哈大笑，反驳道：“乱说啰。我哪里吃面包、喝牛奶？不要把鳖场吃垮了！我天天就吃芋头梗、空心菜。”女孩说：“人家是说你在城里。”若川就笑：“那也不该咒我呀。摔跟斗？不疼么？”女孩说：“嗯，提高警惕吧。”若川看了看女孩，说：“你蛮机灵的么，是什么文化？”女孩说：“初中。”若川便又问：“毕业有多久了？”那女孩说：“三年多了，好想再念。可惜，念不起了。”若川便鼓励道：“莫泄气，以后再念嘛。”女孩望望他，摇头道：“都十八岁了，还能念什么？”若川心便一凉，想到：命运的差别，随处都有。看这女孩，冰雪似的聪明，却上不起学，想想自家的孩子，上了好学校，还要学钢琴、补英语，这样差别有何道理，又到哪里去理论？过了一会儿，若川想起来，就问：“你叫什么？”女孩便扮了个怪相：“俺叫魏淑芬——”

若川一怔，就笑得前仰后合：“说真的呢，不要开玩笑。”女孩说：“好，不开玩笑了。我叫六莲。”若川吃惊了：“家里有六个孩子？”女孩就笑：“什么六个？要饿死我们全家么？告诉你，我就叫六莲，我家只有我一个女仔。叫六莲，是因为在六月里生。”若川就点头，调侃道：“原来是独生女，那可是宝贝了。”女孩忽然敛了笑容，低下头去，弱弱地说：“什么宝贝？反正就我一个。”

两人说话之间，天光已经暗下去，晚霞消失，夜空是一片奇异的宝蓝色。若川觉得，这个黄昏过得有趣，是因为遇到了这位小六莲。于是说：“你好聪明，书也念得好。你们这里的学校，看来不错。”六莲说：“哪里呀！破烂学校。我是在海口念过两年初中。”原来如此！这个农家女孩，果真是个见过世面的。若川觉得好奇，又打量了一下。没错，女孩有股灵气，不同寻常。

这时，庭院中响起了木屐声，有人从堂屋里走了出来。听上去，步履很重，壳托壳托的，老练而沉稳。六莲头一扬，朝里面喊了声：“阿爸！”一位老伯应声而出，来到后廊上，他手中捧着一杆竹筒水烟，正呼噜呼噜在吸。那老伯见了若川，很感意外，一下停住了。若川知道这是六莲的父亲，忙起身招呼道：“老伯！”那老伯从嘴上拿开烟筒，回了声：“哦，是鳖场的么？”六莲便抢着答道：“是白助理。”老伯便说：“原来是白助理，你坐吧。来了这里，是长住，还是短住？”若川说：“是短住，几个月还不一定。”老伯便伸手去摸墙上的开关，点亮了廊上的一盏灯，仔细又打量了一下，说：“可惜。”若川不解，又不好冒昧地问，便望着老伯，等他的下文。老伯说：“看你这样子，还算忠厚，可惜不能长住。”听老伯的话中有话，若川忙问：“请教，这话，是从何说起？”老伯在一张竹椅上坐下，摇着头道：“莫怪我说得不客气，你们鳖场，内有内的事，外有外的事，早该来个办事得力的人。”若川就问：“那郭主管，他不行么？”老伯说：“他是‘鳖王’，当然是把好手，但是管人，怕是还要你这样的来配合。”若川明白了，就说：“多谢指点了。”老伯笑笑说：“我说得逆耳了，不算数，还是你自己去看。”

老伯说的话，连同那嗓音的厚重，令若川诧异。看起来，这位老者，不像是个寻常农人。若川沉默了半天，才想起问老伯贵姓。老伯答道：“姓吴。”若川又问：“请问高寿？”吴老伯伸开五指，笑笑说：“老啰！一年老过一年，早过五十了。”若川说：“五十岁哪里就老？看身体，还很好么。”吴老伯说：“托老天的福吧。”说罢，便伸手关掉廊灯，不再做声了。一时间，三人竟都无语。

夜空下，能听见草丛的虫鸣，一阵阵就像潮水。若川抬眼看看，老伯的水烟筒，在暗夜里忽闪不止，照亮了一张苍老的脸。他感觉，这位老者，看体魄也不算雄健，却有一种内在之力，在黑暗中渐渐朝自己压迫过来。若川心里有些不安，就不想久坐了，起身向父女俩作别。六莲急忙从围栏上蹁腿下来，问道：“你认得路么？”若川说：“认得。”六莲便招呼道：“那你慢走呀。”若川转身，才走了几步，黑暗中又听得六莲在喊，他便停下来，听到六莲喊道：“我阿爸请你改天来坐，你一定来呀。”若川便应道：“好的。”

前面就是鳖场，高墙内，四处灯火辉煌。若川回头再看，老屋浸没在黑水湖一般的夜色里，只有一个窗口映出灯光。那灯光，虽不亮，却很顽强，在黑黢黢的山坳里，像一双炯炯的眼目。若川觉得，这老屋里的父女俩，很像以前在古代小说里读到的“异人”，隐居在山中，能够洞察世事。看来山乡里的人，并不愚。

走完一小段路，就进了鳖场。大门旁的小楼里，几个湖南工人正在玩扑克，大呼小叫，有人不断在喊着同一句话，听上去很像是“古德冒宁”。若川便一笑，进了院子，走上炮楼。倚在窗口上，恰好能看见老屋的那一点灯光，他眺望了很久，心想：可真是奇遇呀！在这个短短的黄昏里，忽然就闯进了一户农家的生活。

3. 众生

在鳖场里逍遥自在，这个疗伤的方法很见效。白若川二十多年没有亲近乡村了，来到乡下，只觉得上下左右都是绿，不闻噪声，只有微风拂面，心中郁闷就散去了大半。他想到了，世上离婚的原因有种种，当事者不会把责任全揽到自己身上，多半都责怪他人。他白若川不想做戚戚小人，反省了几日，那种与俗世诀别的念头没有了，也想通了，婚姻破裂的根源只一条——“道不同，不相与谋”。他知道，自己的为人过于散淡，在举世皆商的红尘中，算是异类。自己做了异类，别人无可奈何他，但老婆是身边人，要代表整个社会来逼迫他。他不愿屈从，婚姻也就只有破裂。这样想了，便无什么人可怨，打算认命了。跑到鳖场里来躲避，是忍受不了离婚后的凄凉。

小郭对若川的事有所耳闻，所以殷勤得紧，处处伺候周到。白若川来到鳖场第二天，小郭就指派了两个工人，弄了些红砖水泥，在墙角造了个茅厕，以提高鳖场的文明水准。若川见他们在忙，心里会意，知道了小郭想讨好的一番心思。小郭这人，文化未见得高，初中毕业就从湖南乡下出来混，早混成了个“精人”，懂得敬上总没有错。白若川虽不是老板，但位置在那儿摆着，老板跟前的红人，举足轻重，务必要伺候好才行。

白若川这一次，还真是给小郭带来点儿甜头。公司当月发给工人的工资，便是他顺便带来的，比应发工资日期提早了五天。小郭喜出望外，立刻造好了工资表，一刻未停，把钱哗哗哗地发了下去。公司的劳资关系，历来就是如此：早发一天工资，工人们就感激涕零；反之晚发一天，两边就成了红眼冤家。

发工资的日子，永远是劳动者的节日，鳖场这天的夜饭，吃得欢天喜地。厨工去镇上买了五花肉，烧了一锅莲藕炖肉。因工人们全都是湖南老乡，炖肉时便狠狠放了些辣子，锅盖一掀，香味溢出去有两丈多远。工人们一改往日的麻木，吃饭时都嘻哈不止，最活跃的，就要数老金了。这老金，本不姓金，因为天生的头发打卷，因而大家送他个绰号“金毛狮王”，简化以后，就称了“老金”。此刻，老金表情夸张地说：“白助理，你是大好人，你来了，我们的运气也就好了。我打工十几年，从没见过提前发工资的，今日子还是头一回。咱们那位老板，总要把钱捂得快生仔了，才肯发下来。”若川说：“老板是大忙人，忙得忘了发钱，是常有的事。大家做工辛苦，我心里有数。”老金便拉住他，热情邀请道：“晚上我们几哥子到下田镇去玩，你也去吧？松一松筋骨。”若川随口问道：“下田镇？有甚好玩的？”老金说：“有啊，‘夜巴黎’！”

这名字好堂皇！白若川听了不觉一怔。这时小郭忙插进来喝止：“瞎闹，白助理怎会去那种地方？”接着又对若川解释道，“一个破烂发廊，胡闹的。”老金不大服气，做了个怪相，说：“破是破，可有个阿娇呀。白助理你不知道，那妹子……啧啧，嫩得来！”众人便发声起哄，乱叫了起来。白若川放下筷子，笑道：“你们去，我有事。”小郭见白若川并未见怪，也就释然了，掉过头去开老金的玩笑：“你急的甚，偷吃鳖了不成？一分钟都等不得？”老金便反唇相讥：“你不急，可是昨夜又去了哪里？又做了一夜功课啵？今天你再去，怕就是个熊市了。”

饭桌上的荤话，你来我往，越发放肆起来，电灯也像比往日亮堂了许多。嘈杂中，白若川想到了一件事，便凑近小郭问：“工人的工资，够用么？”小郭胸有成竹，扳着指头说：“够了，我给你算。一个月发四百，另外还有伙食费。伙食费当然是不够，自己要贴上一点，再加上抽烟、找小姐，工资充其量花掉一半不到。余下的，寄回去养家，很不错了。”白若川半信半疑，没有作声。他看眼前的工人，忙了一天，蓬头垢面的，此刻却都欢天喜地，心里就想：鳖场的日子，单调到仅仅是活着罢了，他们倒还有心思寻开心。看来，究竟何谓幸福，众生也有他们自己的道理呢。

晚上，工人们尽数去了镇上，鳖场里顿时安静下来。鳖场的围墙下，为防盗贼，装了几盏强光灯，此刻正是大放光明，即便有小贼敢翻墙过来，也必无所遁形。白若川在今晚，还真是有正事要办。他不过才逍遥数日，以往职场上养成的习惯，就又起作用了——不肯松懈下来。老板派他来，是要做什么，他一天也没忘记。于是吃完饭，便回到炮楼，趁晚上心静，拿出小郭交来的明细账，仔细地看账。这个账目，还算清楚，并不像老板所担心的那样一塌糊涂。几遍数字核下来，若川眼睛便有些酸，打了个哈欠，感觉有困意袭上来，于是就拿了毛巾，去井台冲凉。

登上井台，打了一桶水，哗喇一声从头浇下，吃饭时的一身燥热，就全被冲掉了。冲好了凉，若川索性一丝不挂，把衣服搭在身上，步下井台。视野里，鳖场一个人也没有。他赤身露体，在潮乎乎的夜色里走，觉得这乡村，真是最自由的地方，一个人是美还是丑，全不由旁人来评价了。为了不惊扰鳖苗，他远离鳖池，走到墙边，才套上短衣短裤，寻了个干爽地方坐下来抽烟。抬眼看时，见中天上有一勾月牙儿，横在空中，缺口朝上。这又是稀奇了！若川呆望了一阵儿，有些糊涂了：海南的月牙儿，怎会是这样的？真就像歌里唱的“弯弯的小船”。

猛可地，若川看见小路上有个人，拿着一柄两尺长的大电筒，一晃一晃，到处在看。近了，才看清了，原来是小郭在巡池。小郭也看见了若川，很意外，便“啊”了一声。若川在暗中一笑：

小郭果然没去镇上，老金的话，看来是有些根据。

小郭招呼一声，便凑近了来，挨着若川坐下，向若川要了一支烟，不大熟练地夹在手上，闷闷地抽着，看样子是有意要扯点闲话。若川便先开口，问他结婚了没有。小郭嘿嘿一笑："结婚？我早就有堂客咧，再结，就是二婚了，可没有那个桃花运。"顿了顿，他又说，"地里刨不出食，又要养家糊口，不然谁能撇开老婆，跑到这地方来？"若川便问："像这晚上巡池，要巡几遍？"小郭说："起码三遍，凌晨时候，还要起来巡一次呢。"若川便叹道："好辛苦！夜巡，有什么用吗？"小郭说："有用。白日里要测水温、测 pH 值，晚上也要测。还要观察有没有病鳖。那鳖，通人性呀。若是有鳖生病了，它自己会爬上池子，在路边等着人来。"若川不禁大感新奇，想了想又问："夜巡也能防贼吧？"小郭说："防贼还是要靠值夜的人。"若川就奇怪："防贼，为何不养狗呢？"小郭便笑："狗乱叫，会吓到鳖的呀！"若川便拍了一下脑袋，自嘲无知。小郭见若川有兴趣听养鳖经，也就讲得更加活灵活现。

白若川下来之前，已向老板问清了鳖场的情况，知道小郭是湖南乡下小有名气的"鳖王"，公司聘他来，是以技术入股的，不领工资，只参加鳖场的分红。这几日，若川早把小郭揣摩了几遍，最后下了个判断，小郭没有太大问题，所以，若川不想让小郭缩头缩脑的。想到这儿，他就对小郭说："老板看人，与你我不同，就是亲兄弟他也要防一手。但我不是老板，也不是钦差大臣，你跟大伙说，该怎样还怎样，我不会为难弟兄们的。"这样一说，小郭果然高兴，打哑语似的竖竖大拇指，表示心领了。若川忽然想到，老屋父女俩的事，不妨可以问问小郭呀，于是就问：“隔壁的老屋，那位老爷子，是怎样一个人？”小郭说：“你是说隔壁那吴老倌子？说来，那可是个故事哩！”见找到了若川愿听的话题，小郭就有些兴奋起来。

4. 好汉

原来，那吴老伯并不是当地人，而是早年从广州来的一位老知青。老伯年轻时，相貌帅气得很，可不是现在这副衰老样子。岁月熬人啊，就熬在一副脸孔上。当年的“小吴”，心性很高，又爱读书，又舍得下力做农活儿。插队来这村里，不出两年，就当了生产队干部，成了知青模范。那年头能当模范，是一件荣耀无比的事，名字上了报纸广播，外乡人都以为这里出了一尊真神。那时候，他业余上台演戏，邻县的一个广州女知青跑来看演出，两人一见钟情，谈上了恋爱。小吴性情活跃，是个文艺积极分子，那女子对他，既崇拜又喜爱，死心塌地地要跟他一辈子。如果事情就到这里打住，倒还是一段佳话，谁知道造化弄人呀，后来的事，真是说不得了。

那一年，女知青的父母急着想把她活动回城，就节衣缩食，狠狠心送了一块全钢手表给生产大队书记。那大队书记很知趣，马上就把一个招工指标给了女知青。事情圆满了，临走之前女知青去向大队书记道谢。女孩子涉世不深，见人总还是有点娇羞。那大队书记原本倒还是个庄重的人，不料在孤男寡女的场合，竟一时把持不住，拉住女孩的手，半天不放，揉了好一会儿。那是什么年月？这样子搞，还了得么？女孩子受了这侵犯，感觉简直是奇耻大辱，涨红脸孔，发着抖说不出话来。后来，女孩甩开大队书记的手，骂了声“流氓”，就夺门而逃。回到知青屋里，女孩不吃不喝，躺倒拿被子掩了头哭。这一哭，事情就传开了。乡村生活单调，人们巴不得有这样的热闹事，传来传去，竟成了说不清的绯闻。

女孩悲痛得像是失了身，有人也就乐得把她看成失了身。坏事传千里，小吴没几日便得知了消息，气得七窍冒火。年轻人血气方刚，按捺不住，顶着烈日翻山越岭走了三十里，到了邻县女知青的队里，冲到那大队书记的门上。大队书记吓得浑身筛糠，想解释一下。小吴却不容分说，抄起门边一根扁担，几扁担就打跛了那人的腿杆，返身就走。因恼恨那女友面对骚扰“不够坚定”，所以，也没去探望那女孩。这冲冠一怒为红颜，彻底改变了小吴的命运。第二天一早，邻县公安局来人，一副铁铐子，铐走了小吴，审了审，就剃光了头，关了起来。

此后的事情，却变得扑朔迷离起来。小吴是本县的知青模范，就这样从巅峰跌下去，本县的领导觉得面上无光，就与邻县扯起了皮。邻县也觉得这案子棘手——双方都有过错。如果处理了小吴，怕惹起广州知青闹事；如果不处理，那打人不是白白打了？没有办法，就只有拖下去。如此一来，就苦了小吴，竟在邻县收容所吃了三年多糙米饭。正在他几近绝望的时候，整个国家天翻地覆，知青统统都可以回城了，下乡的学生仔一走而空。邻县公安局索性顺水推舟，把小吴给放了。

三年多的磨难，小吴成了一无所有的人。到如今，人人都比他的筹码多，他剩下的，只有不服输的一口气。但是，在获得自由的那一刻，小吴却感到了前所未有的惶恐——这世界，早不是昨日世界了。他是个“有污点”的人，就连街道工厂也不愿接收，将来的前途，只能是把户口迁回广州城，做个待业青年。

身份上的尴尬还好办，偏偏家里又有问题。小吴的父亲是一位教书先生，纷乱年代时迭遭打击，终究撑不住，撒手西去了，留给儿女的，只有一股耿介之气和几木箱旧书。小吴的母亲拉扯着几个孩子苦度日，住在西关多宝路一带的小巷内，只有窄屋两间。小时候，孩子睡阁楼、搭双层床，挤挤挨挨的总能过；现在子女们都大了，哪里还有小吴的容身之处？出嫁了的大姐倒是心疼小吴，可是却爱莫能助。老母偏又心疼小吴的弟弟，张罗着要腾出一间小屋给弟弟做婚房。小吴忽然悟到：如果回到广州城里，自己就是个无家可归的流浪汉了！

他辗转打听，得知了当年那位女友的情况。那女孩回到广州后，做了国营棉纺厂的女工。小吴便兴冲冲地登门去看望，想旧梦重温。可是这位广州妹子的脑子，也跟着世风变化了，当年的恩义早随风而去。她觉得自己是国营大厂的工人，身价高了，想嫁的人早不是小吴这等小巷平民了。小吴来看她，她躲着不见。这个变故，就要了命了，彻底压垮了小吴。他在过去几年中，总忘不了那女孩对他唱的歌儿：

远飞的大雁，请你快快飞哎……

这是他苦度铁窗岁月的支柱，可是如今，垮掉啰！小吴躺倒在家，两天米水未进，第三天爬起来，跟家里人说了一句："我回去了。"就拣了父亲留下的几本书，拎着行李，回了海南岛。在过海轮渡上，他把准迁证撕烂了，丢在了海里。回到生产队后，知青屋已经拆掉，小吴无处可去，只得住在生产队的牛栏里，甚是凄惶。恰好华侨老阿公的儿子从泰国回来探亲，攀谈之下，对小吴起了怜悯之心，让他搬进了老屋，把屋子托付给他看守。

那是多少年前的事了，可怜呐！从下乡那时起，三十年都快熬完了。就在这穷乡僻壤里，小吴熬成了老吴，黑头发熬成了白头发。那位造孽的大队书记，因为"摸手"丢了官帽，成了全县人的笑柄，只能去做普通农人。他跛着脚下田，活得郁闷，没有几年就死翘翘了。你看，人就是这样，几十年沧海桑田。如今的老吴，就是这样子啰……

白若川听着小郭的讲述，感觉后脊梁有寒意一阵阵上窜，心想：怪不得呀！难怪那老伯，至今仍有隐隐的威严在。想不到他老人家也有过光鲜的年华，也有过锋芒毕露的性子。失意者，从来就是从得意者中分化而来的，世上就没有永久的赢家。吴老伯当年的跌出局，谁之罪，已无法说清楚了。男女间的恩怨，对人的伤害，从来就是深到骨头里的呀。若川对吴老伯，不禁起了惺惺相惜之意。

这样想着，若川便又问小郭："后来，他就在村里娶了妻？"小郭说："哪里！那广州妹把他伤得太狠，所以他一直孤身未娶，到现在，还光棍一条呢。"若川甚感奇怪："那，六莲呢？"小郭就叹了一声："六莲呀，原本是个弃孩，十多年前老伯有一次去海口买稻种，在长途汽车站偶然拾到的，都快满岁了吧，病恹恹的。老吴把她抱回家，养活了几天，本该送去福利院了，可是看那样子，像也活不了太久，心一软，就把她当做女儿收养了。抱来六莲的日子，是六月，这日子也就成了六莲的生日。可巧邻村有个孤寡老阿婆，无依无靠。老伯索性就接了过来，一起养着，也算一家三代，灶头不冷了。几年前，阿婆下了世，好在六莲也已拉扯大了。"若川听了又是一惊，瞪大了眼睛，合不拢嘴。

小郭说完，唏嘘了一阵。若川沉默半晌，叹口气说："命由天定，人真的就是一棵草。"说罢，他抬头望望天，见有雾气弥漫开来，星月都有些迷蒙。天空很大，夜气横盘在头上，人就很渺小。若川一点儿睡意也没有，让小郭先去歇了，自己就留在水池边，抽着烟默坐。凉风吹过，空气里便有草香泛了上来，能听见水池里有鳖儿跳水的声响。不知过了多久，去镇上寻欢的工人回来了。铁门哐啷啷一阵乱响，飞出几句工人们的玩笑话，然后又归于寂静。若川的心里，忽然感到了一种从未有过的巨大悲凉。

5. 赶集

一大清早，老屋在一缕淡烟中露出轮廓，晨光照在屋檐上，满院子都亮堂堂的。老屋的后排，有一个房间，在本地风俗中被称做“小房”的，这就是村姑六莲的闺房。这日，六莲一觉醒来，发觉自己竟睡过了头！

老屋里，出奇地安静，听不见鸡鸭的嘈杂，也没有新闻广播的声音。六莲慌了，忙滚下床，隔着木窗棂朝窗外望。天哟！这光景，已经是太阳露头了。她匆匆穿好衣服，跨出卧房，喊了声“阿爸”——哪里还能喊得应人？小黄狗在大门边打盹儿，听见六莲喊，便猛地跳起来，紧紧张张踅了一圈儿，见并无异常，便又趴了下去。后堂屋的矮脚圆桌上，刚热的剩饭已经摆好，盖在了铁皮罩子下。六莲便在心里叫苦：晚了晚了，阿爸已经下田去了！

本地的农人，如今土地分包到户，比早年清闲得多了，再不会半夜里敲钟催人下田。农人们现在，虽还是天不亮就起，却是要赶到镇上去吃早茶。这个习惯，在外省人看来，有些匪夷所思——早上的第一件要务，竟然是休闲。每隔一天，这里镇上便有集市，清早五点半就开了市。一到六钟点，茶馆里就是满满当当的，都是前来赶集的农人。到了七八点钟，茶客们享受足了，便跨上摩托车、自行车、还有改装的三轮摩托——本地人称作“三脚猫”的，各自回乡下去了。回到家中，气都不喘一口，就要摸起锄头下田，赶在中午阳光猛烈之前做一阵活儿。

可是自六莲懂事起就知道，阿爸却不是这个样子。他老人家，怎么也不习惯一大清早就去坐茶店。早年间的清苦，令他至今也不能享有这个乐趣，当了几十年的老农，遵行的还是过去的老黄历。一早起来，便忙着搬柴、弄饭、喂鸡、扫院子，然后扒两口饭，就下田去。他一直相信“人勤地不懒”，习惯了劳碌就是快乐。

六莲四下里看了看，就知道，早上是阿爸不忍心叫醒她，热了昨晚的剩饭，替她做完了灶前所有的杂事。她想起，昨天晚上，自己不知为何就失眠了，枕头好像能烫人，烫得人翻来覆去的。半夜里，她眼睛盯着蚊帐顶，听着壁虎的吱吱叫声，心里一、二、三、四地往下数，直数到千百万，也还是个睡不着。这样的事，从小到大，还是第一次。

直到梳洗完毕，六莲脸上还在发烫。好在这个时节，是农闲，地里的活儿阿爸半条臂膀就做得完，不用她帮忙。再说，惭愧也没有用，阿爸提都不会再提这件事。他的这种假装看不见，其实是无言的责备。

家务，本是乡村姑娘的天职。六莲初中念完后，家境渐渐困窘了，阿爸也老了，她便死也不肯再去念，情愿留在家中，帮助阿爸料理家务。农忙时，为了少雇一个帮工，小姑娘也要下田去帮把手。平常时候，一日三餐，上集买菜，就都是六莲包下了。驶牛犁土换来的钱，对于农家，是太金贵了，一角钱也是汗水呀。六莲不敢逢集就买菜，自家腌的酸笋，后院种的豆角、芋头，都同样好下饭。至于买些海鱼、海螺回来，那可是要精打细算的。穷人家的小妹，生来就懂怎样安排生活。

六莲心神不宁地吃了早饭，屋里屋外都收拾好，就坐在院门的门槛上发呆。每天这时候，本是她最惬意的时光，把鸡鸭喂饱，赶到树林里去，然后，就可以找“闺蜜”聊天去了。但是今天，她呆坐了片刻，心一下就空了，像有什么重要的事情还没做。想来想去，忽然想到：今日不是逢集么？应该去赶集呀。

这念头来得突兀，不似往常。今日，菜不用买，日用品也不缺，想去集上买什么，全无理由。可是，她只觉像有人在催，一声声的，软软地撞着她的心。这念头一起，六莲便返回屋，掀起枕头，拿了平日攒的零用钱，跨出了门。临走时，摸摸小黄狗的头，说了声“听话”，就掩门上了路。

通往镇上的乡间公路，从杂木林里蜿蜒而过，沿着山溪伸展出去，通往另外一片天地。上路时，时候就不早了，已天光大亮，可是山间晨雾还没散尽，一点儿也不觉得热。六莲对这天气好喜欢——家乡的夏末秋初，是全年最好的季节呀。

岭上公路的景色，水一样流畅。一路上，有斑鸠在看不见的地方咕咕地叫，六莲的心里，像也有鸟在鸣叫。这个样子去赶集，倒不像是赶集了，像是在海口那时一个人去逛街。以往赶集，都有目的，或是要买肉买菜，或是把家中养的树苗拿去卖。可是今天，她什么“任务”也没有。以前去赶集，都是和村里的女伴美芬和亚娟一同去。三姐妹，就是三只布谷鸟，唧唧喳喳地吵一路。三个窈窕身影，是绿荫帷幕上的一道景色……六莲这样走着，就在心里笑自己：碰了鬼了！睡了懒觉，又没事跑来赶集，一个早上，竟做了两件破天荒的事。

走了一路，不断有摩托车、自行车和摇摇晃晃的“三脚猫”超过她。驾车的全是村里人，熟头熟脸，不分老幼都跟她打招呼。空山里，那亲热的声音，听起来像有回音，脆生生的。六莲心中高兴，答应起来也是脆生生的。有的后生仔，便停下了摩托车，讨好地邀她坐到后座上去，六莲都是一笑谢绝了。她觉得，这个早上，只属于她自己。一个人走路，就最好了。钱就攥在手心里，想买点儿什么，连她自己都不知道，可是手心里那种痒酥酥的感觉，有多好！能听到斑鸠叫，能闻到满山草木的新鲜气味，这就是过节的感觉吧？拿树枝打一下拴在路边的老牛，跳起来揪一枝山稔果来吃，这就是最开心的游戏吧？这样的好心情，是从哪里来的呢？六莲好像明白，又好像糊里糊涂。

沿着乡间公路走，走了六七里路，前头便是下田镇了。这镇子，只是乡间一个平常小镇，镇中央仅有十字街一条，却是此地唯一的热闹去处。镇子的人家不足两百户，商铺倒排开了六七十家。每逢集日，从大清早起，就是热热闹闹的一个节日，乡人从各村庄赶过来，山间道上，人车络绎。他们用草兜背了土产、禽蛋，要去卖给商家。脱手这些农产品，是为了换一点现钱到手，到收市的时候，再顺手买些菜蔬、打两张彩票回家去。

下田镇四乡的一些农人，还有个好习惯，闲来无事就在房前屋后栽些树苗，譬如木麻黄、莲雾、石榴、荔枝之类，仔细地伺候好，赶集时候就拔了树苗来卖。各村的人，也就顺手买上几株回家，种在坡上塘边。如此年复一年，满山就是绿树成荫了。农人们做这个，没有功利心，树苗也值不了几个钱，但他们认定，这就是功德无量的事。

来赶集的乡民，有的不买也不卖，但逢集必到，图的就是个兴致。在这远离都市的荒僻地，农家生活仅只有劳作，单调得像白水。电视收不到，电影更是稀罕，唯有这喧闹的集市，能让他们感受到生命的蓬勃、世界的阔大。本地的人，绝不会让大而无当的目标压垮自己，他们小心地保护好属于自己的那一份，便乐天知命了。

镇上的茶店，一早就开了茶座，从店堂内一直摆到马路边。街旁，有一株百年的山枇杷树，冠盖横出，遮天蔽日，树下就是本镇热闹的所在，高朋满座。乡人们肩扛树苗，带着清晨露水，往这里走；镇上居民拿着报纸、提着刚买的菜蔬，也往这里走。两股人流，就在这里汇合。人们隔着老远，就夸张地大声寒暄，然后坐下来，头凑着头地密谈。那些茶座，是千年不变的随意。木桌上，浸了不知有多少垢腻，杯具也多有残损，但没人在乎这个。一轮早茶，仿佛就是一次重要的仪式，有秘不可宣的使命，甚至干脆就是人生意义之所在。当年的后生仔，就是在这里坐老的，“譬如朝露，去日苦多”，但有谁会去认真清点那些逝去的日子呢？

众人在这里，喝的不过是一壶本地咖啡，吃的不过是小店做的油攒子、莲蓉包，平淡无奇，不事奢华。到这里来，只是为了找到几张熟面孔，只是喜欢置身于一种乡谊的气氛。在半日里，他们交流的，是彩票数码的组合，是谷物菜蔬的价格，是他们永远也不可能抵达的阿拉伯海湾。没有人怀疑这种交流的必要性，而恰恰因了这种碰头碰脑，镇上人与乡下人便泯去了身份界限，成了“四海之内皆兄弟也”。隔天一次的聚合，便是他们精神生活的酒酿。

此时，若有人能登上十字街商铺的二楼，推窗看去，那景象简直动人心魄——十字街的半条街，摆开了长龙似的摩托车；另半条街，则是长龙似的街边摊子，撑起红蓝黄绿的遮阳凉棚。石板路，被挤得水泄不通，沿街看去，果蔬、谷米、禽蛋、海产、饲料、日杂，无不齐备，给灰白的小镇，带来了斑斓五色。较为张扬的摊主，还放起了音响来促销，声浪喧阗，几近狂热。

这样一个充满尘嚣的小世界，曾是六莲小时候心目中的大世界。童年的苦乐，就混合在十字街雨后的泥泞里。直到在省城念了两年中学后，这个大世界，在六莲眼中才褪去了色彩。后来六莲对于这集市，甚至有些鄙视了，她不喜欢这样没有品位的杂乱。只不过，乡间只有在下田镇，才有这种市井的喧嚣，能使她联想到车水马龙的城市。今天，她不想呆在家里，就是想来逛一逛。

6. 同学

六莲一面在人群中推推搡搡地走，一面往那些摊子上打量。各种护肤品、化妆品真不少，价钱也便宜，但她疑心那多半是假货。在一个摊子上，她拿起了一瓶洗发水，犹豫半天，还是放下了。再说，直到现在，也没拿定主意要给自己买什么。那摊主是个外省汉子，见六莲迟疑，便拍着胸脯信誓旦旦："小妹啊，我还能骗你么？这怎么能假？"六莲就忍住笑，望望那汉子——你为何就不能骗我呢？那汉子又拼命地拍胸脯。你就拍吧！六莲心里更怀疑了，嘴巴一撇，走开了。

一条街走到底，只给老爸买了一包茶叶、一只暖胃用的草药袋。不大一会儿，她觉得这街上人气也太重浊啦，熏得人头昏昏的，于是便挤出人群，站在屋檐下，拉开一点儿领口来透气。心里正焦躁时，忽听得耳边有大喇叭放音乐，震得耳朵眼儿都痛。那音乐，是一把小唢呐在吹，吹得喜气洋洋的，是"哥哥在岸上走"的那个曲调儿。六莲回头一看，吓了一跳。一块大得吓人的广告板，就立在自己身后，上面印着一个大美女，跟真人一样大小。原来这是一家新开张的影楼，正在做促销。就在这时候，玻璃门打开了，出来了一个穿粉红套装的小妹，样子很时尚，一脸的浓妆，画得稍稍有些过分。浓妆小妹站在石阶上，有节奏地拍着手，一边拍，一边念念有词——是在招揽客人呢。六莲觉得这个小妹，好眼熟。仔细一看，天哪！六莲忍不住笑起来，这不是村里的美芬么？

美芬见到熟人，也欢喜得张了大嘴笑，拉住六莲的手直摇。六莲捣了她几下，嗔怪道："你这鬼头，怎的不声不响就出来打工了？"美芬忙解释说："店老板是亲戚，喊我来帮忙，只管饭，没有工资领的。"六莲不解："呀？怎么是白白干活儿？"美芬压低声音说："怕什么？做熟了手，我就去海口。"说着便把六莲拉到屋内，在沙发上坐下。六莲抬头看看，店堂四壁上，是新刷的漆，光亮得连苍蝇都站不稳。墙上挂着时髦照片，都是盛装华服，好是好，但看起来有些别扭。假设下田镇人穿上了巴黎时装，也就是那种样子。她再打量美芬，相貌其实一点儿都没变，嘴还是大，但一化妆，便不同了，成了一种硬生生的美。于是笑道："看你，漂亮多了，将来到了海口，要迷死一条街的帅哥了。"美芬就扬起眉毛，反唇相讥道："哪能跟你比，谁有你一双勾人的眼？你跑来这市上，只怕路头到路尾，个个都要回头！"说着，两人就乱捶，笑作一团。美芬把六莲引到梳妆镜前，拣了一把梳子，给她拢了拢头，说："看看吧，是不是美女？"六莲看看镜中的自己，眼睛清亮，胸脯挺起，心里不免得意。忽然间，她心里一动——知道今天该为自己买点儿什么了。

从美芬那里出来，六莲去了以前常去的百货店，买了粉扑、眉笔和口红。这些东西，以前她都有，但只用了两回，便觉得没趣儿，画给谁看呢？于是就不知丢到哪儿去了。今天，她觉得自己的人生，像是突然迈过了一个槛儿，举止仪表都要不同了，应该是个漂亮女人了，就像广告牌上的那个靓女子。为什么会有这样的感觉？她想不清缘由。东西买齐之后，意犹未尽，她又左挑右选，买了一只颜色俏俏的绿发卡，这才满足了。从百货店出来，一不留神，迎面又碰上一个熟人——阎槐树。六莲在心里就不免嘀咕：下田镇，真是小得很哪！

阎槐树是六莲在镇中学读初一时候的同学，比六莲大两届。他念初三，六莲才念初一。这位后生仔，是个文艺积极分子，学校那时候搞会演，曾辅导过六莲演节目，所以跟六莲也算比较熟。槐树的爸爸老阎，是镇上的干部，因为贪吃，把酒楼当做了自家厨灶，每日呼朋引类，吃起来没完，又只打欠条不给钱，所以口碑不大好，农人们都叫他“阎王爷”，连累了儿子在学校也很孤立。不知是不是由于这个原因，槐树初中毕业，就辍了学，听说去外面打工了。后来六莲到海口去借读，就再也没见过他。

槐树这名字，取得有点儿怪，是因为出生那会儿，父母觉得他命贱，担心他活不长，就按本地风俗，用了“寄名”的法子来取名。这寄名，可以寄附给一棵树、一口井、一条河或者一块石头，总之是天长日久也不死的那种，图个长命百岁的意头。他家门外，有一株黄槐树，枝叶繁盛，这就是阎槐树的“图腾”了。取名槐树，是希冀着，日后家族血脉要旺盛，不要凋零。不过，等到老阎升到镇上当干部以后，阎家就红火了起来，槐树的命，跟着也就不贱了。

多年不见，槐树的变化很不小，从一个倜傥少年，变成了一位小绅士——头发梳得齐齐整整，唇上生了点儿短胡须，就只是脸上的白净一如既往，可见并没做什么苦活儿。撞见了六莲，他先是一惊，辨认了片刻，才又一喜，伸出手来像是要握手，但一犹豫，却又缩了回去。

六莲见了他，当然也高兴，可是刚寒暄了几句，槐树不知为何脸就红了。六莲急着要回家，见他没什么要紧的话说，便要走。槐树忙说："等等！"一只手便在自己衣袋里乱掏，掏来掏去，最后掏出一张名片来，递给了六莲。六莲看了看，哦呀，原来槐树果然有了小小的"成功"，在镇上开了一间五金店，名片上的头衔是"经理"。这下六莲吃惊了，心想小帅哥也能做得了这个？嘴里便"啧啧"了两声，算是恭喜了。槐树赧红着脸说："毕了业，才懂老同学的亲，你要常和我联系才好。"六莲心说：联系什么？我家里能叫做五金的，大概就是一口锅了。但嘴上却只说："你如今是经理了，我还是一个农村人，矮狗就不趴高灶啦！"槐树就笑，也不言语，只盯着六莲看，一副很怜惜的样子。六莲觉得不大对头，连忙告辞："不聊了，我要回去做饭。"两人就道了再见。六莲走出去好远，回头一看，见槐树还在当街呆立，朝这个方向望着呢，便在心中哂笑："这人！"不觉就起了轻蔑心，把手里那张名片揉成一团，一松手，丢掉了。

六莲赶这个集，赶得心满意足，回家的脚步便格外轻快。一路上，唱起当红歌星李玟的歌子，更觉得诸事顺遂。半路上，瞥场主管小郭骑着摩托，从后面赶上来，招呼着要搭她一程。六莲应了，侧身坐上后座，一边就开玩笑地问："郭主管，养鳖辛苦呀，去买催肥素了么？"小郭说："哪里？我去不是为鳖，是为了人。天热，我怕白助理胃口不大好，去买一点海甘鱼，加上油泼辣子烧，好下饭。"

哦？想不到，他是这样突如其来地提到白助理！六莲心头一阵砰砰乱跳，白……这个人，他的眼睛，是那样清澈。以前，她从没见过人的眼睛会那样清澈。六莲便朦朦胧胧意识到，今天忽发奇想要来赶这个集，是跟昨晚见到的白助理有关。是的，肯定有关——在他面前，自己绝不能像个没见过世面的村里人。

摩托驶下了岭，远远地就看见了鳖场。此刻，也许那人……就在那一排白房子里吧？六莲的心里，不禁涌起了一股温情，又想唱个什么歌子来给自己听，这样，才像是能与此时的心情相配。可是过了一会儿，她又恨恨地想：为什么昨晚初次见到那人时，自己竟会是那么随随便便的，太傻了呀！

7. 村官

吴老伯的老屋前，有一口五亩方圆的莲塘。入夏，便有荷花亭亭而立。风一吹过，半塘的圆圆荷叶，像浪头那样起伏翻滚，看了让人心情好。这样的一口塘，清清之水是从何处来的？原来，这村子里，有一条横贯全村的青石渠，引来了附近的山泉水，蜿蜒入塘，这就是不竭的活水了。即使是在旱年里，这口塘，也绝不会见底。莲塘村，就是因这口塘而得名。这地方，便是吴老伯的安身之处。从他下乡的那年起，斗转星移，快三十年过去了，莲塘村的这方水土、它的物候与人情，像是融进了老伯的血脉，让他心如止水，不急不躁。

葳蕤的草木，把老屋与整个村子隔了开来。平素偶然也有邻人前来走动，吴老伯却是不大进村，村中若有公事或开会，就打发六莲去。天长日久，他与邻人既无纷争，也不亲密，可谓各不相扰。

这天夜饭之前，六莲在灶房忙碌。吴老伯走下后廊，抬头望望日影，见时候还早，便先吃了一阵水烟过瘾，然后在屋前的平场上坐下，趁着光线还好，拿了削好的竹篾，编起畚箕来。这编竹器的手艺活儿，是他早年间向农人们学的，多年也不弃。小黄狗起初还在他身边跳，后来见有一只蝴蝶飞落，就顽皮了，一边扑蝶，一边追到了后园去。不大工夫，又跑回来，一声声地急吠。吴老伯抬了头，见浓荫夹道的村路上，有人赤着膊、披着白衬衫走了过来，木屐声噗托噗托地响，不紧不慢。平日到老伯家来的客人不多，一看那身形，就知道来人是队长霍半火。

霍姓是村中大姓，明朝时曾有一祖先，官居礼部侍郎。数百年来，霍家人丁繁衍，仅莲塘这一村，就有十余户。霍半火刚落生时，他的老父偷偷请人算过，说这个仔，命是好命，只遗憾命中缺一点点“火”，于是老父就为他取名“半火”。但“霍半火”这三个字，喊起来拗嘴，喊不顺。渐渐地，在村民嘴上就缩略成了“霍半”。莲塘是个自然村，散散落落，人家有三十户还多，前些年，民选了霍半来管事，那正式官称，是叫村民小组长，服从村委会的调遣。不过，农人们对于“组长”这官衔，不大感冒，觉得不够威风，就仍按当年的习惯，唤做“队长”。这队长，怕是天底下最小的官了，基本上是尽义务，但毕竟有一份荣耀在，倘若是贪利之徒，还能得到些不能摆到台面上的好处。

霍队长叼着烟慢慢走来，吴老伯并未起身，手里活计也没停，只招呼了一声坐，又高声唤六莲沏茶来。这位霍半，三十五六年纪，脸孔黑瘦，样子虽鲁钝，眼神里却有一股狡黠，一看便知是在外面闯荡过的。喝完茶，霍半咂咂嘴，赞了一句：“好茶！”便单刀直入，说起了正事，“我来，是为收香蕉的事。”吴老伯不觉停住了手，有些疑惑：“我田里种的蕉，不是还早么？”霍半就笑了，说：“是东北客商让我带话来。”吴老伯便拿眼睛盯住了他。

霍半所说的东北客商，其实并不是东北人，而是县上一个水果批发商，专门做本岛往大连的长途贩运，每年为了收香蕉，经常到莲塘这儿走一走。农人们对他，都有些敬佩，因为他敢去那冰天雪地的北方，也不怕冷死，于是索性就叫了他“东北客商”。霍半说：“东北客商年年来收蕉，这生意在，人情也就在。你明年，就不要把蕉给别人了，他那边，定会好好关照你。”吴老伯低下头，继续编篾，忙了一会儿才说：“霍半，你是来做说客的？”霍半笑着说：“就算是吧。”老伯便说：“我们农民，靠天吃饭，香蕉价钱一年一变化，要是跌到两三角钱，他又怎样关照？”霍半像是很有同感，叹口气道：“是啊，收成再好，卖不起价钱也是不行，喂猪都无人要。我们农民呀，不好活，十赌九死。”吴老伯就放下活计，抄起水烟筒来吃烟，一面说：“你是什么人，也配这样说？你总是好活的，给那个东北客商，牵了不知有多少红线？他少不了要酬劳你。不然，你一个队长，怎会给老板当起了马仔？”霍半听了，便有些急：“不能那样说！我这小拇指的队长，只屁大的权力，可是总有事情要去管。两公婆吵架，不能不劝吧？政府开会，不能不去吧？单是这摩托车油钱，都赔不起！几十块钱的补贴，两包烟钱都不够，若不小小地弄一点，难道让我吃白水煮青菜？”说罢，他摸出一包“红塔山”香烟，拈出一支来，放在鼻孔底下嗅。老伯看看他说：“我看你，是做了皇帝，还想成仙。这小小地弄一点，就够我们吃饱肚子了。看你，吸的什么烟？用的什么手机？住的又是什么屋？何必又喊穷！”霍半说：“伯爹，你开玩笑啰，我算什么哟？伯爹当年风光的时候，我还是个光屁股仔哩。你那时候，才是真正的风光。我现在这个队长，上有领导，下有乡亲，东边也是佛，西边也是佛，全都惹不得。什么官儿？不就是个‘三夹板’么。”老伯一笑。说：“你这就不老实啰，做了这队长，还不知足么？难道不是‘鸡肥脚也香’？看看你一族的人，都跟着沾了光，哪个不是包的好田好塘？”霍半说：“哪里！朝廷还有三门穷亲哩，我们霍家，也有穷的。”老伯大笑道：“原来你也知道。穷亲戚，你就要多帮忙么，不要独吞。”霍半便说："急不得，这要分阶段。我一个人，生不出三头六臂来。"说完他打个哈哈，就作势要走，"好了，不说了。今日这事，算是给你打过招呼了。"吴老伯便起身送客，笑道："你就是心急，煮虾都等不得红。我看，每年怎样，先就怎样吧。"

霍半正要走，忽然想起了一件事，遂敛起了笑容，咳嗽一下说："你家积欠的乡统筹、村提留，还有修路捐款，已经一千多了。如何弄？要想个办法。眼下各村经费紧张，镇上刚开过了会，最近就要清理积欠。"吴老伯便冷笑道："你们这些人，只想要钱！给国家交税，我没意见，可这杂七杂八的提留，是拿去给村委会用的，这又是什么道理？那村委，整日开着摩托四处转，为我们做了甚？你自己说，乡下，何苦养那么多官？没有鸡叫，不也照样天明？"霍半说："话不要那么说，毕竟是要管一个村的，难都难死了。村干部，也是要吃饭的啰。"吴老伯就问："工作？什么工作？一年招待都要吃掉十五万？"霍半连忙摇手："不提那个！镇政府要收的钱，总还是要交的。"老伯说："交是可以，但要慢慢来，不要着急。你也不是不知，农民屁股朝天，在土里能刨出多少钱来？若要一下子交清，哪就该我吃白水煮菜了。"霍半皱起眉说："伯爹，你就是一个拖，我拿你老人家没办法，但是，钱可不是装进我口袋里的，莫要搞得镇上派工作组来，脸面上，就不大好看了。"吴老伯神色一变，狠狠剜了霍半一眼："工作组？让他来么。钱没有，有命一条。"霍半见话头不对，忙缓和了口气，说："伯爹误会啰，误会。哪里就会强来？我们这里，出过娘子军的，谁还敢耍蛮？"想了想又说，"欠就欠吧，拖一年算一年。可是镇上最近有规定，欠款户，就不能打结婚证，年轻人结婚生了仔，也是黑户口……你家的女仔六莲，有几年也要嫁人了啵？”吴老伯就淡淡地说：“车到山前，必有路吧。”霍半呆了一呆，叹口气说：“镇里要你们交，你们偏又不交。农村里这个事情，懊恼人呀。”说罢抖抖衣服，就要走。

六莲在廊上，望见队长要走，便起身打招呼。霍半回头望望，打趣了一句：“噢哟！六莲，你是越发漂亮了。改日我做介绍，给镇长去当儿媳。”六莲脸一红，便回嘴道：“我不要！镇长儿子，留给你自家女仔吧。”霍半哈哈大笑，说：“我那女仔？还没有猫仔大。等到养大了，镇长也早下台了。我老霍，没那个福气呀。”说罢，哼着小调扬长而去。六莲关上门，鼻子哼了一声：“坐着牛屎，还不晓得臭。”老伯就笑：“死女仔，莫要这样子不饶人么。”六莲就做个鬼脸：“阿爸，我是你教出来的。”

8. 野老

吴老伯不知在哪年得了一个体会：人生的适意不适意，就在每天黄昏的心情上。乡村的黄昏，有炊烟味，最悠闲自在了。活儿干完了，牛羊也回来了，小仔们叽叽喳喳，浑身筋骨可以完全放松。老伯望着树林后霍半的背影，觉得这人一来，就扫了这个黄昏的兴。再坐下之后，只觉得腰酸背痛，忙叫六莲过来帮忙。他让六莲捏了一会儿肩膀，感觉好多了，便对六莲说："俗话说，五十肩、六十腿。这半年来，肩膀越来越受不住力了，你老爸呀，是眼看就要熄火倒灶了。"六莲就急了："阿爸，好好的么，哪里就能说老？再说，还有我在么。"老伯摇摇头，说："女儿家，总要远走高飞的，我拉不住你。"六莲就说："再怎样远走高飞，也要养老爸的呀。"

这样的对话，在父女间不知进行过多少次了，差不多成为了一种仪式。吴老伯当然知道女儿必会这样说，但他还是愿一遍遍地听到这样的承诺，多少遍也不够，像是有一种人间至福，就隐蔽在这样的家常话中。老伯满足地笑笑，说："侬真是懂事了，知道将来要为阿爸养老。阿爸苦了半辈子，老来也无什么奢望，有一口粗茶淡饭就可。侬呀，我们家穷，还是要俭省些，以后赶集，就不要给我买东西了。"六莲听了，就撒娇道："买了你就用么。侬孝敬阿爸的，就是不一样嘛。"听到这话，吴老伯心里一暖，看看六莲乖巧的样子，便说："其实我做田，不需要你帮多少忙，你书没读够，不甘心，我也知道。不然……明年你再去海口读个中专，也不迟啵？"六莲便撇了撇嘴："老爸，你真是不懂外面的事，现在要念个学校，知道要多少钱么？"吴老伯皱起眉来想想，也就无话。六莲又说："阿爸，我们一起种田，不好吗？"吴老伯说："可你总归……"话刚出口，又迟疑了一下，便突然缄口不说了。

吃罢饭，老伯坐在廊下乘凉。农历六月渐尽，天气已不大有雨，日落后暑热顿消。莲塘里的青蛙也喜欢清凉，叫得欢天喜地。坐在后廊上，隐约可闻六莲在灶房里刷锅洗碗，哼着《快乐老家》的歌子——是啊，这老屋，就是家，是他后半生的命运所系。吴老伯在心里叹着：想不到，这辈子真就做了这荒村野老。

他在年轻时喜好读书，古今中外的书籍，只顾杂览，仅是唐诗就背了百几十首。最忘不了的唐诗，就是“把酒话桑麻”、“穷巷牛羊归”那一类句子。不曾想，那样的蓑笠翁生涯，今朝都到了眼前来。年轻时候，他曾把人生设想了一千种可能，却没想到竟是这样的结局。记得那时意气正盛，觉得人活着是带有一种使命的，心里装的东西大而无当。那些事，如今已不能再回想了，活了半辈子，他悟到的只是一个“真理”——人生就如同李白磨针，但不是像少年李白那样要磨得尖利，而是要磨得圆钝。何时把心头的不平之气磨钝了，也就告了个圆满。

坐在廊下，耳听小儿女无邪的歌声，吴老伯心中感慨。想想时光也太快，自从返回海南乡村，二十多年一晃而过。这其间，父母相继过世，兄弟姊妹都疏远了。珠江河、上下九、多宝路、沙面街……那些老广州的草草木木，早成了儿时遥远的记忆。只有在这莲塘村，才有他的一个栖身之处。

记得那年在海口长途汽车站，一位神色凄惶的小妇人，认定他是个善心人，把六莲塞给他，托他照管片刻。之后，便一去不复返。可怜那包裹中的婴孩，尚未满岁的模样儿，又病着，像个睁不开眼的孱弱猫仔。他心里一软，就把女仔收养下来了，并无什么特别了不得的动机。如今的六莲，已出落得水灵灵地，能担得起家务，懂得嘘寒问暖，纵不是自己的血脉，不也是至真至淳的天伦之乐么？他常想，天道还算仁厚吧，才给了自己这样的补偿。这小女子的亲情，抵得过真正的血缘了。

老吴阅历多了，知道“情”字就是一个悲悯心。他也曾把当年接来供养的阿婆，当做至亲的老母。阿婆是民国时乐会县那边的人，日本兵占了海南岛那时候，一次因歹人挟嫌报复，谎称有“抗日分子”，鬼子便发了淫威，围住阿婆的村，烧死村民和过路者四百余口，老幼一个不留。阿婆那时还是个姑娘，为躲日本兵，正藏在野外树林里，全村人里才侥幸活下来她一人。眼看村里烈焰腾起，哭声震天，阿婆想冲回去救亲人，却又不敢，受了大惊吓。后来就有些疯癫，从此四处漂流，做些杂活儿，一直也未嫁。最后，流落到了莲塘的邻村住下。老吴到这里插队那年，阿婆的年纪也不过才五十几，脸孔却一如老树枯皮。她单门独户，一人煮饭一人吃，甚是孤苦。老吴那时就心有不忍，却无力援手，只能常跑去帮老人担水。

那年老吴抱回六莲后，觉得自己有的是力气做活儿，就决定把阿婆也接来，一人变成三人，穷则穷矣，总还是胜过孤身冷灶。没过几年，农村起了大变化，处处在闹分田。海南岛地处僻远，大概是全国最后分田到户的地方之一，那晚上听到了广播，老吴想，终于能有了自家的田了，可以自由地种谷种菜，这不就是梦么？一老一少，也可以跟着自己享福了。至于一家能分多少田，自己该种些什么，各种多少，就这样空想着，也够让人陶醉的，他竟为此兴奋得一夜没睡。当然，他想不到，后来也有后来的问题。农人们的命，是注定了的，总要苦早苦晚地做才行……

吴老伯手抚着肩膀，叹息一声，又想起了几天之前认识的白助理。从那后生仔身上，他看到了自己曾有过的书生意气，那是一种从未受过大折损的安泰与自信。当年如果没有那场变故，他老吴，十之八九会像那后生一样，做个书生。迈出大学门之后，或是从政，或是教书，或是做商贾，混到现在，无论如何是个体面之人了。谁能说得清楚：人在年轻时的那几步，为何就会走错呢？而且错得无法挽回！

他那时候看古书，知道人之际遇，有“仓中鼠”和“厕中鼠”的分野，原以为是志向不同所致。可是他年轻时，志向不可谓不高，最终却折了翼，可见运势还是比人强。到得知天命之年，他终于懂得了：天命确乎不可违——他之生，就是要为一个女人而跌倒，然后再送走一个女人、养大一个女人。生命是女人所孕育，他这都是为了还报吧。人间的恩与怨，他都尝了个饱，算不得什么“失败”，眼前龙眼树下的日月，不是很安泰么？

想到此，吴老伯胸中，似又涌出年轻时的豪气，觉得那深蓝色的夜空，益发高远，连自己也仿佛高大起来。于是起了身，回屋里去翻找，找出了珍藏多年的一柄竹笛，用布拭净了，贴了一块纸片做笛膜儿，坐在廊下吹了起来。那曲调是古老的《苏武牧羊》，听起来，苍凉到了人的骨髓里。这时，六莲已从灶前过来，伏在栏杆上以手支颐，朝屋前的池塘痴痴地望着。吴老伯看着女儿，不由得两眼润湿，英雄气顿时化做一腔柔情。一霎时，笛里关山，绵延万里，有多少沧桑，都在这个夜里荡漾开来……

9. 小贼

坐落在莲塘村一角的鳖场，显然是乡间的一个异数。它院子里办公兼住宿的小楼，还有那院墙边的炮楼，都粉刷成了白色。这颜色，洁净到了有些刺目，与村中的黑墙瓦屋相邻，色调很犯冲，仿佛是故意在扬显霸气。鳖场与村庄，就这么对峙着、相望着，代表着两种群类。村民平常不大到这儿来，在他们眼中，鳖场就是城市，是城市的一只脚伸到农家门口来了。戴斗笠的农人走过，都情不自禁注视它；在饭桌上，也把它墙内的风吹草动当做谈资，可谓敬而远之。

白若川来到此地不久，便遭遇了一场突然事件，领略了人们在吃饭问题上的不相容。乡人们也不都是淳朴之辈，草野里有些小人物，要向城市的腿脚挑战了。

那天半夜里，白若川熄了灯，正在半睡半醒间，忽听得院子里鼓噪起来。这是从未没有过的异响，惊人心魄。白若川十分机警，忙打起精神，披了衣，跑下炮楼去看。原来是几个偷鳖的小贼，刚翻墙过来，恰被巡夜的老金发现。老金发了威，追上去当场便擒住一个。等到若川到了小楼，工人们正在审那小贼。老金赤了膊，翘着二郎腿坐在椅上，手拿一根粗柴棍，正凶巴巴地问：“这团鱼王八，也是你们吃的？”那小贼，是下田镇上的烂仔，一个作奸犯科之人，骨瘦如柴，见老金面相不善，吓得浑身筛糠：“小弟不敢！偷鳖，就是想换点钱。”老金愤然道：“老子不知流多少坨子汗，才能赚得两个毛毛钱，你还来老子嘴里夺食，是皮子痒了啵？”随着一声喝问，他抡起柴棍，砰地一声敲响桌脚。小贼被唬得腿一软，连声求饶。老金用木棒杵杵地面，阴沉着脸问：“想喝辣椒水么？”小贼说：“哥哟，我吃不来辣椒。”老金又问：“听说过老虎凳么？”小贼说：“没听说过，是……花梨木的么？”老金接连发出两个威胁，竟然全部失效，让人又气又笑，遂板起脸来喝问：“混账！我问你，认不认识派出所所长？”小贼不由浑身一抖：“黄所长？认识认识。”老金便仰头笑道：“他老黄，须得认我做师傅！来，先让老子剐一剐你这身贼皮。”小贼见熬不过这一关，便杀猪似的叫起来：“当哥的呀，我上有八十老母……”老金跳将起来，暴怒道：“小仔，你怎会有八十老母？欠打！”

在昏黄的灯光下，鳖场诸人的面目，在若川看来，都有些凶煞。他忽然想到，小时跟父母去杭州游玩，在灵隐寺看有名的十八罗汉，也都是这副奇异脸相。那时他就想，罗汉们的神态，古时工匠们是对应着凡间的什么人塑成的呢？后来才渐渐懂了——唯有生之烦愁，才可能磨砺出如此狰狞的相貌来。

再看看身材单薄的小贼，若川又有些不忍，见老金几乎要动手了，忙上前拦住。回头便叫小郭：“还是绑了，送派出所吧。”小郭面露犹疑，说：“送派出所？充其量罚款放人，回头他们又来偷。黄所长那里，我们倒欠下一个人情。我看，还是打一顿算了。”若川沉吟片刻，摇头道：“打不行！你为公司赚了钱，老板会认账。你为公司打伤了人，那老板可就难得认账了。还是我来处理吧。”他返身回屋，叫老金起身，自己坐下，一指那小贼，问道：“你知错吗？”小贼连忙点头，眼睛抡了一抡，见老金这煞星，居然也乖乖听这白面书生的话，知道今朝躲过了一劫，便面露侥幸。若川接着就说：“你们这伙贼，在别处可以逞能，在这里就不见得行。听好，今天放走了你，以后就不要再来。莫怪我今天没跟你讲，我们弄你们，是杀鸡用牛刀……”后面的话，若川吞下了故意不说。屋内的气氛，一下就凝重起来。小郭和工人，环立在若川身后，虎视眈眈。那小贼被吓到了，脸色如纸，低下头去，浑身瑟瑟地抖。若川便一拍桌子：“放了！”老金喊了一声，将小贼扭到了院门口，揪着耳朵，又训了几句，便放了。回得屋来，老金问道：“助理，你有什么法子，能让他们不来？”若川做个鬼脸，说：“我没法子，除非这鳖场关门。吓吓他们，他们总会少来几次。”老金拍拍额头，故作恍然大悟状：“哦呀，空城计。”引得众人爆笑。

深夜的一回“捉放曹”，令工人们兴奋，便无人肯去再睡，都聚到伙房里议论。老金模仿着小贼，浑身筛糠，乐不可支。笑过了一场之后，不免又觉得遗憾，老金埋怨道：“白助理，你是菩萨心肠。今日便宜了那贼。他们那些鸟人，既然没得手，就不会甘休。只你那一句话，我看吓不住。还不如依了郭主管，打他个皮开肉烂。不打，他不知马王爷几只眼！”若川听了，没有说话，只是闷闷地靠在窗口吸烟。

嘈杂了半夜，工人们又张罗着煮夜宵吃，算是犒劳自己。各人一碗素面下肚，打个饱嗝，瞌睡虫便爬上了眼皮。有那两三人起了身，准备上楼去歇息。若川混迹在这群人里，觉得与草莽的阶层打交道，也不容易，真好比《三国演义》里的斗智。

这样一想，脑海中便忽然一闪，忙把小郭叫来，嘱咐了几句。小郭闻言，面容郑重起来，马上集合了众人听白助理布置。若川对工人们说：“刚才老金说的，很有道理，看来我是低估了这些小贼。兵不厌诈，太讲礼义是不行，我们今晚，还是要防他们一手。”大家一听，面面相觑。唯有老金陡地起了精神，高声道：“助理你发个话，可不可以往死里捶的？只要公司肯担当，卸掉他一条腿，我也是敢的。”小郭便喝斥了一句：“毛躁什么？先听布置么！”若川立刻表明了态度，不容置疑：“公司什么也不可能担当，法律上的事，当不得儿戏。打死打伤小贼，都要自己去坐监。所以，只能把他们吓跑。”随即，众人备好各色武器，将那菜刀、铁锹、柴棍、锁链、锤头，尽数搜罗到手。若川命众人潜伏于院门之内，把所有电灯熄灭，只留大铁门上一盏孤灯。铁门并不上锁，只虚掩便是。小郭看了，便很担心：“他们能再来么？”若川问道：“看过《三国演义》么？”小郭说：“小人书看过。”若川便微微一笑：

“以后找大书来看吧，我们今晚是‘战宛城’呢，要关门打狗。”

待场内电灯一熄，登时伸手不见五指。人们这里那里，都屏息而伏，只待着贼人上钩。捱了个把小时，果然有几个黑影悄悄溜近。一人在前，用手推推门，见无动静，便斗着胆子钻进来，后面数人，鱼贯而入。众小贼见鳖场一片岑寂，个个踊跃，以为此番必定得手。贼子们的身手也确乎了得，弯腰疾行，直奔鳖池而去。刚蹿出几步，只听得黑暗中小郭发一声喊，满场电灯骤然雪亮。“狗贼，哪里跑！”老金头发蓬松，状如狂狮，舞着菜刀一跃而起。众工人刀棍齐举，呐喊着便冲了上去。小郭趁机踢了一脚摩托车，防盗器猛可地就吱吱乱叫，深夜里刺人耳鼓。小贼们哪见过这种阵势，早唬得魂飞魄散，掉头便逃，将带来的麻袋、水桶、刀具、绳索撒了一地。

“死定了呀！”众贼发一声哀嚎，跌跌撞撞，蜂拥着挤出门去，有那跑得慢的，身上早挨了砖头无数，到了门外，立即往黑漆漆的四野里跑散了。工人们争相追出，在暗夜中叫骂了一阵，也就不再追了。小郭看着满院的战利品，心满意足地大笑。待把贼人散落的物件收拣毕了，若川便吩咐仍将电灯熄掉，锁好铁门，只留一人照常值夜，其余人放心去睡。老金担心小贼还会再来。若川却说：“你放心，半个月内，我打保票不会有事。”然后又对小郭说，“黄所长那里，打点一下是免不了的，贼终究还是怕官家。若单靠我们自己，怕是折腾不起。”老金尚有余勇可贾，发牢骚道：“打又不让打，追又不让追，气闷得很！”若川说：“算了，他们也是为一口饭。”老金便把菜刀插在砧板上，恨恨有声：

“我该发善心啵？我还想替他妹子备好嫁妆哩！”若川就有些恼。小郭连忙喝了一声：“都去睡觉！”

鳖场重归寂静后，若川躺在炮楼床铺上，忽然感到力气全无。他体会到了，草根阶层的存活，很疲累。他们的郁闷，在于最简单的欲望满足不了。跟老金这样的人讲善心如何如何，是过于奢侈了，还是把鳖场弄得更兴旺些，才是解脱之道吧。

若川的判断果然不错，这一夜真就平安无事。众人对白助理的料事如神大为敬服，接连几日，饭桌上，都张冠李戴地扯起了《三国演义》。没几日，小郭去了趟镇上，请黄所长吃饭。在包厢内，小郭先把事情说了，又不动声色地将一封红包递上。那黄所长对这份“孝敬”，倒也看得平常，犹豫了一下，觉得不收仿佛就见外了似的，便放入了公文包中。酒酣耳热时，黄所长脸孔涨红，一双张飞似的环眼精光四射，拍着小郭肩膀说：“区区几个小贼，我心里有数，一定帮你们搞掂。只是，以后不要事急了才来抱佛脚。”事情到此，也就告了一个段落，草贼们果然没敢再来。

10 · 古村

被贼们搅了半夜，若川便没睡好。次日天大亮以后，小郭在炮楼下喊吃早餐，若川大声说：“不吃了！”随即蒙了头又睡。等到回笼觉再醒来，仍是不想起身，随手就把枕边一本书拿了过来看。不知看了多久，忽然觉得口干，就伸手去取窗台上的茶杯。拿到手，才知是空的，又去寻装凉开水的大口杯，不料也是空的。无奈，只好起床。他伸个懒腰，爬起来，哼出一句古诗：“大梦谁先觉？平生我自知。”心里就笑，在这鳖场，怎么也跳不出《三国演义》了！

太阳早就当头，工人们已经忙碌多时了，若川觉得心里惭愧，忙走下炮楼，去井台上洗漱。洗完，便从桶中舀了一杯水来喝。仰头正要喝下去，一个工人看见，忙劝止说：“这井水可喝不得，小心得病。”若川迟疑一下，只得去伙房打开水。走到伙房门，见小郭正蹲在门槛上按计算器，心无旁骛的样子。

见是助理来了，小郭满脸堆笑地问早，又见若川手中拿着大口杯，就说：“电热壶今早烧坏了，已经打发人去买，怕是要等一等。”若川自嘲了一句：“今天好像诸事不宜？”遂拣了个板凳坐下，看小郭算账。过了一会儿，猛然想起来，前几日曾看过鳖场的账，记得上月刚买过一把新壶，于是就问：“不是刚买过水壶么？”小郭朝地上啐了一口，说：“那砍脑壳的老金，今早烧水，只顾跟马寡妇调情。骚包！忘乎所以了，水烧干了都不知道，壶就这样烧坏了。”若川眉头不由皱了一下。他长期在私企打工，知道老板在办公费上不愿多花钱，职员们若是自己不带笔，就写不了字，公司连圆珠笔都不备一根。久而久之，他受了熏陶，也看不惯职员大手大脚，当下便不大高兴：“十几天就烧坏一把壶？这老金，太没规矩了！”想了想又说，“新买的壶，不要在账上报销，从他工资里面扣。”小郭闻言，面有难色。若川见他支吾，就说：“老金穷，我替他出。”说着便要掏钱包。小郭连忙拦住：“那怎么可以？就按你说的办吧。”

若川气稍平了些，摸出烟来，默默抽了一会儿，便问：“那马寡妇，是什么人？”小郭说：“一个鱼贩子，给我们包送鳖饲料的。”若川听了，便哂笑道：“这个老金，找妓倒也罢了，怎么又和寡妇有了勾搭？”小郭说：“其实也不是什么寡妇，有老公的，那女人叫马花芹，名字怪怪的，是芹菜的那个芹，从江西乡下过来闯荡，从海边贩些杂鱼到这里卖。这一带各村的鳖场，都是她供应饲料。”若川不大明白了：“有老公，怎么又叫人家寡妇？”小郭暧昧地一笑：“她那个老公，不大行，不懂赚钱，近年连那房中功夫大约也不行了。马花芹总爱对人讲，她是守了活寡。说来说去，众人就叫了她马寡妇。女人嘴上虽没遮拦，人倒是实在的。”若川听了，便不再追究，叮嘱道：“莫以为天高皇帝远，老板的脾性，你也知道，多花一分钱，他都肉痛。他的心，比妇人还细。”小郭听了，不禁吐了吐舌头。聊了一会儿，去买水壶的人还没回来，若川不想再等，问清了小卖部在何处，就自己去村里买矿泉水。

在村路上走了一会儿，若川就觉眼前景致不凡，实为生平所未见。只见村落清幽，掩在绿天绿地中。头顶的树冠，浓密得好似大块的绿色云团，低低地压下来，密不透风。过去看内陆的植物，都是一副退缩忍让的模样，这里不同，植物简直是汪洋恣肆，无顾忌地扩展着生存空间。那些圆圆的阔叶、长长的羽叶，都吸足了水分，艳绿而肥硕。

若川还是第一次仔细打量这村野，觉得真有卧龙岗的那种古意。莲塘村里面的小路，一概都是青色麻石铺成，蜿蜒如肠，在树荫下绕来绕去。往四处张看，见农户都是矮矮的青堂瓦舍，墙壁的砖石，是用火山石打磨成的，黑得像被火燎过。半人高的院墙，也是由火山石垒成。整个屋舍的灰黑，就像农人被骄阳晒出的肤色，天生便有沧桑感。若川看到，这里那里，总有人一大早就躺在树间的吊床上养神，心里就叹：这里的农民也真够懒的！唯一显出竞争性的，是农户窗前的瓜棚豆架，那一篷篷的绿色，生机旺盛，像野火往四面窜去，一直蔓延到窗子底下。

路越走，也就越宽了，一路上的景，如入了洞天福地，屋子都在树中。不远处的空场上，有三座古老建筑，一座是祖神庙、一座是宗族祠堂，此外还有一座高耸的石牌坊，都是些几百年的遗物了，被风雨侵蚀得乌黑斑驳。若川走到石牌坊近前，仰了头看去，见横楣上依稀有四个大字“侍郎故里”，字几乎被青苔遮完。再读柱旁石碑上的铭文，心里便是一惊——原来那位当了朝廷侍郎的霍氏先人，小时家贫，竟是在村里当过放牛娃的。

若川在石牌下呆了半晌，暗自咂舌。这小村，真个是藏龙卧虎之地！转而又想到，侍郎是京官，即便在当今，也是让羡慕的，可是当年的丰碑，就这样被青苔给掩盖了，一副颓败的样子。难道人奔竞一世，归入尘土，所余下的就是这几块石头？若不是站在这样的旧物面前，真难以想象当年的繁华。可见，在场面上，为争一时的高低而苦恼，实在是太不值。抚摸着石牌的残柱，他告诫自己：今后在鳖场，一定要低调，不做张扬的事，要记住自己是来“疗伤”的，不要硬充主子。

11. 江湖

白若川一路寻着古趣，不觉就走到了村子的另一边。前面是一株老榕树，主干上生出十几条分蘖，扎入泥土，繁衍开去，居然长成了一片树林，是名副其实的“独木成林”了。老榕垂下来“气根”，飘飘而动，活像关云长的美髯。那老榕树下，就是小卖部。

走近小卖部，就听有人喧嚷。有一男一女，正在吵架，老少乡人密密地围了一圈。若川上前询问围观者，才知围在核心内的两位主角，一个是队长霍半，另一个便是大名鼎鼎的马寡妇。霍队长披着白褂子，耳朵上夹了根烟，正说着狠话：“你一个闯海来的妇道，想拆我的庙，那就要当心。”那马寡妇年纪约有三十几许，头发向后挽个髻儿，看得出在时尚方面并不落后。她不为霍半的气势所压倒，高声道：“现在是市场经济，我是愿卖，人家愿买。你小小一个村官，管得了么？”霍半说：“任你什么经济，也要讲规矩，不能就这样抢别人的买卖啵？”马寡妇不服，质问道：“市场么，就是竞争，怎么叫做抢？”霍半被顶撞得恼火，指着马寡妇鼻子嚷道：“像你这样损人利己的，从没有见过！你就不想积一点德？”马寡妇便露出讥诮之色：“哦呀，你霍队长好，不损人利己，莫非你是靠喝清水过日子的？”霍半当下大怒：“呸脚！你个八婆，信不信我叫联防队来绑了你？”那马寡妇便顿了一下脚，也高声道：“皇帝老爷哟，光天化日下，一个绿豆大的官，就敢绑架人么？”霍半说：“捣乱市场，就绑你！”马寡妇轻蔑一笑：“你当我是窦娥，冤了就知道哭？你敢绑，我就不敢报警么？”霍半道：“做梦，除非局长是你公爹！”那马寡妇就跳起来：“哦？不得了啦，要绑民女呀！”此时围观的乡人中有听不下去的，便走出来三五个，为霍半帮腔。看样子，都是霍氏一族的，几条臂膀乱挥，指着马寡妇大骂。乱哄哄地嚷了十几分钟，又有几个旁姓妇女出来，死命拉着马寡妇走开了。

吵架一结束，围观的人也就散了。霍半犹自愤愤，点了支烟在那里吸。偶一抬头，看见若川，便打了个招呼。若川一怔，连忙回应。霍半朝他递了支烟，说：“吃烟吃烟，你是白助理？”若川点头说是，霍半便显出亲热来，握住若川的手，用力摇晃：“来不及拜访哟！你看我这队长，风雨来风雨去的，整天是烂事。”若川知道眼前这位是土地公，怠慢不得，于是便客气道：“应该是我去看你的。我们鳖场的事，有劳你了。”霍半笑笑说：“你们来，我欢迎。像这个妇道这样，迎接她的就只有猎枪，是啵？”

若川不好贸然介入两方矛盾，便故意把话岔开去，虚让了一下：“改天，还要请队长吃饭。”霍半摆手道：“吃饭倒不用，记得我的好就行。你们那鳖场，我也是出过大力的，平日你们狠命用水、乱排污水，村民很有意见，是我一个人在压住。先前你们的饲料供应商，也是我介绍的，却让那马寡妇给撬掉了，可恨啵？那以后，鳖场的事，我也懒得过问了。听人说昨晚来了小贼？那群烂仔，不就是镇上‘黑七’一伙人么，我若早说一句话，他们必不会来。”若川听了，心里没底，不知霍半所言是真是假，却听霍半又说：“你看，我不过是屁大个官，只有服务的份儿，那妇道偏就说我霸道，这冤枉不冤枉？”若川随口打个哈哈，说：“队长辛苦，事事要亲自插手，还要被人骂，我今天眼见为实。”霍半听了这番恭维，心内很受用，便绽出满面笑容，说：“我就想要这‘理解万岁’。你们公司，我也知道，是大牌，我对你们一贯是真心的。你想，鳖场若是在我地盘上搞好了，你们能亏待我么？”若川听了，这才领教了霍半的口才，简直是滴水不漏，便只好虚应道：“当然不会。当初在这儿办鳖场，听说我们老板也是钱一捆捆地朝你手里塞。人在江湖么，就不能太小气。”霍半说：“白助理，你是刚下乡来，有所不知。这农村，离不开我这类人的。那些村民，镇政府说他们不听，我一说他们就听。”若川便说：“我明白，你这就是秤砣了，四两拨千斤。”霍半便哈哈大笑，说：“我这样的人，过去叫什么，是开明绅士吧？嗬嗬……”

如此海阔天空地扯了一会儿，见天已近午，霍半便道了个别，趿着木屐，噗托噗托地走了。若川被他这一搅，心里就有些不痛快，想想竟有半日没喝上水了，喉咙已在冒火，便急急地转身，一头钻进小卖部。可是，小卖部里偏就没有矿泉水卖，皆因乡人认为花钱买白水喝是荒谬之极，因此店里只有可口可乐卖。若川嘀咕了一声“搞怪”，只好买了一瓶可乐，在石凳上坐下来喝。

小店的对面，是个旷场。每天傍晚时分，此处就是乡人们乘凉和聊天的地方，但在白天却不大有人来。眼下围观吵架的人散了，只有几个村童在耍闹。小孩子们见白若川一人独坐，就停止了嬉戏，远远地望着，拍手齐声唱道：“白助理，助理白；吃面包，喝牛奶……”若川知道他们是故意调皮，也不恼，向小店老板买了一包椰子糖，朝众小孩招招手。村童们奔过来接了糖，一阵雀跃，拿去各个分了，剥开便吃。闹了一阵，忽地又散开了。不大一会儿，只听他们在树丛中又拍手在唱，不过，内容已经改了——

白助理，有糖吃，
做学问，当老师。

老师好，吃个饱，

不劳动，不起早。

若川听了，心中一跳，像是被人揭破了疮疤一样，于是便摇头苦笑。

小卖部的柜台上，有一台老式的彩电，正放着歌曲节目，但看不清，屏幕上只一片密密雪花，勉强能看到人影在动。村童的嬉闹声，渐渐远了，榕树下的阴凉里，能体会出近午时分的一种慵懒，若川一屁股坐下来，就不想再动。

他这时，想起了自己的命运。在公司里做得久了，总觉得有耐受不住的疲惫。想想看，快四十的人了，老板一来，立刻就要起立，做一副洗耳恭听的样子，活活是旧时代的听差。人格上低矮不说，发财也是无望的，还不如未下海之前坐机关那样从容。

俗众都是追潮流的，当年举世皆狂，商潮汹涌，不下海就好似落伍了一般。若川本来在机关坐得好好的，忽然也嫌“单位人”的一辈子一眼就能看到底，如此庸碌一生，实在太亏了，于是动了心。当时也有人劝阻他，说报春的鸟儿，都没有好结局的，做人要比潮流慢上五六年，才可能是最后的受益者。但若川终究还是定力不够，没能把持得住，随了流俗。先前因为错过了深圳，懊悔不迭，等到海南建省办特区的消息传来，就怕错过了这村再无这店，于是鼓动老婆，双双辞了公职，跑来大南方，赶上了一趟末班车。

可是，人算不如天算，海南的房地产热，才热了没几年，就猛然退潮，把“蒙查查”跑来弄潮的无数小人物，统统撂在了沙滩上。泡沫破灭的那几年，日子难捱，退路已是没有的了，即便有，当初风风光光地南下，此时也再无脸面折返回去，只有在岛上干挺着。到如今买不起房，买不起车，连坐公交车都要东张西望，怕遇见熟人羞煞。再看当年的老同学、老同事，那时稳了那么一稳，在老家没动窝儿，到如今，宝马香车的都风光了起来，更是把若川比得暗淡无光。

好在后来海南总算缓过了一口气，日子稍微有所松活，只可惜韶光已逝，他若川再不是刚过而立之年的牛犊了。几年中，公司里二十几岁的一茬少年，都渐渐逼了上来，那种项庄舞剑的威胁，已指到了自己鼻子尖上。若川明白，老板就是再赏识自己，也不过再有六七年的好光景，之后怎样？真是渺茫得很。

若川觉得，这世界，真是越来越陌生了。商界对他来说，就好比是泥沼，前面纵然有金山银山，也无法跨过去。好日子么，从来不是为他准备的，想靠劳劳碌碌发财，好比指望煮熟的稻谷能发芽，眼见得无望。若想学老板的样子，去江湖上玩空手道，那也不行。自己是本分人，哪怕拿一分钱，都要讲个来路。一提到使黑钱、赚黑钱，心里先就虚了。所以今生今世，活着只为糊口，做什么“成功者”，想也不要想了。

听村童们的歌谣渐渐远去，若川忽然想起了那个黄昏，想起了村姑六莲。就是那个声音清亮的小女子，头一次把村童的歌谣念给他听。那黄昏里脆脆的声音，似乎还在耳边，让人心里熨帖。还有那座老屋、那水烟的亮光、那乖巧黄狗……都让人心里安宁。

偌大世界，到处充满了焦虑，唯有在这小村里，能看到清清爽爽的一个笑容。若川想，哪天真要找个时间，再去老屋看看才对。想到这儿，六莲清脆的声音，又在近身处响起，眼前像有一塘盛开的白莲，正摇曳得欢……若川渐渐想入了神，脱口说出了两个字：“六莲！”

12. 心事

农历六月末梢，在本地常会有连日的艳阳天，是农人做活儿的好季节。吴老伯一早就下了田，去伺候坪地上那几亩香蕉园，六莲照旧留在家里做杂活儿。她屋前屋后地走动，像个当家的主妇，手脚一刻也不停。农人的家务杂活，粗粝中也带着些情趣，六莲从小做惯了，觉得这就是过日子的本底，并不以为琐碎。她先用剁烂煮熟的番薯，把笼中的鸡鸭喂了，放它们去树下自己觅食。接着，又从柴捆中挑出粗树枝来，劈成尺长的柴棍，在房山下整整齐齐堆好。

六莲劈柴，用的是一柄很大的伐木斧，这东西，还是当年阿爸当知青时的旧物。往常黄昏乘凉时，不论六莲愿不愿意听，阿爸总爱摇着蒲扇，讲一讲古。他说起，早那个年代的下乡学生，

年龄最大者，也不比六莲现在大多少，中学都还没读完，就懵里懵懂被赶到乡下。城里少年，不知乡下是甚样子，还以为是《西游记》里的那幅景象，遍地是史前洪荒呢。下乡前，阿爸他们一群学生仔，凑钱去五金行买了这柄斧，想着要来劈山开路。自然，到后来弄明白了是笑话，不过这斧子倒也派上了用场。

这钢斧，是当年罕有的波兰进口货，经过特殊淬火，表面有一层“烤蓝”，太阳底下一照，有蓝幽幽的光，令人爱不释手。砍柴劈木，是一件很顺手的利器，用了三十年光景，钢火仍不退，六莲今日里用着，还是顺手得很。邻家有个后生仔——哥苗，对这柄斧子很欣赏，每次见六莲劈柴，都要呆立在院墙外，看上一小会儿。

劈完了柴，六莲便搬了小凳，到门前场子边坐下。春日里打下的早稻谷子，有一点儿潮，此时正摊开来晾。谷子亮亮的黄，小风无声地吹，门旁的几株鸡蛋花，也都静日生香。六莲一面轰赶着馋嘴的鸡苗，一面就悄悄想自己的心事。刚才干活儿时，小黄狗一直很老实，只是蹲在那里看。现在六莲一闲下来，它就有了精神，蹿上六莲的膝头，闭目张嘴，做出一副讨好的样子。突然，小狗机警地嗅了嗅，跳下地去，朝远处连声吠叫——是有人来了。几株番石榴树遮住的小路上，远远响起一阵木屐声，是哥苗扛着他用泡沫塑料块做的独木舟，又要下鱼塘去了。这位哥苗，其实小仔们应该称他“苗哥”的，但按本地习惯，对兄长一类人物，就是这样颠倒过来叫的。

哥苗年纪有二十八九了，因父亲老病，家境便赤贫，至今还没有讨上老婆。他很绝望，想到整日种稻谷，怕是到老死也发不起来，于是前些年去了外面打工。不过，打工打了没有多久，就又静悄悄地回了村来，还是务农。什么原因回来，乡人们也不甚清楚，总之是流年不利吧。

前年年底，哥苗狠了狠心，从信用社贷了小额贷款，向村委会交了抵押金，把一片别人不愿承包的大塘，包了下来养鱼。包鱼塘是个发财的捷径，撒下鱼苗，等鱼够了斤两，就捞起来去镇上卖，好的时候日进斗金。哥苗因为经验不足，鱼儿长得慢，收入还不丰厚，但总要强过种田许多。眼下他正为赚够结婚聘礼钱而奋斗，天天忙得不知钟点几何。为了攒起八千块钱的礼钱，可怜他吃了好多年的白水煮菜，人永远是黄黄瘦瘦的。六莲看见他，只觉得太可怜——如今的年轻仔，哪个不是天天去镇上吃茶、打桌球、飙摩托、搓麻将，晚上唱卡拉 OK 到月偏西？小仔们只在农忙时，在家里伸手帮一下忙，谁也不会像哥苗那样，牛一般地做活，年纪轻轻，额上就起了老翁似的几条皱纹。

哥苗从树叶缝隙中看见六莲，就停下来问："今年莲米熟了，怎不见你去大塘里玩？"六莲答道："没有心思去。"哥苗就故意问："你心思在哪里呢？"六莲答不出，便低头去摩挲小黄狗，片刻工夫才抬头，把眼睛亮亮地一睁说："想早点去做新娘子，免得人家心焦！"哥苗听了，知道是讽刺，却只闷闷地笑，并不当真："贼女仔，说这样的话，我要去告诉伯爹！"六莲故意做了个害怕样子，接着就嘻嘻地笑。

开这样尖刻的玩笑，瞧着哥苗讷讷地脸红，六莲并不以为有什么冒犯，反而很开心——这个好人，是不会真生气的。玩笑开过了，她又问：“最近鱼养得好么？”哥苗便叹口气说：“比去年还差啰。”六莲诧异，便问：“为什么呐？”哥苗说：“这个塘，地势低，不然怎么无人愿意承包？田里农药哪、化肥哪、污水哪，最后还不是都渗到塘里去，把塘水都糟蹋了，鱼怎能养好！”六莲就有些急：“那怎么办？”哥苗掩饰不住沮丧，摇摇头说：“人衰了，出门都要踩牛屎。”六莲就鼓励他说：“莫灰心么，你去找霍队长，换个塘！”哥苗说：“找他？破庙里哪有好和尚？忍了算了。”六莲便有些愤然：“他们霍家，包的都是好塘，吃掉一锅汤，连骨头都不给人留。”哥苗说：“那是没得法哟，人家生下来，就是满手好牌。”六莲发愁地说：“塘不好，那不是要一直穷？”哥苗就苦笑道：“穷，穷死了算！”六莲便又问：“你为何不在外面打工，要跑回来？在外面闯，总强过在村里刨食啵？”哥苗脸色骤变，摆了一下手，说：“妈的，打死也不打工了！”说完就踢踢踏踏地走了，小院又恢复了刚才的寂静。六莲看着哥苗的背影，心里生出怜悯来，摇了摇头。此时日头已经当顶，阳光有些毒。晒过的新谷，味道香得直冲鼻子。六莲起身，把谷子统统翻了一遍。再坐下时，后背就已经湿透了。

接连这几日，六莲觉得自己心思飘飘的，稳定不下来，像有人在一面塘水上投了石子，密密的涟漪抖个没完。投石的人，她知道，就是那个白助理。六莲从小长到大，还是头一次跟城里的男人如此亲近地说话。阿爸年轻时虽然也是城里的仔，但岁月已把他磨成老农了，除了能讲古，其余都是地道的农人习气。白助理就不同，他简直就是从书上走下来的，衣装合体、干净新鲜，上面还有股刚刚洗涤过的清香味。他那言谈之中的文气，把城市里最高雅的气息，带到了六莲面前来。

十七年来，六莲在山村里长大，原先她头脑里对城市的概念，就是县城。县城不过才六七条街，却能够令她很向往了。到了上初中的时候，大姑——阿爸的大姐，到海口来做了两年的大排档生意，抽空到莲塘村看望了弟弟。姐弟重逢，不胜悲慨，大姐觉得自己欠弟弟的很多，便提出要让六莲到海口去读中学，学费由她负担。就这样，六莲到了海口，交钱进了一所中学借读，吃住都与大姑在一起。她像城里孩子一样，进入了一个开明、理智而又有希望的环境。她想，人一定要知恩图报，所以无论每天写完作业有多晚，都要去大姑的摊子上帮忙，收钱、端盘子、清扫垃圾。这样明暗交替的生活，不知为何，总能给人以极大的激情。六莲的生活，从此起了颠覆似的变化。只可惜，才读了两年，大姑的生意就渐渐淡了，终于要回广州去了。六莲有一万个舍不得，也只好回乡下。继续读书的事，就此成了梦。告别之前，她只有一个心愿：哪怕在城里多上一天课，也好，就多一天！

这是怎样的一种失去——就连教室里洁净的窗帘，从今以后，也可望不可即了！一连几个晚上，六莲用被子蒙着头，强忍住哭泣……十四岁的那个暑假，于她已没有了往常的意义，她与班上要好的姐妹们告别，脸孔上是带着微笑的，仿佛只是去参加一次夏令营。离开学校后，她又帮大姑忙了半个月，直至收摊歇业。

村姑六莲，是经过淬炼的，不会那么轻易就颓丧。在海口的这两年里，她觉得自己经历了脱胎换骨，因为亲近了城市，懂得了城里人。

海口并不大，但在这座海岛上，已经足够大了。它让六莲懂得了，城市这东西不是具体的，譬如海口、广州、北京、上海之间，其实并无不同，它们就是一个浑然一体的东西，光鲜热闹，在大地上占有着一块很小的地方，却能傲视所有的山河大野。在城里读书，六莲渐渐喜欢上了城市的人——他们文明，不猥琐，就算是发脾气，也有一种气魄。他们想事情，能够深入一层，眼光也阔大。当然，最初与周遭的冲撞是有的，那时在班级里，六莲觉得自己太孤立。但她是聪明的，知道自卑并没有什么好处，所以从一开始，就故意忽略自己与城里同学的差异。集体郊游的时候，六莲不好意思让大姑给自己买旅游鞋，就那么穿着日常的鞋子去玩了，绝不折磨自己的心灵。不管是旁人诧异的目光，还是周围尖刻的语言，她都不在乎。她不在乎，人们也就失去了嘲讽的兴趣。当然，六莲后来是付出了成倍努力的。她知道，怨恨没有用，要争得平等，就要努力往文明的那一边走。

少年的心灵，还是容易彼此融洽的，六莲很快得到了同学的认可。当大姑终于察觉到了自己的疏忽，给六莲买了一双旅游鞋之后，周末六莲和同学们一起去逛火山口公园，就不会有人能辨出她是来自乡村的孩子了。在这两年里，六莲懂得了乡村的可怜到底是在哪里，也懂了城市才是活着的一个基准。当她回到莲塘村以后，就再也不能过那种望着天碌碌无为的生活了。

村里的小姐妹中，只有亚娟去过海口，这就使得六莲对亚娟更有一种尊重。她们俩先后去过的那个省会大城，有一百个下田镇那么大——这完全超出了乡人的想象力。因此，六莲和亚娟，就共同珍藏起了一份幸福感。她们知道这世界可能有多大，也知道真正的生活应该是如何的样子。亚娟曾经从城里带了些过期的时尚杂志回来，六莲借来看过，那些文字与彩图，是大都市生活的蓝本，每一页上都闪耀着光芒。她一页页地仔细看，看到了摩天轮、电视塔、双层巴士、步行街、哈根达斯店……虽然眼下海口还没有这些，但她已经能够想象出身临其境的感觉。所有的大都市，都是一样的，都是把各种豪华的文明无限地叠加上去。而六莲的天性，就喜欢那种辽阔感。

前几日，白助理在老屋的后园出现，六莲忽然又像回到了初中时代。白助理，就是海口大街上人群中的一个，挺拔、精干、和蔼，又那么地与众不同——太不同了呀，让六莲的心都有些痛了。大约在十岁时，阿爸就告诉了她身世的秘密。阿爸的叙述，有一些细节，就是命运神秘的伏线。阿爸说，那位可怜的母亲，年纪很轻，从车站外面进来，就四处张看。她穿着得体，仪态不俗，不像是下面县里来的。六莲便在心里认定：自己的根，就在那遥远的海口。不过在早先，她并不把自己的城市血缘当回事，那时候小，还没有什么想法。自己的家，不就是在莲塘村吗？到海口读了两年初中后，潜藏在她生命深处的东西，被唤醒了——她没有母亲；她的母亲，就是城市。眼下出现的白助理，就像是跟她的母亲系有血缘联结的一个人。六莲自十岁起想象中的母系家族，从来就是像这样文明的一类人。

白助理……他为什么要出现？他为谁而出现？烈日下的六莲心猿意马，在院门走进走出，终于放弃了手边的活儿，跑进卧室去，找出了赶集时买的化妆品，带在身上，去了亚娟家。小姑娘六莲心里有话，要去找人说。

13. 女友

亚娟的家境，在村中应属中上。她哥哥在镇里的地下赌场当保安，拿的月薪不低，因而家中过得宽裕。亚娟已有好几年腿杆不沾泥了，乃是真正的“待字闺中”。她这会儿，正躺在两株莲雾树间的吊床上，一下下地摇荡着，听着收音机。六莲想：这个死女仔，现在就会享受了，将来一辈子，大概也是享受的命。

她的家，是典型的农家小院，栽满了各式热带果树，诸如龙眼、菠萝蜜、荔枝、番石榴之类，一走近，就像有香气四溢。树叶子在风中喇喇作响，收音机里正在讲歌星谢霆锋的事。

六莲走上前，“嗨”地招呼了一声。亚娟被吓了一跳，梦醒似的跳下棕绳吊床。见是六莲，就禁不住的欣喜，忙把六莲拉到院子里的石凳上坐下，两人叽叽咕咕地聊开来。亚娟见六莲神采焕发，便问：“有好事么？”六莲说：“什么好事？天天在田里忙，哪像你，只享福。”亚娟听了，矜持地一笑。六莲便拿出化妆品，央求道：“帮忙指点一下吧，现在流行的是什么样式，免得我惹人笑话。”亚娟很惊奇：“你想知道这个，还说没好事？肯定有什么秘密了。”六莲摇头否认：“哪里有？想到了，就来问你么。”亚娟撇嘴道：“哼，你就瞒我吧。”

亚娟果然内行，从屋里取来镜子，边讲，边在六莲脸上演示：腮红如何打，下唇如何画，眉又怎样，眼又怎样……三下两下，镜中的一张脸就灵动了起来。六莲捧着镜子端详，有些陶醉。“佛靠金装，人靠衫穿”，真是这样呀——这镜中人，是我么？她觉得自己与那个叫做“城市”的遥远世界，距离像是又近了些。

欣赏够了以后，又依依不舍把妆洗掉，两人嘻嘻哈哈了一阵儿，六莲就问：“你天天这么闲，物色到可以嫁的男朋友没有？”亚娟便很不屑，说：“这地方，哪里有？不是懒汉，就是哥苗那样的穷人。”六莲笑道：“是想嫁镇上人吧？”亚娟说：“镇上人也不嫁，要嫁，就嫁给城里人。”六莲听了，像被子弹击中，心中轰的一下，有什么东西爆裂了，忙问：“为什么？”亚娟斩钉截铁地说：“人在世上，就一回，我不想将来做烧饭婆。”六莲笑着捶她：“懒虫，想去哪里死？嫁到城里，也是要烧饭的呀。”亚娟瞥了六莲一眼，奇怪她的迟钝：“你在海口读书，那是什么年月了？知道现在城里有身份的女人，是怎样生活的么？穿什么衣？背什么包？擦什么香水？”六莲连连摇头，亚娟便说：“只两个字，极品。”六莲就问：“怎样讲呢？”亚娟说：“就说穿的衣服吧，城里女人已经是……咳呀，什么都敢露半边啦。”六莲皱皱眉：“说得难听。”亚娟就认真起来：“是真的，我们落后了多少年呀。”六莲迟疑道：“嫁给城里人，也要碰上中意的，才可以吧……”亚娟并不理会，忽然发问道：“我问你，是感情重要，还是面包重要？”六莲一下反应不过来：“面包？”亚娟就说：“对，什么是面包？男人就是面包，吃的！我们女人呢，就是那个……刀，总要找个合适的下手，比方说，嫁给一位大老板。”六莲的脸猛然涨红：“死女仔，我不是来听你说这个的。”亚娟做个鬼脸，刮了一下六莲的鼻头：“还想什么哩？没有米落锅了，快些磨刀啵！”

六莲不做声了，仰头望着天上的浮云，想着心事。亚娟提出的这个问题，是她从来没想过的。她留恋那个繁华世界，想再去，想永远不再离开。可是，要去那里长期落脚，将有怎样的路可以走？她的确不敢认真想。亚娟说的话，让她震动，可若要她想出来个究竟来，一时也办不到。

从亚娟家里出来，已到了中午煮饭时间，熟悉的炊烟味道，在小村里弥漫开来。鸡鸭在路边咕咕地叫，树丛里有大小狗儿出没，这莲塘村啊，真像是要万年不变呢！这样想着，忽见前面石板路上，有个人的摩托车熄了火，正蹲在那里检查。走近前去看，才认出是鳌场的郭主管。

六莲这几日，凡见到鳌场的人，感觉都很亲。她忙打个招呼，凑过去看。郭主管没顾得抬头，鼻尖冒着汗，忙着检查车子。六莲突然就问：“你们那个白助理，在公司里是很大的官吗？”小郭说：“是的哟，比副总还要厉害。”六莲又问：“他家在哪里住？”小郭说：“在海口啊。”六莲眼睛不转地问：“你去过他家？”小郭在路边拽了把草，擦擦油污的手，抬起头来说：“嗬嗬，我可高攀不起，倒是在公司见过他老婆和孩子。”六莲心里便不由一沉：“噢——”小郭接着说道：“白助理那老婆，是个大文化人，电视台的，比白助理还要有文化，见了我们，话都不讲的。”六莲惊讶了：“不会的啵？比白助理还要有文化？”小郭肯定道：“是啊，大家都这么说。”他终于把摩托发动起来了，遂招呼六莲，“走，带你一程。”六莲却转身走开了，只甩下硬生生的一句：“不用。”小郭望着她，怔了一怔，弄不清这女娃怎么突然就冷了脸，遂摇摇头，径自骑车走了。

近午的阳光晒在六莲胳膊上，像野菠萝的锯齿叶刺入皮肉，痛到了心尖。村路旁的景物，被热辣辣的阳光照着，像都变得丑陋起来。这个小村啊，为何千年万年都是不变的？六莲感觉嘴里很苦，非常苦。这是怎么啦？这是为什么？她强忍着马上要掉下的眼泪，觉得全世界都欺骗了她。可是走到家门口的时候，又想——并没有谁欺骗她，这就是命吧，是自己想得太多了。到家了，小姑娘心里乱得没有了章法，看一眼家门里黑洞洞的堂屋，忽然平生第一次打心眼里不愿跨进去。那一瞬，她头一扭，热泪最终还是落了下来。

14 商人

夏末的太阳，只顾在天上放肆，把远远近近的田土，蒸出了一层白茫茫的雾气。上午，吴老伯赤膊在香蕉园里做了小半天。他常年劳作，背脊晒得黝黑，阳光一照，凸起的肌腱便闪出油亮亮的光。

这田里，清明时节栽下的一大片台湾蕉，此时长得正旺。为防病虫灾害，老伯每天都要来看一看。不看，就像是总悬着心。遇着那生了虫儿、染了叶斑病的树，就要把病叶摘下来烧掉，不然隔天就会“兵败如山倒”，惹得一片树都病了。大约每隔两月，还要请人带喷药机来，给所有的香蕉树洒一遍农药。在老伯心里，没有什么大的事，只有这一方小小的蕉园，占住了他的心。

此时，他已在烈日下的田里走了一圈，清理了畦里的草，摘去了三五只病叶。再看看太阳的位置，知道是三个多钟头过去了，便将锄头放了，在田头歇气。待呼噜噜吃了几口水烟后，精神便是一爽，头顶上的烈日似也不那么毒了。此时他蹲踞的这个土坡上，视野极好，抬头望，能望见岭后的一片天，有些白云慢慢在动。那云朵，形状好生奇怪，似一大队白象缓缓走向天边。

这样独自在田间劳作的情景，在吴老伯是常有的事。自从分田那年起，算来已有十几年了，当时，人还正年轻，猛地散了伙单干，明知是好事，但心理上还是不大习惯。待到一年以后，才觉得这样反倒更好——自家的事，自己做主，落得耳根清净，高天阔地，一人而已。一面做活计，一面还可将前半生慢慢回味。

莲塘村这一带，田土肥沃，分田后家家稻谷都种得好。然而，后来的事，渐渐变得复杂起来。开始是谷贱，到后来，农药、化肥一天天地涨起价，税费名目也多了，种稻谷竟然赚不出本钱了。农家的急与愁，便不知向谁言说。好在南北贸易日渐畅通，当地农人便纷纷改种水果，各家只留了几分地来种稻谷，种些自己吃的口粮便罢。村里人家，十有八九都种下了果蔬。有那不喜欢种瓜果的，就种胡椒与绿化树苗，也同样可得温饱。

因为岛上冬季气温高，果品要比内陆早上市好几个月，所以卖果便可占到先机。清明种了香蕉，次年春节过后，就可收摘了，铺天盖地般向北方运去。那时，广东的蕉苗刚刚经冬，须得下半年才能成熟，海南蕉农所占的便宜，就是这几个月的时差。有那些专门跑内陆的批发商，看准了北方冬春水果稀罕，一到春节后，便不顾僻远，跑到这乡下来，派出马仔钻门觅户，把各家果产搜罗一空，长途运到北方。若是逢到价格好，农户们卖掉一茬香蕉，便可欢喜一年。

但本地农人最怕的是两样：一是台风季节多暴雨，若雨大成灾，淹坏了蕉树，那就是血本无归了；一是广东的香蕉下半年猛烈上市，批发商在广东收购，可省下一大笔过海的费用，本地香蕉就难有人问津。到夏至前后，广东的香蕉一熟，本地出产的纵是金枝玉叶，也只能三文不值两文地甩卖，给人家去喂猪。这样的苦，农人们只有自己咽下。

尽管苍天不怜种田人，但像吴老伯这样的老农，早不把种田当成纯粹的谋生了，所以并不怎么怨天尤人。他们终日躬耕，手不能停，劳作几乎已成了一种精神寄托，不管年成是丰是欠，都淡然处之。

吴老伯此时吃足了水烟，脚板心挨着滚热的田土，心里就十分安泰。眼前这千把株蕉苗，叶儿已有蒲扇大，随风摇摆，都是一副壮大的样子。老伯看着它们，就像看到一群穿新衣的龙虎仔儿，满心都是喜爱。

歇了一阵儿，就见有个衣装花哨的妇人，从小路朝这边走来。吴老伯四下里望望，除了附近一个老阿婆在椰树下放牛之外，别无他人。他就想，莫非这妇人是来找我的？想着，便从地上拾起布褂披上。待那妇人走得近些，吴老伯便认出，原来是贩鱼的马寡妇。

这马寡妇从内地跑来闯海，不过五六年光景，便成了此地闻名的富户，可列入县一级的“五十强”，曾与县长同桌吃过饭的，荣耀无比。乡人对于她的财势，自然是无话可说，但因她口无遮拦，行事又多违乡俗，便又有几分瞧不起她。吴老伯不随众议，认为马寡妇虽是女流，却闯出了自己的一片天地，实在不简单，所以一向对她很敬重。

马寡妇来到田边，老远就打招呼：“伯爹，辛苦呀！”吴老伯也客气道：“种田的么，凭死力气做，早出晏归，比不得你们。”说着，就指了指一块干净地方，请马寡妇坐。马寡妇的脾性，就是个活的花木兰，一点儿不娇气，泼剌剌地盘腿坐下，问起老伯今年的年成来。吴老伯一边吃烟，一边答道：“还好吧。”马寡妇遂又扯起了天气，吴老伯便打断她：“你们商人，是无事不登三宝殿，找我是有事？”马寡妇道：“当然有事。最近县上一个果蔬公司的老总，很有‘才调’的，想跟本地农户联营。这联营的办法，是跟外国学的，叫做‘公司加农户’。我就做了他的代理人，先来联络联络。”吴老伯听了，笑出声来：“原来是特派员！怎么，商人也要做群众工作了？”

见吴老伯并不十分当真，马寡妇便解释道：“这‘公司加农户’是外国来的模子，这里农民要翻身，就只有这一条路了。”吴老伯说：“你说来听听。”马寡妇就说：“这果蔬公司先跟你们一次签下几年的协议，春天种什么品种、种下多少株，到转年春节后他就来收。年年价钱随行就市，但也有保底线，农户心里不就踏实了？”吴老伯问：“保底线？是多少？”马寡妇做了一个手势：“九角钱一斤，无论市价跌到两角三角，都是一样给，总归保你一个本吧。如何？”吴老伯听了眯起眼睛，沉吟了一会儿，说：“我这辈子，好主意听得多了，都说是阳关道，但我要看的，是真货色。”马寡妇见吴老伯口气松动，便说：“这就是实在的呀。农民愁的，不就是瓜果卖不起价钱么？”

吴老伯曾经沧海，虽然动了心，但还是不动声色，缓缓道出了要害：“这岛上，一年总要刮六七次大风什么时候成灾，谁也说不准。我要问，若是遇了灾绝收，这公司给不给农户保底补偿？”马寡妇脸上的笑，忽然就有些僵，迟疑道：“救灾那是政府的事呀！这，我要回去问问看。”老伯便看破机巧似的，一笑：“这个你都不敢应承，那果蔬公司的老总，怕也是不愿意应承。做生意，终究不是施粥行善，是啵？”马寡妇面露尴尬，忙说道：“这里头，学问还蛮大哩……那么，果蔬公司若是答应这条件，你签不签协议？”吴老伯摇头说：“那也不能。”马寡妇便觉奇怪：“为何哩？”吴老伯一笑，说：“今年我已答应了东北客商，总不能一女许两家啵？”马寡妇撇嘴道：“什么东北客商，又是霍半那家伙弄的鬼吧？你不过是口头答应了他们，又能怎样？最终谁条件优惠，就卖给谁么。”吴老伯放下水烟筒，大笑道：“莫非，你要让我学待嫁女？”马寡妇也干笑了两声，忽然就打住，意识到话不投机，只好说：“老伯开玩笑了。”说完便拍拍屁股起身，又劝道，“你再想想吧，我又不是谋财害命的贼，总不是想来害你的。”说罢道了个别，就走了。

田头安静了下来，只有老阿婆在远处“嗬嗬”地用树枝赶着水牛。吴老伯摘下竹斗笠，扇着风，兀自坐了半天，遂摇着头自语道：“公司加农户……不错么！可是，能做得好么？”老伯觉得这妇人一来，把方才的心境给搅乱了。他眯眼看看日头，约莫已十点多了，阳光曝晒得厉害，便不想再做，抄起锄头往家中走了。此时头顶的阳光，瀑布般地倾泻下来，似乎整个海南岛的大地，都有了近午的困倦。一条蜿蜒的红土路，钻进繁盛的热带丛林，把人带往了阴凉的王国。老伯走着走着，心情就开朗起来——

这样一片滚烫的红土，能给如此之多的活物以热力，她不就是一位慈母么？生命在这角落里，发荣滋长，不论谁的心里都有个不死的念想，这就是热带的魅力呀！走了不多时，就能望见老屋了，屋子掩映在绿树之中。老伯喘口气，头一昂，高兴得哼起了歌儿来，那是一段早被遗忘的青春旋律……

15. 根芽

回到老屋，吴老伯看见家门是掩上的，喊了几声，也不见六莲出来，只有小黄狗跳将出来。门户岑寂，这个家，也就有了一种异样，像是突然没有了亲近感。老伯想，女儿平常这时是不出门的，今天倒是怎么回事？正纳闷间，见六莲从外面进了院，神色似怏怏不快。老伯便问："去了哪里？"六莲答道："亚娟家。"说罢弯腰把小狗抱起，偏着脸亲了亲。吴老伯便在檐下放好锄头，去提水冲了个凉，见六莲仍抱着小狗在出神，就问："怎么，同人家闹意见了？"六莲把头一扭："哪有的事！"老伯就奇怪："怎的就不高兴了？"六莲做个怪脸，说："阿爸，你不要乱猜么。"遂放下小狗，起身去了灶房。

吴老伯在廊前坐下，心里就在思量马寡妇谈起的事，若是公司真心与农户联手，互相给些方便，倒还是个好事。只是这僻远之地，所谓好事，常被贪利之徒搞坏，反而害人，老伯心里就不踏实。像马寡妇这种人，做生意可以，出头来办“公司加农户”，怕是担当不起。农户是散沙，好比象棋盘上的卒子，人虽多而力小，跟公司打交道不容易。就算白纸黑字跟人家签了合同，遇上行情不好，你种了，他不收，误了卖期，又怎能打得起官司？单单是跑法院，怕是就要跑穷了。看来马寡妇也有她的聪明之处——人要活得强，终究不是凭力气，而是要凭“才调”啊。这样想着，老伯就叹了口气，把这事放到一旁去了。

约摸过了半点钟的样子，六莲将饭菜摆上圆桌，父女俩就坐在矮凳上吃饭。那碗里平平常常的山栳叶、皇帝菜，都是绿油油的，清爽宜人。饭吃到一半，吴老伯把马寡妇上午说的事，对六莲说起。六莲就说道：“你还是多听听的好，为何要把她顶撞回去？”老伯摇头道：“她来做这个事，是犁大牛小，驶不动的。”六莲说：“新时代了哦，妇女胆子更大。人做事，总要有一点胆。”吴老伯就笑：“我这人，活过好几个年代了，翻来覆去的，又怎样？还不是要活个根本。”六莲又做鬼脸，伸手摸了下老伯的额角：“阿爸，你从前可没有这样谨慎的，是真的老了么？”吴老伯眨眨眼，笑道：“我是不如后生仔了。下午，你去村委会再借些报纸来吧，我来恶补一下。”

午饭后，照例是小憩，吴老伯倚在后堂屋竹椅上假寐。六莲有心事，不肯睡，只拿了一本杂志在翻。吴老伯睁眼看看，觉得奇怪，问她为何不去歇，六莲淡淡地说："不想睡。"说罢，又低头看杂志。看了一会儿，她突然问："阿爸，你说，是城里好还是乡下好？"吴老伯一怔，困意不觉消去了大半。六莲从小到大，还是头回提起这样的问题。老伯凭直觉，知道这不是轻巧的一问。

自从吴老伯把六莲养大后，内心就有一个连他自己也意识不到的恐惧——害怕六莲离他而去。阿婆在时，还好些，热锅热灶的日子，像是长远着呢。可是阿婆一下世，吴老伯突然就悟到：人各有命，互相间并没有一根牛绳牵着。即使是他视同己出的六莲，也迟早会离他而去。这辈子，对他很冷酷的女人和对他很友善的女人，都会在不该离开的时候离开。在这个海岛上，还有谁能陪自己走到底呢？莲塘村，固然是他的安身之地，但终究与他前世无缘，并非原乡。从村委会挂着的全国地图看，这荒村远野，不过是边疆上一个难觅踪迹的小角落。三十年前，他缘何而来？三十年后，这地方凭什么将成为他的独葬之地？吴老伯就算是修炼得古树成精，在预想自己的终局时，也不禁感到茫然。

他眼睛有些湿润了——六莲这女仔，长大了，成人了。一夜之间，就有了她的思想。孩子挥手离去那种可能性，突然就摆在了面前。吴老伯强忍住内心的惶悚，考虑了一会儿，便说："城里好还是乡下好，这不用问。可是依我看，还是乡下好。"六莲跟着就问："好在哪儿呢？"老伯说："终究活得安稳些吧。"六莲却不以为然："我看，乡下也不安稳了。"吴老伯摸摸下巴，知道女儿说的没错。他也感觉到了，自己越是想后半生安稳，就越是有一种力量要摧毁这安稳。现在，这力量眼看就已迫近了！

不是么，一向最信赖的女儿，也想离去了——这是以往的岁月中，从没有出现过的。他本能地，想尽量不让这样的事发生，于是打了个哈哈，说：“你这问题啊，可是把老爸给考倒了！”

父女俩，一时就都没有说话。吴老伯脑海中，不可抑制地浮出了旧时的广州。那座大城，毕竟是故乡。西关的那些老街、那些旧屋，对他来说，永远都有慈母般的温厚。那斜阳下的骑楼，楼上半掩的木百叶窗，窗内守着炉灶煲汤的俏人儿……都宛然在目。此刻，他不能不承认：这是他心底的根芽，永生永世地长着，不会枯死。那么，他也就没有任何权利阻止六莲。六莲的根芽，也是在城市哪……

中午的老屋，是一头酣睡的老象，悄无声息，只有它心脏的律动砰然有声。吴老伯用蒲扇挡住了脸，像在睡，实际上是想平复一下心情。静默了一会儿，忽听六莲又道：“阿爸，我想明年去海口打工，你看怎样？”这下，吴老伯是真的惊讶了。他放下蒲扇，抬身看了看六莲，见她并没有玩笑的意思，便明白了，有一颗多年以前埋下的种子，终于到了发芽的时令，噗地一声破土了！

16. 钓饵

近日来，白若川渐渐觉出这乡村的好了——慢慢地活着，慢慢行走，没有什么在后面追赶。城市人的种种病症，到了这里，不知不觉就都好了。一个月里，他没听到汽车噪声，手机铃声也很少响起。清早起来，再不用记挂有什么烦心的事要做，栖居在炮楼上面，能听到窗外有山雀啾啾在叫，又能远望红日衔山。这情景，既陌生又似曾相识。小时候读《三国演义》，别的场面印象不深，唯有诸葛亮在南阳的茅庐，令他神往。卧龙岗上，就连那一班挑水担柴的小人物，也都步带仙风。书中“骑驴过小桥，独叹梅花瘦”的诗句，过了三十年也不能忘。想不到，今日的自己，竟也做了这仙境中人。

早饭时，隐约听到乡人在放爆竹，此伏彼起。若川便问小郭：“我日子都过糊涂了，今天是农历的什么节？”小郭说：“什么节都不是，是农历初一。今日放爆竹，是此地风俗，他们叫做‘作发’，一年里要闹上几次，鞭炮放得凶。”若川好奇，就问：“有什么说法吗？”小郭低头扒了两口稀饭，说：“弄不清楚，是祭祖吧？这里的习俗，与我老家的不大一样。”生活中这种细致处，若川不肯轻易忽略过，便盘根问底起来。小郭就说：“比方说扫墓，我们是在清明节，这在全国都一样。可他们这里，偏偏在冬至，叫做‘冬祭’。你说怪也不怪？”若川一惊：“是么？这个我可懂一点，他们这习俗，才是正宗的呢！我们的老祖宗，最早就是在冬至那天扫墓的。到了春秋时候，才出了个‘火烧介子推’，老百姓为纪念这位大贤人，才改在清明扫墓。”

小郭听罢，呆了呆说：“你是说，我们在清明扫墓，反倒是改良的？”若川说：“不错。”小郭就问：“春秋，那是什么时候？到如今改了能有多久？”若川想了想，说：“有两千多年了。”小郭惊得半天合不拢嘴：“哦呀……你这学问，怎不去做教授？”这一问，便触到了若川心内的隐痛，忽地就沮丧起来。只好把话淡淡地带过：“人各有志，我就不喜欢耗神费力。”小郭眨眨眼，说：“就是就是。当教授，怕连头发都要掉光了，好像鲁智深。不过，像你总还是可惜了，这生意场上，也不大省心吧？”

吃罢早饭，工人们想趁天凉多做一会儿，匆匆套了胶皮防水裤，拿了水桶畚箕，各自忙去了，只剩下若川与小郭蹲在伙房门口聊天。话题一来二去，就说到了鳖场的由来。小郭讲出来的情况，与老板说的不大一样。若川听了一会儿，才搞清了来龙去脉。

原来公司这鳖场，是老板为套取银行的农业贷款，匆忙之下建起来的。按理说，老板心高气盛，本无意来弄这小玩闹儿，只因眼下做房地产的，根本贷不出款来，只有农业贷款口子有松动，所以只好耐着性子，来弄个鳖场，只为沾上一个“农”字。老板的目的，是想以鳖场的资产做抵押，套出两千万贷款来，再移花接木，继续去做房地产。

但鳖场再怎么弄，也抵不了两千万的钱。为了让它看起来像能值这么多钱，就什么都建得又高又大，全是花架子，只要能唬住银行就行。三弄两弄，贷款的依据总算充足了，银行信贷部对这个鳖场，有了明确的放贷意向。

这套把戏，在商场上屡见不鲜，有人专门就凭这类空手道吃饭。行外的人，只是想不明白：不见当老板的有多少钱，怎的就见他乎喇喇地起了大厦？行内的人，则知道河里青蛙是从哪里来的。可是，公司玩这一手，也难免事有不测，鳖场建起来了，鳖也开始养了，贷款却迟迟没有批下。局面渐渐变得混沌了——这鳖场，原就是个钓饵，并不是要动真格的，因此公司对它的实际投入，就只有一点点。小郭每用一分钱，都要去跟老板磨，拨几百块钱也是拖三拖四的。这样，他纵有一身鳖王的本事，也休想施展得开。

烦心的事，还有不少呢，那鳖苗也是小郭心中的痛。南方夏季炎热，本不是投放稚鳖的好季节，按理应在农历八月里下苗最好，因为整个秋冬季的水温，恰恰宜于催长；但为了让银行的人放心，鳖场早早就下了鳖苗。结果，鳖苗都患了“伏暑”，胃口不好，不长身材。眼看着小半年劳而无功，却白白喂了不少饲料。那鳖苗，又个个都是少爷脾气，水质只要差一点，就成片成片地病。病了，就要在饲料里掺药，哄着鳖儿吃。钱就这样一天天地花下去，实是活活地把钱往水里扔。

若川明白了症结所在，心里就起了震动，呆想了半晌，只能连声叹气。下乡来之后，他始终不敢怠慢，今日偶然得知了奥秘，人就像突然泄了气——世间的事，堂皇的面子下另有规则，也是没法子的事。自己端的是老板给的饭碗，哪有可以置喙的余地？还有一点若川也想不大通：在这样一个绝无出路的地方，为何小郭却执著地在做？这位鳖王，名声在外，若是想另觅去处，立刻就会有人重金礼聘。跳了槽，光景就会大不同，顶多就是在这里浪费了些时间，总强过像现在这样无望地熬着。

若川告诫自己：不要被鳖场的平静给麻痹了，水下边，说不定就有暗流。自己虽是来散心的，出了问题照样脱不了干系，遇事还是小心为上。这么一想，就陷入了左右为难之中。老板的做法，他私心里当然不赞成，对小郭抱了些同情。但职责所在，对小郭又要有所防范，说不得掏心窝子的话。所以只好潦草安抚了小郭两句，怏怏不快地回了炮楼。

看看床铺上，几乎堆了半床的书。自打大学毕业后，还真是没有闲暇来读这么多书。从小学到大学，读书是任务、是苦差、是他人所强迫，待到工作后，读书可以成为乐趣了，反而是没了心情。

若川早在涉世之初就知道：生活如何进行，自有法则，绝不会按照书上的逻辑。闻达的人，卑贱的人，各有不同的取舍。所以小郭也好、霍半也好，甚至连老金那种人，在他若川面前，都不会真正有自卑心的。他们看待嗜书的人，大概就像看一个瘾君子——为何非要嗜好那种无用的东西？人是在生活中进行较量的，不是在书本中比高下，强者全都是老板那样一身是胆的人，不可能是他若川这样规规矩矩的人。

若川头枕着臂，倚在床头，这样左想右想的，最后还是拿起了一本书来。

17. 汤圆

翻书之间，太阳一晃，就快到晌午饭时间了，若川放下书，想爬起来下楼去走走，却迟迟地不想动。忽听得楼下有女人呼喊："白助理，吃汤圆了。"若川听了一惊，忙从窗口探身去看，见是那位厉害的马寡妇，便有些摸不着头脑。未等若川张口问话，马寡妇在下面说道："我是马花芹呀！白助理，你这楼梯太陡，我上去不方便，下来吃吧。"她这么嚷着，鳖场里就有工人引颈张望。若川颇觉尴尬，便应道："不年不节的，吃什么汤圆呀？"马寡妇不管这些，只顾快嘴说道："初一也算个日子嘛，吃碗汤圆，整月圆满。喔唷，看你们这鳖场，一群光棍，没人疼，我关心关心还不好么？我自家做的汤圆，甜地瓜的芯子，刚才叫你们伙房煮了，他们都在吃了，你的我顺便就端来了。"看这情形，不下去，这妇人绝不肯善罢甘休，若川只得一步步挨下楼梯来。

马寡妇风风火火，递过一大碗汤圆，若川却不知怎么称呼这女人才好，迟疑了一下。马寡妇赶快说道：“就叫我马经理吧。我们早就是关系户了，不要见外。”若川苦笑一下，说：“马经理，我怎能无缘无故吃你的汤圆？”马寡妇场面见得多了，轻易不会退缩，她脸上笑容不改，反问道：“怎么叫无缘无故？你们是大买家，我是供货方，是互利的关系，我们不就是亲戚一样么？”见马寡妇夹缠不清，若川只得接过碗，蹲下来品尝。马寡妇大大方方，跟着也蹲下了，喋喋说道：“早听说白助理一表人才，今天算是见到了。真是哦，满天星星抵不上月亮呢！看来，人就得读书；不读书，狗屎一摊，就像我们家的那位。当然，读死书也是不行的哟，好比说教授穷了，也只好去卖烧饼。像你这样，就恰恰好。”若川任由她说，只是低头吃着。

吃罢，若川把碗筷往楼梯板上一放，抬头道：“马经理，你有事？”马寡妇一怔：“非有事才能来么？邻里邻居，吃个汤圆，是人之常情。不像三十年前，吃了要犯错误。”若川也不笑，摸出烟来摆弄，随口说道：“有什么话，你就说吧。”马寡妇见若川态度和善，不由大喜，向前凑了凑，说：“也无什么正经事，就是想认识一下你白助理。我们生意人都知道，生意场中，水清是养不了鱼的。我这小本生意，还望白助理高抬贵手。当然了，我也不会亏待你。”若川“哦”了一声，便吸着烟，品味她这话。以若川的经验，马寡妇此来，大抵是泛泛的公关。一般实力较小的供货商，最怕客户严苛，客户若能宽松些，就能多赚个三五百，于是他心中有了数。

马寡妇一直在察言观色，目不转睛盯住若川，等着他表态。若川想了想，便说：“我是受老板之托来这里，所以有些事，我不能做。老板那双眼睛，是千里眼呀！至于你所说的‘水至清无鱼’，道理我也懂。你跟小郭往日是如何做的，就如何去做吧，具体的事，我是不管的。”

这个答复，在若川自己看来，是最明白不过的了，于公于私，都恰如其分。可是，马寡妇是草野之人，不懂得什么是韬晦，她咂摸若川的这话，觉得高深莫测，不免就大为失望，脱口道：“白助理，好厉害个人哟，无怪乎是老板的红人。”见谈话不能入港，她便讪讪地收了碗筷，又说：“助理，你可惜了材料，跑到这鳖场来。如今商场上，是小学毕业的当爹爹。我要是之乎者也的，连饭都混不饱的。”甩下不软不硬的这些话，马寡妇便与若川道了再见，走了。

若川望着妇人的背影，心想：这就是乡村的新派人物了，拳打脚踢地出来闯，倒也是一道风景。想想十多年来，商业化的渗透力真不可低估，穷乡僻壤之处，随处可见到这类人的影子。以马寡妇的讲话水平，不见得比公司职员差多少，刚才只与她周旋了几句，竟要拿出全副的精神才行！

想到这儿，若川不由有所警惕——马寡妇可以这样拉拢自己，难道不会同样也去拉拢小郭？“水至清无鱼”，固然是真理，但小郭若是超过了限度，又将如何处置才好？怎样才能既对得起老板，又不至把鳖场弄得鸡飞狗跳？这个技巧，几乎等于走钢丝。看来，这小小的鳖场，怕真的就是深流莫测。

送走了马寡妇，若川肚子装满汤圆，索性连午饭也不吃了，蜷在炮楼上梳理今日事情，总觉得头绪不大清。

到了下午，天上有灰云渐渐聚集。一阵风起，便吹得树叶乱翻。从窗口望出去，见半空里的云朵，千军万马般向西疾驰，不大一会儿，又有白亮亮的大雨跟随在后。千山万野，登时一片苍茫，东葛岭也完全看不见了。热了好些天，总算是凉爽了，若川心头就一松；但一想到鳖场的事，不免还是烦躁。待雨稍小了些，便不愿在炮楼里呆坐，于是撑了伞，到村里去游逛。

村中的路，皆是石板小路，不必担心弄脏了鞋。若川一路左顾右盼，听雨打芭蕉，享受着雨中安闲。绿荫下，这条路简直就是戴望舒的“雨巷”，连做梦都想不到，海南会有这样的景致。只可惜，乡僻地方，没有“丁香样的姑娘”。雨大歇工，人都躲在屋里不出来。在石牌坊下，却遇见一个后生仔，迎面走过来，肩上扛着一只用泡沫塑料箱做的“独木舟”。若川觉得稀罕，就问：“是打鱼的么？”那后生仔答道：“打鱼。”若川又问：“哪里可以打到鱼？”后生仔一扭头，说：“那不是！”按照后生仔的眼光望去，一片椰树后面，果然就有闪闪的水光。若川惊讶道：“那是湖么？”后生仔说：“是大塘，养鱼的地方。”若川便道了谢，立在雨中眺望，心想平日里并未留意，村旁边竟有这样大一个池塘！不知那塘上的风光，又是怎样的？

返回的时候，他迷了路，走到岔道上了。前面是一大片水田，秧苗青青，好似天地间铺了一匹平滑的绸缎。走上田埂，见水田里的晚稻，都长得快有一尺高。一个女孩，头戴尖尖的竹笠，披着透明塑料布，正在田里撒肥料。只见她从竹筐里抓起一把化肥，飞快一扬。化肥颗粒就像白色丝带，呈抛物线飞向空中，然后又雨点般地落入田水。如此一抓一抛，甩出一条条的丝带来，那姿势如同鹤舞。若川看得呆了，眼前之景，恍惚不似身处现代世界，只需看一看，满腹的烦恼就忘了个一干二净。

那小女子劳动了一阵儿后，停下手来休息，她抬了抬斗笠，一下就瞧见了若川，于是把斗笠一摘，扬了扬，脆生生地喊道：“嗨——”若川这才看清，那女孩竟是六莲。他赶忙走了几步，向水田中央张看。雨中赤脚的小姑娘，像不带烟火气的人儿，比初见的那天更加灵秀。六莲朝他笑道：“你真忙哟，好久不见。”那盈盈笑意，就在这起伏的绿绸缎上漾过来。若川只顾痴痴地望，根本没听见她在说什么。

18. 山歌

在田头，白若川与六莲刚说了两句，那雨就渐渐停了。西天上的云，眨眼间散了开去，斜阳照下来，漫山遍野都是一片金光。这时候再看田洋景色，与刚才又有所不同，山与树，轮廓更是清晰了，像雕版的画。此时，六莲抛掉了雨衣，一身窈窕，清清秀秀地立在水田里。她问若川：“听说前几日你们碰了贼，没有吓到吧？”若川说：“几个小贼，又能怎样？倒被我们吓跑了。”六莲便笑：“你们呀，就是个招引贼来的招牌。”若川问：“为何这样讲？”六莲说：“谁让你们养了那么多珍稀动物？”若川想想，便叹一声：“是啊。那鳖，倒比我们都娇贵，餐餐鱼虾。”六莲随即劝道：“若是再碰了贼，可不要去捉，偷就让他们偷去了。”若川说：“那怎么行？老板会生气的。”六莲眼睛亮亮的，认真地说：“鳖是给人家养的，命可是自己的呀！”若川就笑：“那是自然。若碰上亡命徒，谁又肯舍命去抓？”

看看天已放晴，若川就收了伞，对六莲说：“我来帮你吧。”说着就要脱鞋下田。六莲嘻嘻一笑，连忙拦住：“你怎么能做这个？我快快就弄完，你等等。”若川便退后了几步，在田埂上蹲下，看六莲劳动。

雨后的天，骤然凉爽下来，布谷鸟又开始叫了：“咯咯咯嘎——”像竹梆子突然敲响。初秋的田野，一下就充盈了生命的喜悦。一会儿工夫，活儿便干完。六莲洗净了腿，若川便过去，伸手把她从田里拉上来。此时两人脸对着脸，都像是有许多话要说。六莲脸红了一红，笑了。斜阳下，那笑容很灿烂，若川心头不禁一热，连忙移开视线。

过了一会儿，六莲抹抹汗，扬起头说：“到我家去坐吧。”若川便欣喜道：“好呀。”两人就一前一后，沿着田埂走回村。六莲走在前面，回过头说：“你们不来，这莲塘村，十年也没碰过一个贼……”若川很惊讶，问道：“连小偷也没来过？”六莲说：“哪里会有小偷？我们这里人家，门都不锁的。再说，有什么可偷的？除了灶前的铁锅，还有什么东西能值得百十元？”若川听了，心像一下被堵塞。以往他只想到乡间山清水秀，可是活在乡村里的人，是要养家糊口的呀，做个画中人，不会是那么浪漫吧？

走上了石板路，六莲摘去斗笠，甩了甩头发，赤脚在石板上踏得噗噗作响。若川在后面，也不由满心欢畅。六莲的身材，是平肩细腰、两腿修长，正是南国少女最迷人的体态。在乡间草木葱茏的背景下，有如葱茏幼树，亭亭而立。正陶醉间，忽听得六莲在前头问：“白助理，要不要听本地的山歌？”若川问道：“是原版的么？”六莲眼睛都笑眯了，说：“那当然，原味的。”若川于是兴奋起来，催促道：“好啊，你唱吧。”六莲清清嗓子，试了试嗓门，就唱了起来：

八月十五月光光哎，
担起灯笼去行村。
不怕鬼来不怕神哟，
只怕回迟你不开门。

若川虽听不大懂歌词，但那婉转悠长的声音，是无需释意的天籁。还未等他回味过来，六莲又唱起了另一首：

哎——哎——哎哎，

牛郎在东哦，织女哟西，

银河隔开路远远哎，

北斗做船划过来。

这首歌的意思，若川听懂了，他觉得乡间的人，都很有才气；小小一件事，也尽量做得完美。刚要夸六莲的声音好听，却不想六莲又唱起第三首歌，听来竟是另一路风格，若川心里为之一惊。

正当梨花开遍了天涯……

山清水秀中，听见这支歌，忽然就有梦幻感。海南，罕见有梨花，可是正当暖风吹来，又恰似那“梨花开遍”的境地。心中即便有再多的负累，也完全被蒸发掉了。若川想，平日里听这首老歌，都是些中年汉子在卡拉 OK 唱，听着像是荒腔走板，总不大明白这类歌子有什么好？现在听六莲唱来，却格外地清纯，想必是从她老爸那儿学来的。当年吴老伯他们唱这歌的时候，也就是六莲这般大年纪。一群城里的中学生，懵懵懂懂地闯过海来，不知道前程是祸是福，那种“少年不识愁滋味”的情形，是后来人无缘体会得到的。

如此想着，心中便不免头绪纷纭，惊奇在两代人身上对美的渴求，竟有如此一种延续。正想着，忽听得六莲在前头咯咯地笑：“白助理，你也唱两首我听呀。”若川便想了一想，推辞说：“我不行。”六莲遂把嘴一撇说：“不，我想听。”若川忽然想起在大学里爱唱的一首歌，于是就唱起来："当春雨飘啊飘的飘在，你滴也滴不完的发梢，戴着你的水晶珠链，请跟我来……"唱到半截，高音就唱破了，两人便笑个不停。他忽然想到，刚才六莲的鬓发边，那点点的细汗，恰是山野里的"水晶珠链"，有无比的奢华……

走过莲塘，若川看见，有些荷叶已经败了。这里那里的荷花，均很稀落，显然已过了节气。倒是荷塘中间有一株，显得十分特别，花瓣不似同类那样肥大，而是纤细如箭，次第张开，梗下有大大的圆叶浮在水面。若川便停下来，指了指那花儿，问道："看那株荷花，单单开得那么好！"六莲看看，便说："那可不是普通的荷花，那是睡莲。"若川就奇了："睡莲？"六莲说："是啊，到晚上，它要睡觉的。"若川便问："怎么睡？"六莲噗地一笑："怎么睡？打呼噜睡么。"若川笑道："调皮！"六莲说："到晚上，那花瓣都会合拢起来，第二天太阳出了，才慢慢张开，那就是它睡醒啦。"若川再端详那睡莲，确与左右荷花大不相同，气质上更超然，便笑道："哪天趁月亮大，我倒要来看看，莲花是怎么睡觉的？"

到了六莲家的老屋，门上果然没有上锁，只是用一根铁丝闩着。若川一眼看见，褐色的门板上，有用小刀刻的一幅涂鸦，是一个穿裙子的小女孩，头上两个羊角辫高高翘起。便问："这是你吗？"六莲也看了一眼，笑笑说："这是长不大的我。"打开门，只见满院纤尘不染，那种洁净，令人几乎要屏息。六莲让若川在后廊坐下，说：“给你打一点龙眼下来。”若川看过去，见六莲拿了一根长竹竿，顶端是一柄小镰刀，三下两下，打下了几根树枝。六莲摘了足足有一盆龙眼，洗了，给若川端上来，笑道：“吃吧，是小龙眼，很甜的。”

这时，小黄狗呜噜一声跑出来，见了若川，便跑到他膝下亲热。若川一边逗着狗，一边问六莲：“这狗，有名字吗？”六莲一本正经地说：“有。你叫老白，它就叫小黄。”若川见六莲不似开玩笑，便犹豫着喊了几声“小黄”。那小狗听了，却无动于衷，六莲立刻笑得前仰后合。若川知道上当，也开心地大笑起来，随后说：“它样子不好看，我就叫它‘阿丑’了。”说罢，就“阿丑、阿丑”地唤起来。那小狗懂得人意，立刻往前蹿了蹿，蹲下，一喘一喘地望着若川。六莲拍着掌说：“你看，它跟外人从来不亲的，唯独跟你亲。”

若川吃完龙眼，望了望屋门里边，说：“带我进去参观一下吧。”六莲说：“都是些黑洞洞的屋子，有什么好看？”嘴上虽是这样说，却立刻起了身，带若川进了去。

这老屋，是由上好的青砖砌成，处处严丝合缝，不似别家的屋是用火山石垒的。院门上的过年春联，依然火红耀目，院门内一道照壁，画的是“麒麟送宝”，早已斑驳脱落得难辨色彩。房脊上虽有青苔漶漫，但仍掩不住陈年的高贵气。

进了堂屋门，见屋顶上的黑木桁条，要比别家多出一倍来，间架也就格外大。再细看那根大梁，起码也有百年的寿数了，中间有一截颜色完全是乌黑的。六莲见若川疑惑，就说：“这屋梁被烧过，是日本兵放火烧的，但怎么也烧不坏。”若川心里就颤了一下，感觉到了老屋的深沉。

走到院中，见庭院里有井台，有藤架，还堆着些柴草、农具，却并不显杂芜。前排上屋里，有老阿公留下的一套花梨木家具，是些太师椅、龙头柜、罗汉床、屏风之类，居然仍按当年的布局摆着，好像时光在老屋中已完全停摆。看若川痴迷的样子，六莲忍不住吃吃地笑。若川便问：“你和阿爸的房间呢？”六莲用手一指：“诺，在后边。”

出乎若川的意料，六莲与吴老伯的住房，竟是在后面的下屋里。若川探身进去看，那情景更是让他一惊：屋里面，家徒四壁，时光仿佛倒流了三十年。若川奇怪：前排屋里，就放着上好的家具，父女俩却一件不动。他们自己用的木床、条桌、板凳，都十分简陋，连衣箱衣柜也无一个，衣服是叠好了放在床边的。吴老伯的居处，与一般清贫农人无异，唯一不同的是，小桌上，放着些年代久远泛黄的书，这就是当年老知青的读物吧？翻开看看，里面都有红圆珠笔的划线，如一道道血迹似的渗在纸上。

六莲屋内，梳妆台是包装纸箱充作的，其余再无任何精巧之物。只是那床头的墙上，贴了些五颜六色的歌星画片，能看出是个少女的闺房。屋里很暗，屋顶开了一个嵌着玻璃的小洞，有一线阳光可以透进来。

转了一圈出来，若川在正堂里止住脚步，仰了头去看。见大梁上隐约有字，是镌刻的颜体大字“金玉满堂”。堂前香案上，供着财神爷、关帝爷和寿星老的彩像。看那铜炉中，尚有香灰与燃剩的香烛，若川就想：吴老伯入乡多年，逢到初一、十五，怕也是照例要上香的。看来农民的理想，至今也不脱“福禄寿”三字。可是，这三个字若要落到现实中，是何其艰难！

出了正堂，两人仍是回到后廊坐下。若川说：“我要是能住上这样的老屋，就心满意足了。”六莲看了看若川，就很疑惑：“你们城里人，好像很喜欢这些东西。”若川说：“是啊，这都是宝。”六莲就笑：“那我们就换一换，你来住这老屋，我去城里。”若川一拍掌，说：“那我可求之不得。”六莲直直地盯着若川看，半晌才说：“你真喜欢这里？我怎么不大相信呢？”若川说：“城里，有什么好？”六莲说：“当然好，不好，怎会出你这样的人？”若川听了，遂仰头大笑。忽又见这女孩眼睛晶亮，满脸都是绯红的羞色，心里便一热，一下子就笑不出来了。

19. 阿哥

坐在后廊上，明显有凉风拂来，能触及人最细微的感觉。院前的几株龙眼树，如硕大的绿色凉棚，把炎暑挡在了外面。从廊上看外面田野，满眼都是青碧，若川真想就这样长待下去。刚才说的想长住老屋的话，虽是随口说出，却也是他真心的愿望。

享受了一会儿，他便问六莲：“这老屋，怎么就委托了你家来看守？这一家，就没有别的族人了么？”六莲说：“倒是有两个他们远房的孙辈，就在邻村不远，都争着要这房子，吵闹不休。老阿公的儿子，恼他们太不争气，看我阿爸忠厚可靠，就托付给我家了。”若川便问：“守老屋，应该给你们些报酬吧？”六莲说：“他们家当然想给，但我阿爸不要。他说，白住着老屋，就是人家的恩惠了，不能再无功受禄。”若川不解地问：“前屋那些老家具，你们也是可以用的呀。”六莲料到若川会有这一问，想也没想就答：“我那老爸，讲原则得很，说人家的祖屋虽不住了，那东西也绝不能动。动了，就是占了不义之财。他说，占了别人的财，能家运长久的，他这辈子还没见过。”若川立时觉得，老伯真是一位稀世高人，在这小村里守贫二十年，居然能够守得住。不像自己，为五斗米折腰不算，还要被心中的嫉恨情绪所折磨，整日里戚戚寡欢的。

这时六莲嫣然一笑：“你先自己坐一下呀。”遂起身去了闺房，把头发重新梳理了一下，扎好，又在一边的鬓发上，编出了一只小小的麻花辫，找出在集市上买的发卡，对着镜子仔细夹好，这才走出来。她向若川伸出一只拳头，故作神秘地说：“你把手伸开，我送你一点东西。”说罢，将握住的拳头松开，小小的手心里，放着几颗白色坚果。若川感到稀罕：“这是什么？”六莲说：“莲米呀，就是莲子，是我……除雀斑用的。”若川接过，把玩着，觉得很精致，便说：“谢谢了，我要好好收藏起来。”六莲故作正经地说："你带回城里，把它种在水盆里，让它开花，就能长出一大盆荷花来。信不信？"若川眉毛挑了挑，半信半疑道："真的？"两人就都笑起来。

若川看六莲此时的神态，越发地天真烂漫了，于是就问："愿意跟我聊天么？"六莲满足地说："跟你聊天，真好。"若川问："为什么？"六莲想了想，说："感觉……好饱。"若川没听懂："好饱？"六莲便咯咯地大笑："就是很满足呀。"这笑声中，若川顿感身心俱畅，一小时前还缠绕着他的那种沮丧，荡然无存。庭院四邻，安安静静的，果然是无人搅扰。时光在这乡野里的流淌，就是林中叶子簌簌的响声，静谧到极致。他舒服地倚在竹椅背上，唯愿这样松弛的时刻，延续了再延续，无休无止。

六莲双手托着腮，神情也很惬意。忽然，院外一株番石榴树上，有小动物的啁啾声，原来是几只花栗松鼠在偷摘石榴。若川仰起头望去，笑道："城里住久了，都不知道松鼠是什么样子了。"六莲也望了一眼，忽然说："我是不知道城里现在什么样了？助理，我想明年去海口打工，你看怎样？"这话，惹得若川一怔，考虑了片刻，才反问道："去那儿有什么意思？"六莲说："我喜欢那里。不单是海口，我还想走得更远呢。"若川便摇头道："就算你走遍全世界，怕也比不上家乡好。"六莲听了，神色忽然就一变，斩钉截铁地说："这里，不是我的家乡！"没料到一句话竟触及了六莲的隐痛，若川便有些尴尬，不知说什么才好。过了一会儿，六莲才放缓语气说："助理，我家的事，你也知道了吧？"若川点头说："知道了一点儿。"六莲便喃喃地说："所以呀，我的家乡，是在海口。”

若川心里有什么东西被摇撼了一下。他想：是早该想到的呀，这小姑娘，心里有事，不会安于现状。这世上的事，难得有什么是圆满的，六莲不是清水芙蓉，她有她的忧愁。

默然良久，若川才安慰六莲道：“小姑娘，人是拗不过命运的。”六莲听不进去，便问道：“你是说，城里人和乡下人的区别，是永远变不了的么？”若川不由沉吟起来，六莲就把椅子往若川这边挪了挪，又问：“你是说，我一辈子都要在这黑屋子里住？”若川还是不语，点起烟来，隔了会儿才说：“你想去海口，就去好了。但是，有些事你拼命去做，到头来，也许是不值啊！”六莲脸上露出迷惑的表情，问道：“你好像很喜欢乡下？为什么？”看六莲的神态认真，若川忽然就起了顽皮心，故意说：“因为有你呀。”六莲嘴张了一张，脸一下就涨红了：“不会啵？”若川忍住笑，认真地说：“小姑娘，是真的。”六莲忽然抓住了若川的一只手，抗议道：“不许再叫我小姑娘！”若川感觉那手很柔软，但是有硬茧，心里便涌出一股深深的怜爱来。

风在吹，龙眼树叶耳语般飒飒作响。这个时刻，好似凝固了。过了一会儿，六莲才猛醒似的抽回了手，忽然想到一件事，就问若川：“比你还有学问的人，多吗？”若川便笑道：“多的是，我算什么？”六莲又问：“女人也有比你文化高的？”若川看了六莲一眼，见她神情有些古怪，就反问道：“……是什么意思？”六莲一阵沮丧，随口应付道：“没什么意思。”说罢，把脸扭到了一边去。若川怔了一会儿，便拍了一下她的头说：“小姑娘！”

六莲拨开若川的手，嗔怪道：“又叫人家小姑娘！”若川说：“你不是叫我‘阿叔’的么？”六莲说：“现在不叫了，叫‘阿哥’。”若川吃了一惊：“阿哥？不对了吧？”

这时，林荫深处传来了汽车鸣笛声。不大一会儿，小路上好像来了人。六莲站起来望，见龙眼树后面转出三个人来，其中一个是霍队长。另外两位，显然不是村中人，一位是六十老者，大腹便便，穿着很炫目的背带裤；另一位，看样子是女秘书，打扮很入时。霍半看见了六莲，就招呼道：“你老爹呢？有客来了，是朱董事长，香港的大老板，要在村里看一看。”六莲站起来，没有应答，只是好奇地看着。若川跟着也缓缓地站起，在心里揣摩着来人。霍半看见若川，便热情地做了个手势：“白助理也在？来来，我来做个介绍，这位朱老板，有意在村里投资搞开发，要建高尔夫球场。到时候，还要把公路修进来。”

若川在商场混久了，对这等人物也见得多了，并不以为奇，只是居然在这小村里见到，殊为不易。猛可间，觉得这两位人物立于竹篱茅舍旁，效果有点儿滑稽。来人并未理睬若川，只在那儿打量着老屋，霍半就掉过头去，殷勤地问道：“我们进去看看？”朱董事长一脸傲慢，略点点头，三人就将老屋视为公共场地一般，昂然而入。若川颇觉惊异，忙看看六莲，见六莲脸上并无不快表情，只是默默看着来人。若川转念就想：到底是远村乡民，无所谓“私权”的概念，走家串户算是寻常事吧？只是那位朱老板，派头也未免太大了些。

那三人转过大门后的照壁，朱董事长便停住脚，扫视一下院中，回了身说：“好了，我们走吧。”霍半问：“里面不看了？”那董事长面露不屑：“不就是个房子么？”霍半笑道：“哦，也是。”他朝若川招呼了一声，三人就转身离去。待人影没于树丛之后，小路上传来了他们大声的言笑。

再坐下来，若川就觉得刚才的适意荡然无存了。他心知，商业之俗，所到之处无不是这样。自己刚才还在想，农家日长无客来，不想偏偏就来了闯入者。六莲半信半疑地问：“真有人愿意来投资？”若川淡淡地说：“没什么，占地皮而已。”看看日头已渐渐斜了下去，他便起身说：“不早了，我该回去了。”六莲赶忙站起来，说：“回去干嘛？就在我家吃饭么。”若川说：“那怎么行？”六莲说：“有什么不行？莫非你瞧不起我们么？阿爸就喜欢跟你聊呢！”若川大感意外：“是么？”六莲笑道：“谁骗你？不要走了。”

若川便有些迟疑。此刻，夕阳一片绚烂，屋瓦像节日火龙的鳞片，红光欲燃。他看见，六莲的眼中满是期待，暮光中，也有一缕火苗在闪。若川便恍惚了，这是在什么地方？“万树梨花开”的那种生之美好，在这个黄昏像是尽都奔涌到眼前来。不知不觉间，这一下午，居然与这小姑娘一起消磨了这么多时间，娓娓而谈中，没有繁复的心机，没有俗务，只有纯净与友善，这样的“浮生半日闲”，怕是十年也难得遇一回吧。他定了定神，想想还是应该走，可是这一刻，却又抵挡不了内心的依恋。正在踌躇间，蜷在地上的“阿丑”欢叫了一声，一跃而起——是吴老伯从田里回来了。

20. 夜话

吴老伯进了院子，卸下肩上的农药喷雾器，见若川要告辞，便摆了摆手说："走什么？在这里吃饭么，莫要客气。"说罢，示意若川在后廊重新坐下，又唤六莲赶快沏茶来。六莲见若川答应留下来，喜得眉眼都笑飞了，蹦跳着进灶房去烧水，不一会儿，便将热茶端了上来。老伯自己去后院井边洗了脸，换了一身干净衣褂，出来陪若川坐下。寒暄了几句田里的事之后，老伯抬手让道："吃茶。"六莲看了看两人，抿嘴一笑，对阿爸说了句"我去弄饭"，便起身进了灶房。老伯想了想，又高声吩咐道："六莲，等一下去小店，买瓶米酒来。"

六莲在屋内应了一声，自去张罗了。廊上只剩下若川与老伯对坐，慢慢啜着茶，一时间两人都无话。若川是个经过各种场面的人，常为公司的事跑关系，见过不少显贵，从未对什么人感到过敬畏，但如今面对这布衣汉子，却有种说不出的不安。他想，吴老伯滞留乡村二十载，见识上已不大可能有过人之处，可是，老人家只那样子稳稳地一坐，就有一股无名的威压，将他若川牢牢罩住，不敢乱说乱动。想到老人居室里的那种简陋，若川心下便叹：做人做得像这样，倔强得到了底，才是最让人惧怕的啊。

此刻，两人都像遇到了久觅的知音，有满腹的话，想一股脑地倒出来，却又不知从何说起。想着，若川便抬眼看了看老伯，见老伯也正在打量他。两人就笑笑，都有些尴尬。最终，若川转了一下念头，把话题从这老屋上扯起，打破了僵局。说到老屋，吴老伯眉毛便一动，脸上的表情活跃了起来。他抬头盯住老屋，慢悠悠地吐着烟，说："你看这房子，可算是百年老屋了。当年跷脚的鬼子兵，放火烧它，硬是烧不坏它一根大梁，真正是'风雨不动安如山'。你知道是为什么？"若川就猜："是材料用得好吧？"老伯说："材料当然是不错。当年，砖是在广州烧好了运来的，木料用的是山里的青皮木，地砖也是南洋产的，但终究是砖木结构，不是钢筋水泥的，怎么就能顶得住水火相攻？"若川有些茫然，老伯便笑笑，说："其实，说也简单。道理就一个——这老屋是个堂堂正正之物。"他边说边指给若川，"你看，自前堂、中堂，到后堂，是一条线，两边对称。由前到后，各屋的用途，都有个名分，清清楚楚。房子，就像活物，就像人，也有脑、有心，有手足，这才站得稳，可不是用笔随便一画，就出了个设计图的。"听老伯的这番话，若川觉得新鲜，再抬眼去打量那老屋，果然看出它处处的厚重与实用。又见老屋的朝向，是面向东方，很有些与众不同，便问："这宅子面朝东方，有什么讲究吗？"老伯就说："过去的人，讲的是勤能兴家。房子朝东，日头一出，便可照进房间，催人早醒。现在不同了，农人一早起来，只能睡在吊床上养神。他们倒是也想勤快，可是，你让他们做什么？”若川恍然大悟，望着老屋高耸的门廊，喟叹起来。

就在喝茶闲聊之际，太阳慢慢隐入山后，院中景物开始变得朦胧。吴老伯剔掉燃尽的烟灰，舒展了一下筋骨道：“我在乡村住惯了，现在反倒觉得城里人怪。一清早的大好时光拿来贪睡，天晏了却要点起灯来熬夜，这样的作息，有什么道理？”说罢，便朗声大笑。老伯的这一番见解，也算是不俗，若川从未从这个角度想过，便无从置喙，只好漫应了一句：“是呀。”

老伯放下水烟筒，笑一笑说：“我这个人的思想，在你看来，是有些违时的吧？”若川连忙否认：“哪里？只是，我从没这么想过。”老伯便收起了笑容，叹口气道：“我虽是个村夫，但对世事，还是有些留心的。多少年了，日日都在说变化，年轻人更是耐不得沉闷，都觉得若是不变化，就等于白活了。可是变化，也要讲究变好，不应该变坏吧？”若川说：“变好是没问题的，到底还是进步了。您想想，过去的百姓，那是什么样子？”老伯笑道：“礼义廉耻，总还是根底吧？就算是虚礼，也是个约束。现在倒好，小孩子不念《三字经》了，世风难道就进步了么？不那么简单喽。”

老伯的话音不高，却点到了若川的若干心事。这些话，如冬日雷震，竟使他无法安坐。见若川有些惶恐的样子，老伯便是一笑：“你看，现在连教育小孩子，都不愿让他太本分了，怕长大了受人欺。你说，难不成诡诈是做人之本么？或者，是事业之本？”若川瞠目道：“那当然不是！”老伯便又笑，“我只是胡思乱想罢了。”

此时，有浓浓的饭香飘过来。六莲在灶前已把饭菜弄好，又去买了一瓶米酒回来，向后廊上两人喊了声：“呷糜（吃饭）啰！”老伯便朝若川让道：“家常便饭，莫见笑。屋里太闷热，就在院子当中吃吧。”六莲手脚麻利地摆好了一桌农家饭，碟碟盏盏的，甚是丰盛。若川见了，心中便有歉意，连声说：“这太客气了。”吴老伯赶了赶苍蝇，手一指说：“坐下吧，吃。”三人便坐下，六莲抢先为若川夹了一筷子菜，笑着问：“阿爸又跟你讲古了吧？”吴老伯便嗔道：“你懂什么？”六莲不服气道：“我不懂。但一个农民，想那么多，有用么？有哪个地方是你说了算的？”老伯就问：“侬啊，我不说这些，侬叫我说甚呢？难道，要我也去夸那谢霆锋？”

老伯说罢，三人一同大笑。此时暮色四合，农家小院里饭菜飘香。一面吃，六莲一面就劝：“助理，你多吃。我们没把你当客人，也就没有杀鸡宰鸭，都是家常菜。这两条罗非鱼，是我从邻居那里要来的；田螺，是从水田里捡的。我弄的菜，你莫见笑。”若川连忙称谢：“很好嘛。”吴老伯笑笑说：“如今是不行了，早些年，我们还可以上山‘打肉’，就是打猎物啰。现在，肉也打不到了，只有粗茶淡饭。”若川便说：“农家饭，怎么都是好！”吴老伯一杯酒下肚，益发豪爽：“来，喝酒！杜甫是怎说的？‘肯与邻翁相对饮’，不就是这样子么？”若川惊喜道：“呀，就是！”六莲双眼似秋水盈盈，喜笑颜开道：“你以后要常来，同阿爸说说话。他可不跟我谈这些，我们之间，有代沟。”老伯就假意叱道：“什么代沟？小孩子，不知愁。”六莲撅着嘴道：“你看，这不就是代沟么？让白助理说句公道话。”若川便端了酒杯，敬了老伯一杯，然后说：“六莲，你阿爸可不简单。他呀，有思想。”六莲便噗地笑了：“思想？他的思想，谁肯信？”若川认真地说：“等你长大了，就会信。”六莲说：“我难道不是大人么，半个家不是我在当么？”说罢，朝吴老伯扮个鬼脸，大家又是一阵笑。

在桌上，若川见到有不知名的绿叶菜，就问：“这是什么？”六莲说：“这呀，是野菜，就是大名鼎鼎的‘革命菜’，听说过么？”若川恍然大悟道：“知道，打仗那时候吃的。果然不一样。”六莲又问：“米饭呢，你觉得怎样？”若川说：“比我们伙房买的米，香了不止几倍，是什么好米？”老伯就介绍道：“这里的田土靠近海边，含有一点盐分，所以自家种的谷，煮饭就香。”若川叹道：“怪不得。”六莲就笑：“你看我们海南，很养人吧？”若川连连点头：“养人养人！”他抬头看看，小院里气氛融洽，人有喜色。眼前的一株菠萝蜜树干上，挂着累累的果实，灯光一照，宛如丰乳，有无数旺盛的生命力扑面而来……

饭罢，六莲将堂屋内的电灯，牵到了廊柱上挂好，院子里就是一片亮堂。三人仍是在后廊上坐着说话。若川将农事上的细节，逐一问了，又打听了吴老伯家的收益与开销。老伯便叹息道：“如今这乡村，稻谷简直是种不得了。种子本来就贵，化肥、农药又不住地涨价，种稻谷居然要亏本了。只有种瓜果、弄养殖，才能勉强过得去。”若川问：“在海南，种瓜果不是恰恰好？”老伯就说："老弟，你是读书人，说得容易。种什么都要看天，这香蕉，是最怕台风吹的，风一大，就统统折断，颗粒无收，那才是叫天天不应，叫地地不灵呀！"若川一怔："现在还要靠天吃饭？"老伯说："当然。这些年，行情都平平，连着几年也翻不起身来。去年最惨，收蕉的日子迟缓了，被广东的香蕉给压住，一角钱一斤都无人理，只好拿去喂猪。好多人家，就是这样破产了呀。"若川感到难以置信："想不到，农村竟到了这般地步。"老伯摆摆手说："不过，债多不愁么，自古农民就是捱得累、吃得苦的。好在我们吃、住、走路、讲话，都还用不着花钱的啵？"若川听了，忍俊不禁："就是呀！"

老伯的话，说得六莲也笑了。老伯看看女儿，脸色忽然就有些发暗："只是，拼命做一年，刚够吃穿，想要供小孩念到高中，实在是不行了；若要供她念大学，那就比黄连还要苦喽……"若川听得心里难过，想到自己，平日风吹不到、雨淋不到，薪水尚可温饱，反而一味怨天尤人，在老伯的淡泊面前，应是十二分的惭愧了。想着，他就将这层意思说了出来。吴老伯便摇头道："那也不是。像你，一个读书人，能耐得住性子与农民谈家常，就是个心有大善的人，不必惭愧。若你早生六十年，说不定也是个仁人志士哩！"老伯的这话，说得若川更加脸红，想到自己踏入商界后，在金钱与权势面前，总还是趋奉，哪里能担得起"仁人志士"四个字？他抬眼看，见老伯大半瓶酒下肚，脸孔紫红，更显得是个硬汉的样子。

这时，忽有轻风吹来，树叶声簌簌一片响过。若川拿眼一扫，发觉院墙外有个人影，站在那里悄然无息，心中便纳闷，不知来人是何方神圣？

六莲随着若川的眼光看去，也看到了那人影，便喊了声：“谁呀？”那人一动，从番石榴树后面走出来，脚步迟疑。六莲一下便认了出来，不禁诧异：“哥苗，是你？你来做什么？”

若川打量这哥苗，原来就是白日里碰见的那打鱼后生，便也点头打了招呼。哥苗走到灯下，脸颊微暗，嗫嚅着说：“我不做什么。”六莲便又问了一句：“不做什么，那，又来做什么？”说罢，连她自己也忍不住笑。哥苗的脸红了一红，说：“我来借斧头用。”吴老伯忙唤六莲去取，六莲却动也不动，只说：“在灶前柴堆上，你自己去寻吧。”哥苗应了一声，低头去里面找了出来。吴老伯又让他坐下来喝茶，哥苗却脚不停步，一边摇头，一边飞也似的走掉了。老伯叹了口气，对若川说：“这个仔，也是个苦苗儿。”若川望着哥苗的背影，对他的惶悚甚为不解，便疑惑地看看六莲，却见六莲无事一般，只顾摩挲着怀中的黄狗。

哥苗一走，大家的谈兴不知为何就淡了，只感到心中有微醉。片刻之后，六莲忽然打破沉默，对若川说：“阿爸年轻时喜好文艺，笛子吹得好。你要不要听？”若川就拍了下膝盖：“好的，想听。”六莲便跑进屋内，拿了笛子出来，交给阿爸。吴老伯看了看两个年轻人，轻叹一声，便吹了起来。幽幽笛声，在小院里响起，飘进了满庭的龙眼树丛。若川抱着膝，合上双眼，听得陶醉。一曲吹毕，老伯停下来歇气，若川忙睁了眼问：“这是什么曲子？”老伯说：“古曲，叫做《落梅花》。”

若川转而又合上了眼，猛地见黑暗中有无数落梅，飘飘如雪，幽冷而又冶艳。他一惊，睁了眼来看，见灯下六莲以手支颐，正对着他凝视，朦胧睫毛底下，像是有盈盈泪水在滚！若川一惊，连忙又闭上了眼睛……

21. 捉蛇

这日上午，若川看完一本职场正流行的读物《时间简史》，心中忽有说不出的憋闷。于是便抛了书，下了炮楼，朝冷库房走去，想找个人说话。大院里，池中投放了多时的鳖苗，眼下突破了二两的“生死关”，全都虎生生地可爱。太阳一好，幼鳖们就纷纷爬上沙滩，趴下来“晒甲”，怡然自得。若川虽是轻轻踮着脚走过，那鳖们却是机敏异常，都忙不迭地滚下了水去，扑通扑通水花四溅。

工人中并不见小郭影子，只有老金在指挥众人，将冷库的杂鱼杂虾搬出来，拌上鱼粉、豆渣、花生油，弄得喷香，用铁桶提着，从鳖池四角投下去。烈日下，众人肩膀黧黑，汗流浃背，没有人注意到若川。倒是老金眼尖，他手不得闲，嘴角叼着烟卷，只朝若川“唔”了一声，算是打过了招呼。若川躲在几株杨桃树的阴影中，蹲下来，看着工人们劳作。

老金忙完，抹了抹手，凑到若川跟前蹲下。若川递了根烟给他，道声辛苦。老金就闷闷地说：“心不苦，命苦。”说罢，望着绿水涟涟的鳖池，苦着脸吃了几口烟。若川想起他烧坏电水壶的事，便提起话头来：“水壶是你烧坏的？今后，可不能这样大意。”老金抓了抓头皮，嗬嗬一笑：“多谢白助理了，没有罚款。我这卖命的钱，赚得可太不易喽。”

若川一怔，没有作声，心想：难道小郭阳奉阴违，没有罚他的款？转而又想，也许是小郭替老金垫了罚款。几十块钱事小，但看得出，小郭对手下的工人倒是回护得紧。于是便问：“郭主管呢？”老金苦笑了一下，说：“他这阵子，焦头烂额了。”若川便问为何，老金说：“这个霍队长，鬼都没得他精细。他恼恨我们买了马寡妇的饲料，就串通水管站，来限制我们用水。这池子里的水，已有些日子了，再不换，鳖就会染病，到时候免不了死光光。这一件事还没摆平呢，那边联防队又上门来收治安费，张口就要每月八百块，不然就防不住那伙贼。”若川一惊：“黄所长……”老金做个鬼脸道：“对，就是他。抓贼要有人手呀，他能掏出自己的工资来养人么？不能！我们就要出钱。”若川自语道：“小郭怎不告诉我？”老金说：“助理，这些事，就算他告诉你，你又能帮他做甚？”若川说：“这毕竟是公司的事么！”老金鼻孔里嗤了一声：“公司？公司能管我们死活么？还不是郭主管自己掏钱来垫。”若川便倒吸一口凉气：“这样下去，可怎么成？”老金说：“白助理，我看你也是菩萨心肠。可是这年头，光慈悲没有用，是啵？”说罢，嘀嘀干笑了两声。若川沉吟了一阵儿，才说：“小郭真不容易，我会帮他。”老金听了，咧开嘴笑道：“你也不必心焦，郭主管他……也不是傻瓜。”若川听出他话中有话，就盯住了老金看。老金却只狡黠地笑笑，不再往下说了，抛下一句：“干活去啰！”就起身走开了。

若川初到鳖场时的新鲜感，在一天天消退。原先很殷勤的小郭，近日竟难得见到人影了，不知在忙些什么。若川无事，就坐在院内发呆。看日影移了几尺，工人们也干累了，都坐下来歇气，忽听远处鳖场门口一阵突突突的轰响，驶进一辆“皮卡”货车。车刚停住，一个花枝招展的女人便从车上跳下来，原来是马寡妇。老金一见，满面愁容一扫而光，拍拍屁股跳起，扬手喊道：“相好的，来啰——”遂撇下众人，朝那马寡妇奔去。

若川顿觉好奇，也相跟着来到院门口。此时小郭不知从何处钻了出来，指挥几个工人，七手八脚将小货车上的箩筐搬下，抬到磅秤旁。小郭看了看杂鱼的质量，亲自掌秤过磅。他高声报出每筐鱼的斤数，老金就在一个小本本上记下来，随口加出得数。马寡妇看见若川，连忙摸出“红双喜”香烟敬上：“白助理，吃烟。”若川点头谢过，饶有兴味地看小郭过磅。马寡妇见若川神色专注，就笑眯眯地说：“助理呀，放心好了，你们进我的饲料，想不发财都不行的哟。”若川只诺诺地应付，马寡妇便又说：“我是老实人，不像霍半，他介绍的那个鱼贩，卖给你们的，都是隔日的淡水货，鳖吃了怎么长膘？你看我的这个，可不是塘养的，都是海里的鲜货呀。”若川拣了个树枝，翻了翻筐中的鱼，见确实很新鲜，就点头道：“不错！”

此时磅已过完，小郭便拿过本本，核对了一下总斤数，报给了马寡妇。马寡妇忙从皮包里拿出收据单，掐指算了一下，急急地开了一张单子。小郭接过这收据，当场付清了鱼款。若川细看整个交易程序，觉得还算周密，不像马寡妇曾暗示的那样，会有什么猫腻，就略略放下了心。马寡妇收了钱，喜笑颜开，对众人招呼道：“七月十五过鬼节，都到我家去吃席！”工人们便七嘴八舌跟她打哈哈，老金兴冲冲地说：“那是一定的。不过，要先请你的那位回避。”马寡妇也不恼，反倒大笑道：“只要你们肯赏光，我把那老鬼休了也行。”

哄闹了一通，大伙各自散去。只剩下小郭未走，独自背着手，望着鳖池，似有满腹心事。若川就问他：“用水的问题解决了？”小郭说：“水管站的头头，我塞了钱过去，没有问题了。只是不知霍半还会搞出什么名堂？如若不行，就要自己打井了，免不了又是一笔开销呀！”说罢，就长吁短叹。若川踌躇一下，发了恨声：“这霍半，一定要搞掂，不知他喜好些什么？”小郭面色惨然道：“这家伙，塞钱给他，只怕是无底洞。他能喜好什么？喜好发廊妹……”若川骂了一声，便断然道：“也好。我们认了，就找小姐。你先谋划，尽早下手。费用我去跟老板说，你就不要再垫了。”小郭望望若川，神色便有些感激：“这就好办了。”说罢自去忙碌了。

傍晚，若川吃罢夜饭，见天光尚早，就出门去闲逛。出了大门不远，见前面树下有个穿白衬衣的汉子，正蹲在草中解手。若川停了脚，正想绕开，不料那汉子窥见他，却一下跳将起来，朝他招手。若川看过去，原来是熟人——队长霍半。而且霍半也并非蹲在那里出恭，而是口叼香烟蹲在那儿守望。霍半三步并作两步，来到若川跟前，脸上堆着笑说道："早知道你这时候会出来，我守株待兔好久了。"听他胡乱用词，若川就在心里笑，霍半又说："走走，今日到我家去坐，我有事跟你商量。"

霍半走在前面，闷闷地抽着烟，并不言语。若川也不说话，两人就这样闷走，拨开树叶，穿过一片荔枝园，绕到了村东边。忽然，霍半停下脚，回头说："前面这个，就是我家。比不上你们城里，见笑了。"若川正在想心事，此时一抬头，冷不防见一片苦楝树中，矗着一幢三层小楼，气概非凡。看小楼的样式，完全是现代建筑，铝合金门窗，外墙贴瓷砖，但是，这三层楼的走廊栏杆上，却都覆着黄色琉璃瓦，有十足的王霸气。这屋子之豪华，令若川咂舌，他来莲塘村已有一个月了，竟不知这丛林中还别有洞天。

霍半吼了一声，赶开了看家狗，不容若川多想，就将他拉进正堂。堂屋的主要部分，是传统区域，有一套红木家具。在供财神的八仙桌两侧，摆着一对硕大无朋的仿古瓷瓶。屋子的另一部分，是现代区域，摆着大屏幕彩电和影碟机。室内的各式杂物，虽凌乱不堪，却透出一股逼人的富贵气来。若川连声夸赞，一面又好奇地问："你家里能收到电视？"霍半笑了一声："咱家里有'锅'呀！"

落座之后，霍半将正在玩耍的几个小仔撵到门外，又叫老婆端来一套精细的功夫茶具。沏茶的时候，若川只顾浏览墙上的镜框，那里面，镶嵌着七七八八的旧照片。霍半就指着照片吹牛，说自己早年去过广东闯荡，吃过猪肉也见过猪跑，跟普通乡人绝对不同。水烧好了，他便邀若川一起饮，把那盛满茶水的袖珍茶杯举起，陶醉地嗅嗅，然后一口抿下。待三杯茶落肚，霍半才慢悠悠地说："你们何苦跟那妇道人家打交道？我这边，也是要什么有什么的。"若川知道他是想收复马寡妇占去的失地，于是便格外斟酌地说："鳖场的事，我不大插手。"霍半笑笑说："我早打探清楚，你是老板跟前的红人，说话管用。你这次帮了我，我自然有回报。"若川听了，就在心里苦笑：自己算个什么人呢，竟受到来自两面的热情拉拢。

眼下这一幕，若川是早料到的，在半路上就已想好了说辞，此时便佯装为难，半晌才说："我在老板面前做事，进言的机会当然有。只是，我们那个老板，你无事，他都疑心你。若要鳖场不买马寡妇的鱼，换成你的关系户，总要有个说过得去的理由。不然老板疑心起来，我就难做人了。"若川这话，说得很圆滑，霍半一面听，笑容就一面在衰减。到最后，他打了个哈哈，不动声色地岔开了话题："也罢，这就不说了。不过我告诉你，小郭那个伶俐虫，不是什么好东西，你们那鳖场将来赚的钱，怕还抵不过他一个人捞的。还有那个马寡妇，她的话，讲得好听吧？许了你多少愿？那都是空花不结果的！你呀……"说到这儿，就故意打住，不说了。

若川对霍半的这个话题，也早有预料，却故意心不在焉，只品着茶，一面不住地打量那一对硕大的瓷瓶。那彩釉瓷瓶，比得上一人高，瓶子上的图案，是带有喜气的红日松鹤图，画功虽不高明，却画得十分认真。若是真古董，怕也值一两千万不止。若川就这样端详着，等待霍半自己说出下文来。果然，过了片刻，霍半忍不住，又说："马寡妇的鱼，我承认，的确是便宜，但便宜得也太多了啵？生意人，干姜也要捏出水来，她为何要做这不得利的生意？"

若川心里就一动，觉得霍半这是说到了问题的要害。这个问题，先前若川也曾想过，但未及深想，就轻轻滑了过去，经霍半这一提，才感觉确是一大疑点。看来，还要引霍半多说一些才好，于是他把目光从瓷瓶上收回，佯作不解的样子。霍半就说："那小郭，你当他真是靠养鳖赚钱的么？"若川等的就是这一句，却故意反问道："不靠养鳖靠什么？"霍半便阴阴地笑了："你们那鳖场，不只是鱼，大到排水管、冷藏柜，小到锅碗瓢盆，每天都是要买东西的。这些东西，是花多少钱买的，实际上买了多少，你心里都有数么？依我看，鳖场不要说赚钱，只怕是赔钱都恨不快，他小郭愿意给你们干，到底是图的甚？"若川扫了一眼霍半，心里开窍，但没露声色，只虚应了一句："霍队长，你指点得好。我早想查一查，有什么漏洞，堵住也就是了。如今这江湖上，不会有圣人的，是不是？"

霍半便不言语了，朝红木靠椅上一仰，手拍着膝盖，哼起了琼剧《八仙贺寿》的段子。唱了两句，又斟了一巡茶，殷勤地让若川喝。两人喝了七八杯功夫茶，若川竟有些"醉茶"了，头晕晕的。霍半便笑若川是个雏儿：“吃茶也醉！”遂摆了摆手，让若川不要再喝了。如此又聊了些不着边际的话，若川就起身告辞。走到门口，若川忽地想起来问：“队长，你这小楼，盖起来要多少钱呢？”霍半淡淡地应道：“二十万喽。早些年盖的，材料用得贵啦。”若川一惊：“不得了！”霍半便得意地说：“助理你看，在这农村，我也算个人物吧？”说罢仰头大笑。他将若川送到院中，朝远处吼了一声，叫来一个男仔，让男仔送若川回鳖场，然后说声“不送”，就兀自回屋了。若川立在院中，怔了一怔，才缓过神来，跟着那男孩走了。

男孩拿着尺长的电筒，在前面簌簌地趟着乱草走。草中，有许多米粒似的萤火虫飘来荡去，扯出一丝丝银线来。若川回头望一望，黑暗丛林中，霍半的小楼正灯火辉煌。

带路的男孩，看样子跟六莲差不多大，性子寡言。路上，若川问他：“你是霍队长的儿子？”小仔答：“不是，是他侄子。”若川又问：“叫什么名字？”小仔说：“霍井石。”接下去，那男孩就再也无半句话，于是若川只好默默走路，一边揣摩着刚才霍半说的话。若川心里一个积了多时的疑团，终于找到了一个线头，那就是——小郭为甚要在这儿苦守？马寡妇为甚要做不赚钱的生意？经过霍半的点拨，若川心中有数，所欠的不过是具体的证据。蛇，已被抓到了七寸！

看看前面已快到老屋，若川便把霍半的侄子打发回去了。日子近了农历十五，夜里月亮大，山野像浸在水里一样，幽凉沉静。他想起莲塘里的睡莲，就想拐过去看一看。忽然远远瞭见，在月光下，六莲正站立在莲塘边，痴望着塘中央，身上穿着一件平日未曾见过的红衣褂。若川招呼了一声，六莲却像听不见一样，一动未动。他心里奇怪，便又喊。六莲却似充耳不闻，自顾转过了身，返回老屋去了。若川疑心自己是幻视，就擦了擦眼睛，却又看得清清楚楚。想去追，脚下却好像有什么羁绊，动弹不得——忽然之间，若川就相信了：在这岭下，即便出了什么灵异之象，那也是正常的。

22. 日子

这个下午，村中又是一片宁静。六莲去村井边洗了衣服回来，在屋檐下的铁丝上晾好。见时辰尚早，就独自坐在门槛上。此刻，鸡蛋花的清香飘过来，令她神思恍惚，不由得想起刚才在老井旁的情形。莲塘村的老井，古朴而又别致，井口低于地面许多，相当于在地面挖了一个坑。坑的中央，是一眼六角石井，伸手就能从里面舀到水，省却了轳辘与井绳。

乡村生涯，平日里较为冷清，女子们就喜好凑到这井边淘米洗衣，于是，此处就成了村妇聚会的场所。六莲家中本有一口小井，但她也性喜热闹，若要洗衣，是一定要到老井这里来的。刚才听到人讲到，小姐妹亚娟已经去了海口。这鬼精灵的女子，招呼也没打一个，就泼泼刺刺地闯世界去了，这使六莲很感意外。洗完衣服回到家中，想想亚娟的不近人情，心里有不平，但转念又想：友情的事，说浓可浓，说淡也就淡了。亚娟虽是自小一起长大的，但毕竟不是同胞姐妹，平日里玩得再好，又怎能事事都捆绑到一起？这次亚娟不声不响地走了，对自己倒是一种极大的敦促——树挪死，人挪活呀！六莲这样想着，心里的疙瘩就解开了，又在心里默祝亚娟。这样的闯荡，对乡村女孩来说，好比是重新投胎一回，自己迟早也是要走这个路的。

六莲拿起斧子，剁了一些番薯，掺了米糠在锅里煮，煮好，便把鸡喂了。忙完后，在门槛上坐下，见远处的莲塘里，凉风乍起，一池残荷在风中摇摆，心里便有些落寞，不由得想起另一个女友。那是在白助理来吃饭之后的第三天，美芬在照相馆告了假，回家来歇息两天。这大嘴姑娘回到家，床还没坐热，就跑来串门，告诉了六莲一件惊天的消息——她们的校友，镇政府官员的公子阎槐树，托美芬向六莲带口信，要托媒人正式向六莲求婚了！六莲听了，当下脸涨得像块红布，心知这十有八九是真事，嘴上却只嗔怪：“死美芬，你出去才几天，就拿我开心！”美芬指天发誓地说：“谁若骗你，谁是鳖场的鳖好不好？槐树来找我的时候，还特地提了一包糕点送我，一本正经的。”六莲只是望着天，不搭腔，心里没来由地想起了白助理，一瞬间，又像是闻到了他衬衫上的清香味……

美芬望望六莲，只以为那沉默是害羞，就说：“看你和槐树两个，不知什么时候有了情意，又不说破，中间让我跑腿。其实呀，我也不想传话，就让他自己当面来说。哪知他一个五金店的经理，脸皮却薄，只会红着脸说‘老同学帮个忙’，我只得应下。”六莲便吁了一口气，把散漫的目光收回来，对美芬说：“我是不可能嫁他的。”美芬惊诧得很，忙问道：“槐树有什么不好？老爸有权，自己又会挣钱，嫁给他，不是享了清福？”六莲便撇嘴道：“那叫什么享福哟！”美芬一怔，嗔道，“傻呀！槐树的条件，在镇上数一数二的，你还想找甚样的？”六莲只是不讲话，伸手摘了一片树叶，一点点在撕。美芬气了，一把夺下叶子扔了：“你倒是说话！”六莲忽然就生了气，涨红了脸大声说：“咦？我不懂，槐树有什么好？他究竟有什么好？”美芬脸一下变得惨白，表情奇怪地望着六莲，喃喃道：“好吧！算我胡乱操心。”说罢就起了身，扭头走了，一边走，一边像是在抹眼泪。第三天上，美芬回镇照相馆上班去了，没有来跟六莲告别。两个好友，就这样为一个本不相干的男孩子，闹翻了。照常理说，六莲心里本应难过，但她没有，倒像是出了一口很大的恶气似的。尤其是质问美芬的那两句，竟像是当面斥责了槐树一般，感觉痛快得很。

此时日头眼看就要斜了，再过一会儿，阿爸就会从香蕉园返回。六莲慌忙收起心思，从门槛上跳起来，钻进灶房，把米下了锅，点燃柴火，又坐下来拣菜。柴草在灶洞里毕毕剥剥地烧着，火光映红了沁出汗珠的脸。她在很小的时候就知道，乡里的女人从一落地，就是跟灶房结了缘的，从毛丫头熬到弯腰老妇，要在这柴烟中送走一辈子。

但是，这段时间来，她不由自主要生出些白日幻想来。在亚娟借给她的那些画报里，六莲看到过城里豪宅厨房的样子，那种光鲜的布置，不像是烧火做饭的地方，简直就是宫殿了。在遐想中，六莲自己就是这梦幻中的主妇，而家中的男人呢，就是像白助理那样温文尔雅的一个人。因此，六莲抱定了主意——要去海口，无论迟早。

把夜饭端上桌时，六莲又对阿爸提起了进城的事。吴老伯放下烟筒，沉吟片刻道："进城？能去做什么呢？"六莲说："先打工嘛，做服务员。"老伯就笑："啧啧，你志气倒是不小。不过，去了也就知道了，在城里，想做些什么，那是自己做不了主的。"六莲便反问："乡下难道就能吗？"老伯想了半天，说："乡下就是千般不好，脚下这块田土还是自己的。就是失败了，饭总还是有的吃。"六莲赌气说："我本来就是乡下人，城里做不成，就回来么。"老伯说："只怕你到那时，既待不下去，又回不来呀。"老伯看看六莲，觉得女儿近来心事多了，不知她在想些什么。那神态，使他想起几十年前的女友。当年恋爱时，女友也就是六莲这般大，那女孩也有六莲这样神不守舍的惶然。吴老伯轻轻摇了摇头，像要把这念头驱走，随后便问："昨天是七夕，你昨晚去找你的姐妹了吗？"六莲摇头道："没有，我的姐妹，都去打工了。"老伯就喃喃道："奇怪，半夜怎么听见了门响？"六莲忍不住一笑："是鬼啵？"

小院里蒸腾着白日留下来的暑气，老伯吃着饭，与六莲聊起家常，渐渐说到了香蕉的长势。说来也是运气好，今年的几场台风都擦边过去了，连一场大暴雨也没下过，眼见得转过年就有好收成。吴老伯一边说，一边就朗声笑起来。农家的日子，只要人心踏实，凡俗的生活也似美不胜收。

饭吃到一半，听阿丑“呜哇”一声欢叫，却见邻居哥苗晃悠悠走进院来。吴老伯连忙招手：“来，一起吃。”哥苗赤膊披着布衫，趿着木屐噗托噗托走近前来，说：“已经吃过了，我来坐坐。”吴老伯就说：“那就陪我喝一点酒。”遂吩咐六莲，去取上一次喝剩下的米酒。两人闷闷地喝起了酒。六莲在一旁只低头扒饭，也无言语。吴老伯看看六莲，问她：“怪啊，你哥苗来，你怎么就成了哑巴？”六莲本来就觉有些扫兴，听阿爸这样说，便眨了眨眼，直通通地说：“我肚子痛。”

这“肚子痛”是女儿家每月遇到月事的隐语，老伯自然知道。此时听六莲这样说，心知六莲是顽皮，却又不好发作，只得回头去与哥苗聊天。两人渐渐聊到了养鱼的收益，哥苗就叹气：“衰啦，鱼越来越不好养了。”老伯问：“是什么道理？”哥苗闷了一会儿，突然冒出句狠话来：“那鳖场的人，都是遭天杀的！”这话，就如爆竹扔在了饭桌上，老伯和六莲一下都僵住了。六莲一双筷子哗地掉在了地上。她俯身拣起来，气鼓鼓地说：“你不要把人吓死！”老伯忙问：“鳖场？有什么问题么？”哥苗也知道自己说重了，忙苦着脸解释：“那鳖池用过的水，都排到沟渠里，最后还不是渗进了我塘里。塘水脏了，鱼不好活。”老伯将信将疑：

“真是这原因么？养过鳖的水，不至于把鱼都搞死吧？”哥苗叹口气说：“你们哪里知道，鳖场总是在消毒，谁知道用了一些什么药？”老伯说：“这倒是，但你要有证据。”哥苗苦笑道：“证据？我哪有钱请人来化验？”吴老伯听了，便默然。六莲对这些事本来不感兴趣，这时却插了句嘴：“你塘里的鱼不好养，不是一天两天了，塘不好，莫要乱怪人。”吴老伯抬眼瞄了瞄六莲，说：“你若吃完了，就去玩耍吧。”

六莲也不作声，放了筷子，捧起收音机，便去了后廊。饭桌上剩下一老一少，吴老伯便单刀直入地问道：“彩礼的钱，攒够了么？”哥苗摇头说：“还没。我老爸看病，花销实在太大。”老伯就问：“前些年，你去外面打工，为何不多做些时日，做工的收入，不是好过种田么？”哥苗说：“伯爹，说出来不怕你笑话，我是忍不了。”老伯说：“打工当然苦，忍忍就好了。”哥苗眼圈忽地就一红：“打工有多苦，在我们这乡下，是想不到的。我在广东，进的是一家首饰厂，每天放工出厂门，保安都要搜身，连裆下都要摸一摸。我日他先人！讨饭也不至于这样子衰啵？”老伯听了，不禁愕然，缓了缓才说：“莫急。你年轻，还有熬头。过日子，就是要讲一个‘熬’字。”哥苗凄然道：“我也只能熬，但何时才能出头呢？”

他话音刚落，村中忽然响起了爆竹声，先是一处两处，到后来越来越多，竟似过年一般，排山倒海。阿丑惊叫了一声，躲到了饭桌底下。吴老伯与哥苗面面相觑，不知发生了什么事，只顾向村中张望。六莲从后廊走了过来，见两人张望的样子，就噗哧一笑："没什么事。是刚才新闻里说，前些天刮热带风暴，下大雨，广东广西的香蕉都受了灾。"老伯听了，生气道："两广受灾，我们就要放鞭炮？"六莲撇一撇嘴说："那有什么？等下说不定还要舞龙灯呢。"老伯就叱道："胡说！"哥苗见老伯动了气，便有些不安，嗫嚅着说："也就是高兴一下吧？"吴老伯痛心，说："天下农民，是一家呀。有什么可高兴的？"六莲便又说："阿爸，现在天下的农民，可不是一家了。"吴老伯听了一怔，讲不出话来，过了一会儿才又说："幸灾乐祸，要遭天谴的。"这时，哥苗起了身，要告辞，又像是不经意地对六莲说："你都快半年没去我塘里玩了。"六莲一边收拾桌子，一边说："哪天高兴了，哪天就去。"哥苗神色就有些黯然："那也好。"他整了整披在身上的衣服，歪歪斜斜地向院门走去了。

鞭炮声炸雷般响过几轮之后，渐渐稀落下去了。村民们里把准备在"鬼节"里放的鞭炮，都拿来提前放了，居然有了一种过节的气氛，说不上是喜是悲，只给人一种时空倒错之感。六莲从地上抱起惊慌失措的阿丑，立在廊下，感受着漫天的夜气。看着哥苗渐渐走远，不知为何，她心头一片茫然。

23. 老板

自从受了霍半的点拨，白若川动了心思，凡是鳖场有钱财进出，都格外留意。这日，小郭说了一句，要到镇上去修理水泵，若川就故意漫不经心地说："我也去逛逛。"小郭一怔，随即脸孔浮起笑容，说："好啊，免得我自己去孤单。"忙过一阵后，小郭雇了一辆手扶拖拉机，用拖车拉着水泵，他自己用摩托车载着若川，就上了路。这一日，镇上逢集，路上又是喜洋洋的，男女老幼，都争先向镇上走。若川本没把这下田镇看得有多重要，现在看路人近乎朝圣似的神情，忽然就懂了：人们生来就是爱赶热闹的。穷乡僻壤的生涯，谁也不能长期忍受。乡人们去赶集，实用的成分与精神的享受，是并存的。

到得集市上，若川禁不住目眩——那满街的果蔬、树苗、种子、饲料、杂货，使人觉得这乡下十分富足；再看市上与茶楼里兴致勃勃的人，又觉得天底下哪还有什么愁苦？被太阳晒得黧黑的一个族群，生命力旺盛得很，没有谁能摧垮他们。为生计而做的琐碎事，就是他们现世的幸福。

穿过熙攘的人群，就到了镇边上的修理厂。小郭显然与厂老板很熟了，嘻嘻哈哈中，那老板就断定了毛病，讲好了修理的价钱。厂老板用脚踹了踹水泵，甩掉烟头，轻描淡写地说：“小毛病，中午来拿吧。”小郭就拖了若川出来，四处看集市上的风光。这古老的集镇，实际上是一个大村庄，村庄中有的，这里也有。集市旁，还有个大戏场，砖石砌成舞台，有两尺多高，背景墙上描龙画凤，很古香古色。戏场平时显得很空旷，有小孩子在那里练习轮滑。戏台对面，有座文武神庙，屋顶金碧辉煌。这戏台，这神庙，就在十字街的尽头处，周边的房子都已经现代化了，可它们还是依然如故，耸立在漫漫旧时光中。

走了一圈，若川大呼过瘾。又到小摊子中间去看，左边是廉价的鞋袜衣褂，右边是热腾腾的小食。若川停下来，看那些糯米糕、山兰糕，都晶莹可爱，就忍不住要买来尝尝。又见小贩并不是用刀来切年糕，而是用细棉线。那小贩，用嘴叼着棉线一头，用手拉住另一头，绷直了就可切割年糕，看得若川连声称奇。见若川流露出如此孩子气，小郭就掩不住窃笑，耐心地陪着他看。走走逛逛了半天，不觉有些疲乏，小郭便提议道：“中午不回去吃了，我们去酒楼，吃完饭，正好拿水泵。”

他拉着若川，来到镇上一家堪称体面的酒楼，看看招牌，叫做“福满园”。里面很宽敞，有二楼，可凭窗远眺。进了门，小郭摆出大主顾的架子，吆喝了一声，马上有服务员小妹上前来，殷勤招呼。小郭与那小妹嘻嘻哈哈两句，显然也很熟，他问清了楼上无人，就径自带若川上了楼，进了一个单间。两人靠着大窗坐下，随手拉起窗上的竹帘，眼前便豁然开朗——远山青翠，天色如洗，有一条河从窗下流过，几乎看不出水在动。若川感到不安：“这样奢侈，不太好吧？”小郭一笑，露出狡黠来：“我们只吃它最便宜的菜。”不一会儿，小妹上了茶，两人饮了两口，都觉惬意。若川就感叹：“你这鳖王，如今是落到了平阳地了！”小郭笑道：“我是粗人，哪里都能活。想不到，你助理也能在鳖场待下来。”若川说：“有什么不可以？就是吃口饭么。”小郭便说：“人和人的一口饭，那可是很不同的哟！”说罢，两人就大笑。

忽然间，听得楼下一阵喧哗，有服务员的招呼和客人的粗声大嗓。过了一会儿，有人踩着木楼梯上来了，像是身躯很沉重。若川和小郭都从门口向外看。见两条汉子，一前一后，咯噔咯噔上来。前面的那个，竟然是霍半；后面一个大腹便便，穿着背带裤，是早前若川在老屋见过的大老板。

霍半看到包厢里若川他们，眼睛便一亮，跟小郭打个招呼，双手伸过来与若川握手：“有缘有缘！你们也来了这里？今天朱董事长请客，你们也算莲塘村的人，一起坐吧。”那朱董事长不动声色，一副无可无不可的样子，他看包厢环境还干净，就走进来，在主座上大咧咧坐下，招呼服务员小妹：“有什么山珍？尽管上！”小妹脸涨红了，答不出。霍半赶忙劝道：“朱老板，你当这是海口的酒楼？这里小地方，就马虎一下吧。”他随口报了几个菜名，就挥手叫小妹下去了。

若川与小郭相视一下，几乎要笑。听那朱董事长的口音，分明是北方人，何来“香港”一说？若川在商场混久了，早就知道，内地老板在香港交几百元注册一家公司，并非难事，所谓“香港背景”，倒也不稀奇。不过，在江湖上闯荡的，就数这样的角色最狠，天知道他们是怎样弄到的资金？有一点儿钱，走动一下关系，就放开胃口买地皮，胆子比天都大。

酒菜上来，主宾就是一番真真假假的寒暄。若川对这场面，经得多了，知道商场上的应酬，有时是自己白白请人家，有时是人家白白请自己，都不可深究，吃就是了。那朱老板见若川也是公司人，倒像是碰见同类一样，话多起来，话题也就扯开了去，涉及了几个闻名国内的商界大佬。

若川听着，就在想，不知这朱老板胃口到底有多大，便小心翼翼地问："在这里建高尔夫球场，条件合适么？"朱董事长说："咋不合适？太好了，有山有水，弄个十八洞的场子，你就瞧好吧。"若川问："这里的地，能弄到一千亩么？"朱董事长一挥手："有钱，啥还弄不到！"霍半便插嘴道："莲塘村的地，当然不够，不能把耕地都占了。但是连同其他村的，划一片地出来，不成问题。"若川想，莲塘村的地，就连包给农民都嫌吃紧，哪里还有多的地？他有些怀疑朱老板是说大话，便试探道："村民这一关，怕不好过吧？"朱董事长还未开口，霍半却是一脸的不屑，说道："村民？村民是什么东西？番薯屎！我说可以就可以。"小郭笑道："在莲塘村里，霍队长说话是管用的，姓霍的就占了一多半嘛。"霍半说："话也不是那样讲。老板征地，村民是能够得到补偿的，又不是硬抢。他村民活一辈子，见过这样多钱么？"小郭就笑："队长，只这一单生意，就吃肥了啵？"霍半说："哪里？你可不要乱讲，我代表的是村民。"朱老板此时接过去说："是的哩，霍队长可不好对付，谈一次，就抬一次价。”霍半便拍拍朱老板肩膀说：“不抬一抬价，乡亲们在背后要咒死我！”

小郭在桌下用脚碰了碰若川的腿，接着又问霍半：“朱老板要地，不会把我们鳖场也划进去吧？”霍半听了，哈哈大笑：“郭主管精明。无巧不成书么，边界线，恰恰就与你们鳖场擦边而过，不然，今天也不敢同你们一起吃饭了。”若川一惊：“红线图都出来了？”朱老板就说：“没那么快，是我们自己在图上圈了一下。勘测报建，都是下一步的事。”若川接着便问：“有草图么？”朱老板笑笑，掏出手机就打，不一会儿，女秘书夹着公文包上楼来，低头从包里找出一份图纸，摊开，给两人看。若川在图纸上比划着，忽然停住：“怎么？老屋也在征地范围内？”霍半说：“白助理看得仔细！不错，那老屋，迟早也是要拆的。”若川就问：“那不是华侨的资产么？”霍半很不屑地说：“那房主，早年间去了泰国，是个‘番客’。这许多年了，老阿公的后人只回来过一次，也没给老屋办过确权，所以那房产，等于是集体的。集体是谁？这你也懂，说把它拆掉，还不容易么？”若川说：“侨产，总不好动吧？”霍半忽就拔高了声调说：“这我也懂啰。可是法律上它现在不是侨产了，我们，就按法律办。”

若川不做声了，心想，要赶快把这消息告诉吴老伯，这些吃地皮饭的，胆大包天，什么事都做得出。这样想着，酒席上再谈些什么，似乎就听不大清了。过了一会儿，他见那女秘书还是站着，就让道：“女士也坐下吃吧。”那女孩嫣然一笑：“我不吃荤。”说完，就转身下楼去了。

24 鬼节

“鬼节”的早上，若川起来得早，看天气很好，虽也是大太阳，却不怎么热。他俯在炮楼窗口上，朝四下里看，心情一下就豁朗了。鬼节，毕竟也算个节吧，前几天，山村里的气氛就开始兴奋，到了今日，便达到顶点。这个日子，在古代叫做“盂兰节”，是很隆重的一个节，无论城乡，都要大大地热闹一番，如今在一些乡俗里，还保留着残迹。

在这个很另类的节日里，乡民们对传说中的“野鬼”，使用了又打又拉的手段。譬如，这里自古就流行着“施孤”的风俗，在村中祭祖之后，各家把拿来的大米、芋头、番薯抛撒向四方，施舍给野外那些“饿鬼”。莲塘村过鬼节，还有一些独特的规矩，在这一天里，禁止交易，不得相亲，不许剪发，女人不能穿花衣服。鬼节的前夜，天一擦黑，鞭炮就噼里啪啦响开，直响到半夜，这便是在“驱鬼”了。放鞭炮，是为了在施舍之前吓一吓鬼们，省得他们贪心。

这些有意思的风俗，令若川十分感叹。城里人活在物质的壳里，与母体的脐带早已经断掉了。只有在乡间的农人，才与这土地之母有着血脉相通。

若川看了一会儿，想了一会儿，正要回身，忽见老屋的树下，六莲穿了一身白衣服，正遥遥地朝他招手。若川心里就是一惊，揉揉眼睛再看，没错，是六莲！他赶忙挥了挥手，然后跑下炮楼，到井边简单洗漱一下，就找六莲去了。

走近老屋，见六莲挎了个竹篮，笑吟吟的朝他招呼道："今天有空么？陪我去上一趟坟吧。"若川说："没有问题。"两人就觅了一条小道上山。

上山的路并不陡，转了几个弯，村庄不知不觉就在脚底下了。前面路旁，有一块大青石，石面光光的。六莲说："不忙，我们歇歇。你还没吃早饭啵？"若川点下头，两人就在石上坐下，六莲揭开篮子上盖的毛巾，拿出两只煮玉米，递了过来。若川眼睛一亮，笑笑接过，吃了起来。六莲看了一会儿，就问："甜吗？"若川说："甜。"六莲眯起眼睛一笑："你将来就住到我们家吧，我天天煮给你吃。"若川心里砰地一跳，脸孔发起热来。吃罢，他才想起来问六莲，"你去给谁上坟？"六莲说："去给阿婆呀。"

如若六莲不说，若川还真是忘了：老屋里，曾经住过一位饱经沧桑的老阿婆。阿婆是个什么样子？无从想象。也许跟这岛上的其他阿婆并无不同，皱纹满面，牙齿脱落，常年有慈祥的笑容。她在这里活过，过世了就葬在这岭上，离村子并没有多远。

岭上的清晨，空气是甜的，斑鸠一声声地叫，令人想手舞足蹈。漫山遍野里，木麻黄、小叶桉、相思树、水杉这些杂木，遮天蔽日。

浓绿的树冠，云团似的压在头顶。这森林，原本就是童话王国，六莲在林里走，也恍惚成了童话人物，身上有了贞静的光彩。

走了一会儿，她心思一下子转到北方去了，问若川：“见过雪吗？”若川笑了，说：“我们那里，年年冬天要下雪的。”六莲便很好奇：“真的呀，很白吗？”若川说：“白，像糖一样。”六莲接着问：“下起雪来很冷？”若川说：“不冷。下雪天，比平常还要暖和些呢。”六莲停了停，又问：“那……穿的棉衣是妈妈缝的吗？”若川说：“小的时候，当然是啦。”六莲听了，好久不做声，走了一段路才回头说：“看你的命多好，什么都见过。我呢，什么都没见过。”若川问：“你小时候好玩吗？”六莲做个鬼脸说：“不好玩。小时候吃得不好，没有菜下饭，天天是萝卜干，蘸酱油。”若川诧异地说：“苦到这个样子？”六莲说：“难道我骗你？那时候去集市，看到有大人吃甘蔗，就跟在他们后面走，人家看我可怜，吃到最后一口，不吃了，就送给我。拿到甘蔗的尾巴，嘻，欢喜得像当了新娘子。”

若川心里又像被撞了一下，想说什么，又觉得说什么都不妥。走了一会儿，六莲又说：“我就是不懂，城里人怎么会喜欢莲塘村？我不喜欢。我就喜欢海口。”若川不假思索地说：“你要是去，就到我那儿去玩。”六莲一扭头，往远处看去，说了句：“我不去。”若川便问：“为什么？”六莲低了头，幽幽地说：“唉，别说这些了……”她停下脚，回过头来，不加掩饰地看着若川，那眼光直盯盯的，看得若川不自在起来。

两人翻过一个小山岗，来到一处向阳坡地。这里的草木，看上去要稍稀疏一些。六莲便说：“到了。”若川看去，空地上有几座野坟，看样子已有些岁月了，碑面上的文字漶漫不清。他走到一座墓碑前，蹲下身去看，依稀能辨出“宣统某某年”的字样。六莲又向崖边上走了几步，说：“是这里。”

崖边上有一座孤坟，坟前立着一座简陋的石碑，碑上有“乐会县烟塘村符黄氏之墓”几个字。六莲摸着墓碑，动了感情，说：“阿婆就睡在这里。”说着就蹲下去，仔细拔净了坟前的荒草，拾走枯叶，又拣了些碎石放在坟头上。

若川立在一旁，默默看着。六莲又说：“碑上的字，要描一描红。”她从竹篮里拿出毛笔和红油彩，一笔一笔把碑铭描了一遍。描过的字，忽然就有了光彩，在树影下透出几分喜气来。若川问：“这就好了么？”六莲说：“还要磕头呢。”她把其余几个坟头也清理好，统统都插上香，香烟缭绕在林间，气味入髓入骨。接着，六莲在阿婆的坟前铺好报纸，从竹篮里拿出水果和糕饼摆好，又拿出收音机，调好了一个频率，传出“沙沙”的音乐声来。

一切停当了，六莲双手合十，跪下，闭起眼睛说：“阿婆，你还好吗？好久都没来看你了，今天就不放鞭炮了，给你听听收音机好么……”说到这里，她眼角就有亮晶晶的泪涌出。若川看见，不由想起自己过世的外婆，心里一酸，也情不自禁地跪下来。六莲对阿婆说的话，是亲切的家常话，但在若川听来，却很悲凉。她的声音越来越低，低到好似耳语，默念了许久，最后叩了三个头，才对若川说：“好了。”

两人起身，又站了一会儿，六莲收起收音机，转身对若川道："我们回吧。"一面就回头张望，一副恋恋不舍的样子。若川便说："你对阿婆，感情很深哦！"六莲说："是呀，常常梦到，阿婆就像没走一样。"若川问："阿婆喜欢你？"六莲答道："喜欢呀，她喜欢我给她做事，服侍她。"若川问："给她做什么呢？"六莲说："捶背呀，烫脚呀，挽脸呀。"若川没听懂："挽脸？"六莲一笑："就是绞脸了。嘻，阿婆还是很爱美的哩！"若川"嗯"了一声，脑海里浮现出祖孙俩相依为命的情景，心头便是一热。

下山的路上，见到山色更加幽绝，若川止不住好奇，便问六莲："阿婆的坟，为什么要修在这里？"六莲说："是以前阿婆自己选好的，她不是村里的人，也不是嫁过来的女，所以不肯葬在村里墓地。"若川就说："葬得这样高，是想看到自己家乡吧？"六莲掩嘴一笑，说："不是的，你乱想，阿婆哪里会有那么浪漫！这山上有几个坟，是还没结婚就死掉的人，死的时候，都还年轻呢，无儿无女。这就是孤魂野鬼了，不会有人来上坟。阿婆说，土里的这些仔，没有儿女来上坟，一定很孤单。她过世后葬在这里，我和阿爸会经常来，野鬼们就不会孤单了。"

若川心头又是一热，回头看看，六莲此时正提着空竹篮，紧挨在他身后，一身素白，如莲之花苞。在这荒芜的墓地间，有一种生命绽放的灿烂。寂静中，林间的近处，突然爆发出布谷鸟的叫声——咯咯咯嘎！山坳就越显得空灵。若川忽地起了个念头：要是自己死了，就葬在这里，也好。

六莲放下篮子，跟若川并肩在一起，看着山下。若川感觉到，山风把六莲身上的幽香吹过来，滑滑的，是香皂的气息。看六莲侧面的脸，他就觉得，这真是乡野里一道绝美的景色，忍不住便想吻她。六莲看出若川的心思来，脸忽地就红了，扭过脸，眼睛慌慌地望着别处，一把抓起空篮子，低低说了声：“我们走吧。”

风吹起了六莲的头发。她在前面走，不停地唱着。那是个很悠扬的曲调，是岛上流行的黎族情歌，听了让人心醉：

久久不见久久见，
久久相见才有趣……

山色是青青的，草木的气息越发新鲜。若川不再思索什么了，他就喜爱这“山深闻鹧鸪”的寂静。走了一会儿，六莲停下来，指着岭下说：“助理，你快看！那是我的家，那是你的家……”若川便也停住，眺望岭下小小的房子，忽然心里就有一种苦涩，于是喃喃道：“家，要是在这山上就好了。”六莲一个雀跃，回头说：“那好。将来，我就到这山上来住。”若川心头一震，在山风中怅然良久。“我的家，你的家”——那童稚般的声音，久久绕在耳边不散。

25. 挖路

“鬼节”过后，白若川告诫自己，感情上的事，放纵不得。就算想寻觅新的伴侣，那新人的标准，也须对旁人交代得过去。六莲还是个小女孩，又有城乡之别，这都是世俗习惯容不得的，一意孤行的话，会碰得头破血流。想来想去，他便狠了心，要把这一切都斩断——绝不能陷在这说不清的儿女情长里面。在现世，务实的事，意义总要高于抽象的事。

鳖场的问题，眼见得疑点多多，万不能疏忽，如果出了什么纰漏，老板那里无法交代，那就真可能有“丢饭碗”的问题发生。他克制住自己想去老屋的冲动，闷在炮楼里看账，把几个月来的票据翻了又翻，做了些摘录，记下一些可疑的数字。但转而一想，又不免疑惑：在账面上，小处虽可做手脚，但这样零零星星地捞些好处，是不值得小郭耗在鳖场不走的。他要贪，势必会图谋很大。这样想来，鳖场一定有个隐蔽得很深的黑洞，不知是在哪里？

池里的鳖儿，全不知人间的复杂，眼看就一天天长大了。天一晴，小拳头般大的幼鳖，都爬到斜坡上晒甲，乌油油地可爱。若川天天在鳖场里转，想不出问题在哪儿，有心找老金去聊聊，又怕泄露了自己的意图，反而惊动小郭，只得每日闷闷地看工人干活儿。有时他也想伸手帮忙，但那些工人却惶恐得不行，连连劝阻，以为若川嫌他们不够卖力。若川没法剖明心迹，只得暗自叹气。

这日午休，太阳毒毒地当头照着，工人们都午睡去了。若川早上醒得晚，此刻就不想再睡，下了炮楼，沿了院墙没有目标地乱走，鳖群见有人来，一阵慌乱，都潮水般地退下池里去了。走到库房门口，一眼看见有个孤零零的磅秤，若川就想起，来了快一个月，不知是胖了还是瘦了，何不称一称看？想着，便走了过去，站在了秤台上。拿了铁码加上，左弄弄，右拨拨，把游标拨到了一百四十斤，秤杆居然还是压不下去。

若川心里疑惑：不会吧？再拨弄游标，到了一百八十斤，才算平衡了。他难以相信，仔细再看一遍刻度，没错呀！愣了几秒钟，心头就忽然光亮一闪，明白了：这正是自己苦思的谜底之一。自己的体重，充其量也就一百二三，这秤，显然是有鬼！奇怪呀，磅秤这东西，国家管得严，谁还敢造假？不知小郭是怎么搞的鬼？若川连忙跳下来，匆匆离开。

回到炮楼，他冷静下来，躺在床上把事情反复掂量。鳖场的各种饲料，像杂鱼、螺蚌、糠麸、豆粉之类，都是用这台秤过磅的，如此天长日久，那虚数可就惊人了！小郭敢在秤上做手脚，其他的方面，也必不干净。这样想着，他便从床铺上跳下来，坐在桌前，把往日的票据再翻了一遍，挑出大宗的涵管、红砖、冰柜、抽水机等物品，逐个记下买价，待找个机会，要去镇上核实一下。

这几日，节气虽是立了秋，却丝毫不觉凉爽。若川坐在炮楼上没挪地方，就已是汗流如注。他于是拿了毛巾，下楼来到井台，提了一桶凉水从头浇下，才觉清爽了许多。冲罢凉，又在炮楼下找个阴凉处，蹲下来抽烟，一边就在想小郭这个人。这个湖南小镇上来的汉子，看上去谦卑胆小，甚至懦弱。一个月来，对他若川唯恐照顾不周，可这仅止于表面。若川自打来到鳖场，吴老伯、霍队长、马寡妇就都曾暗示过，鳖场是有些名堂的，他都没有轻易相信。哪知空穴来风，其源有自，小郭的胆子竟有这么大，简直就是个家贼了！

坐在炮楼下面的石阶上，抽掉了两支烟，想得头痛，若川便不再想了，反正迟早有一天和小郭是要摊牌的。想想他又埋怨起老板来，一味地吝啬，就连发薪的日子，也是每个月故意往后拖两天，只把人当成不用吃粮草的过河卒子。现下，不但没有赚到小郭，反被小郭赚足了好处。私营老板的这种一毛不拔，坏了多少大事，这几年他真是看得太多了。可是，这件事，将来真正要担起责任的，恐怕又只有他白若川一人。寄人篱下，最难的就是这个——没有实权，棘手的事却一件也躲不掉。

鳖场这一团乱麻，太令人生厌。看院子外面的田野，满眼都是一个绿字，纯净得让人心醉。可是人心，何时才能如此呢？他愈看，愈觉郁闷。

隔日下午，若川正昏昏欲睡，忽听得远处传来嘈杂声。起来一看，见院门外围了一大群人，他慌忙跑下炮楼，赶了过去，看到的场面很混乱。村中约摸十几个丁壮堵住院门吵嚷，来势汹汹。有人用拖拉机运来一车红土，堆在门外，有的正拿着锹镐，在挖院门前的路。鳖场这一边，工人们严阵以待，手执棍棒守住门。双方不停地互骂，煞是热闹。若川大惊，忙找到小郭问缘由。小郭站在工人后面，一副稳坐中军帐的样子，恨恨道：“又是霍半，他要搞事。你看，来的都是霍家的虾兵蟹将。他们说鳖场排水，污了农田，要断掉我们的路！”若川说：“不好好地说理，挖路干什么？”小郭苦笑道：“农民，就这个样子。”

这时，老金提着一柄铁锨，跑来对若川嚷道：“助理，你看，这地方的农民，像什么东西？挖路这种缺德的事，也干得出！”若川低声喝道：“你给我闭嘴。”老金便把脖颈一挺：“助理呀，你发个话，老子就打他们狗日的！”若川斥道：“这是村民，不比得小蟊贼，不要乱来。”说罢，便走上前去，对那些村民喊道：“各位乡亲，先停一停，有话好好说。”一个领头的村民就嚷：“有什么可说？你们养鳖，坏了我们的饭碗。”老金就抢上一句：“谁不让你们吃饭了么？”那人便怒斥道：“放屁！你们鳖场排出的王八水，把渠都搞臭了，还怎么种稻谷？”老金眼睛冒火，指着那人喝道：“再说一句王八，我今天就让你没卵！”

话音刚落，两边的丁壮都一拥而上，双方鼻尖碰着鼻尖，怒目而视。人群中频有喊打之声，斗殴势所不免。老金哼了一声，把铁锨往地上一插，慢慢脱去衣衫，露出了肋骨上两条明晃晃的疤，阴阴一笑：“来啵，想让老婆当寡妇的，就来！”遂啪啪拍了两下胸脯，往手掌上吐口唾沫，操起铁锨来。乡人们见老金是要豁出命了，有人便露出一丝惊惶，略向后退，有人则横下一条心玩命，上前了几步。众工人都想要蠢动，若川和小郭便同时喝止了一声，小郭跃出一步，把老金拉到了后面去。若川便对那领头人说：“你去把霍队长请来说话。”

那人见若川不敢放任工人动手，便一脸的不屑：“我们队长，没有时间。”说完将手一挥，众人又开始挥锹挖路。老金耐不住，跳起来，抡起铁锹柄就打。村民这边早有防备，几个后生仔饿虎一样扑过去，夺了铁锹，抡拳乱打。工人们想上前解救，无奈村民势众，全被挡在了外面。若川正在绝望之时，只听得人群后面一声猛喝：“都住手！”村民一惊，便都停了手，让开了一条路。只见吴老伯捧了水烟筒，慢慢地踱上前来。他看了看倒在地上的老金，又看看马上就要挖断的路，对那领头的村民说：“你去，请霍队长来，就说我请他！”吴老伯说话，凭空就有一种威严，众人便都无语。那人嘴张了一张，见吴老伯目光中有狠意，只好应了一声，掉头找霍半去了。众工人七手八脚将老金扶起，搀他回了鳌场。小郭忙叫人搬了张凳子给吴老伯坐，老伯坐下，对乡人们说道：“你们先歇下，待队长来了，再动手不迟。”大家便围拢来，七嘴八舌地诉苦，吴老伯摆摆手说：“这个我都清楚，等下，自会有话说。”

不大工夫，霍半喘吁吁地赶到，一看场面，就厉声斥责：“胡闹！谁叫你们这样子搞？都给我回去！”那些霍氏族人，就满脸的委屈，都嚷起来。霍半一下就恼了，揪住一个年轻仔，就要打耳光。吴老伯便“嗨”了一声，招招手，让霍半靠拢来。霍半走过两步，躬了身问道：“伯爹，有什么吩咐？”吴老伯又招手让小郭也过去，然后说：“我给你们当个和事佬，但仅此一回。小郭，我先跟你说，你们养鳖，是为富人锦上添花，谁也拦不住，但也要让农家能吃上一口饭。即便是猪是狗，总不能少了这一口食。如何办，你自去思量。”小郭连连点头说：“那是，那是。”老伯又看一眼霍半，说：“他们与你，都是为人谋事。你这样搞得跟土匪一样，便能解决问题？都散了罢，有话跟小郭去说，不要在我家门前乱吵。”霍半满头满脸的笑意，连连颔首道：“伯爹说的，我明白。这些年轻仔太不懂事。”说罢便转身，朝着族人吼道，“像这样子搞，要坏大事的，都散了去！”

众人闻言，扛了工具就各自走了。小郭忙拉了霍半一下：“明早上，去集市吃早茶吧。”霍半摇头说：“哪有时间哟。”小郭便又说：“那就明日吃晚饭吧，吃完再去玩玩。”霍半一笑：“夜生活？好呀，那就说定了！”吴老伯哼了一声，站起身说：“霍半，你是场面上人，不要太张狂了。像今日这种事，以后少搬弄。”霍半便急了，忙解释道：“伯爹，我好歹是个干部，哪敢做这样的事？他们有意见，我是一直都在压着的。”老伯说：“那，就算我帮了你的忙，你不高兴么？”霍半嘻笑着答道：“有劳伯爹了。”吴老伯便不再言语，甩手走了。霍半见状，对小郭和若川打个招呼：“二位，明日再见吧。”随后也走了。若川这才松口气，对小郭说：“多亏吴老伯帮忙，解了围。”小郭摇头苦笑道：“这群野蛮人。”遂指挥工人动手，把路填平，将堆起的红土移到路边。众工人一边干活儿、一边咒骂。老金的口唇被打破，渗出了血，他用衣襟擦了擦，狠狠地一边铲着土，一边骂“砍脑壳的农民”。若川听不入耳，便斥道：“少骂两句吧，你就不是农民么？”小郭也附和道：“老金！你个呆子，若不是吴老伯拦住，你有几条命？”老金一百个不服气的样子，把铁锹一插，说：“都是你们，慈悲心肠。中国人，不打，他听得懂道理么？”小郭便瞪圆了眼睛，吼了句：“快干活吧！”

众人忙碌完，就都进了院，喝水，冲凉，准备吃夜饭。白若川一人留在院外，呆望着清理后的“战场”。见路两旁的红土，堆得像坟冢的样子，不禁就神伤。他感觉自己是被夹在中间了：一面是农民，其情可悯；一面是老板，有所托付，这叫他如何两边讨好？正在烦恼间，忽见龙眼树林后面，有人影一闪，原来是六莲钻了出来。六莲今日，眉眼格外明澈，像是精心打扮过。她看了看刚刚被填好的路，就掩嘴笑道：“秀才遇到兵了啵？”若川说：“都是霍半鼓动的。”六莲就有些疑惑：“霍半？他不敢吧？”若川说：“就是他！我们不用他介绍来的饲料商，他就想法子报复。”六莲半信半疑地说：“是么？阿爸也说过这件事。不过，就因为这个，霍半还不至于搞鬼。我阿爸说，霍半做事，几面都想顺水行船，不会轻易得罪你们的。”若川心里一沉，自语道：“难道……我们真的是犯了众怒？”六莲说：“就是嘛，光埋怨霍半有什么用？你们到这儿来办鳖场，就是跟村里人争饭碗，村里人是好惹的么？不是我去叫阿爸来，看你们怎么收场？”若川这才恍然大悟：“哦，原来是你！”六莲说：“是哥苗来对我说，有人在鳖场闹事。他拿了铁锹也要来，我把他骂了。后来，我就去喊了阿爸来。”若川说：“那我要谢你了。”六莲说：“说什么两家话！今日，到我家去吃饭啵？”若川想想便说：“算了吧。”六莲就嗔怪道：“一连几日，你都不来。难道……书比人都亲么？”

若川心头一热，不敢直视六莲热刺刺的眼睛。正在不安时，忽然想起霍半与朱老板勾结的事，忙嘱咐道：“六莲，回去一定告诉你阿爸，霍半和那天来看老屋的朱老板，正在商量，要在这里征地盖高尔夫球场，你家的老屋，到时候也要拆。”六莲脸色一白：“当真？你怎么知道？”若川说：“在镇上吃饭碰到了一起，听他们说起的。”六莲说：“好，倒是我要谢你啦。”若川就说：“看你，也客气了。”只见六莲顽皮地一笑，拿出一个小小的报纸包，递给了若川：“我知道你喜欢乡下的东西，这个，是我送给你的。”她低了低头，然后又抬起头来，直直地盯着若川，“只许说喜欢，不许说不喜欢哟。”言罢脸一红，便飞快地跑开了。

若川怔怔望着六莲的背影，好半天回不过神来。打开纸包一看，是个手工雕刻的花梨木手镯，上面刻着两只精微的鸳鸯。这手镯，古朴之至，从木心里泛出年深岁久的颜色来。这个信物，显是与爱有关，是老阿婆的遗物，还是吴老伯的家传？不得而知。看来这小姑娘，是真的动了心思。若川拿起手镯，报纸包里又掉出一张小纸条来，见上面写道：

这是阿婆的嫁妆，留下来的，现在送一只给你。不要笑话我。

此时院内小楼里，有工人们的喧闹声，收音机在播放一首五十年代的老情歌，热烈奔放。在往日，若川总觉得这种歌“老土”，但现在听起来，却是无比地亲切。黄昏在即，山色至美。他抬眼向远处看，岭上的绿树，在夕阳下好似蒙上了一层金雾。岁月，真的是很安宁呀——莫非是在梦中？他望着望着，心里就有惊涛涌起，把他刚刚筑起的一道堤坝，给冲垮了。

26. 车祸

次日，若川与小郭商量好，对霍半要使一套软功夫。晚上，就请了霍半，到镇上“福满园”吃饭，饭罢又到“金格格”歌舞厅唱歌。下田镇场面上的小姐，虽比海口的要差了许多，但在乡间看来，却还是一道风景。令人想不到的是，在歌舞厅，轮到霍半选小姐时，那些女子都扭扭捏捏的，不大肯上前。若川悄悄拉住一个，问了问，才知小姐们嫌霍半“土气”。若川就有些生气，心想这些女子，如何真就养成了“格格脾气”？霍半的脸色也渐渐不好，不肯入座，说：“老子不玩了。走南闯北，不想碰见了一群镶金边的！”若川赶忙递个眼色给小郭。小郭会意，起身说：“队长不忙，这里小姐太平常，我去找个好的来。”说罢便出了包房，直奔“夜巴黎”发廊，找到老关系阿娇，塞了两百块钱，叮嘱她一定要伺候好霍半这个土鳖。如果夜里要开房，另外再加三百。阿娇是“夜巴黎”的头牌，架子一向大，但此刻也见钱眼开。一晚上就能得七八天的收益，叫她如何不高兴？当下就答应了，随了小郭来到歌舞厅。阿娇满面春风地踅进包房，打眼一看，就知道服务对象是谁，一屁股便坐在了霍半身旁，噤了噤鼻子，搂住了霍半肩膀。

先前在饭桌上，小郭按既定方针，已经与霍半把事情谈妥。乡人对鳖场不满，由来已久，正好趁此机会一举解决。小郭先让了一步，答应出钱埋涵管，将污水排到荒地里去。霍半也让了一步，一口应下由村里安排劳力挖沟，不要鳖场付工钱。农家的劳力，不值两个钱，出工挖沟，人们只当是费了几个工日。再者鳖场是租了村里的地来建的，乡人每年从租金中都有些收益，只要霍半发话，其余人只能跟从。这样，两下里都出了点儿血，永久地解决了双方矛盾。

眼看谈得不错，霍半却又斜刺里杀出一枪来，要求鳖场不再从马寡妇那里买鱼，由他另外介绍鱼贩。小郭与若川对视一下，明白这一局霍半是大胜了。如不答应，无疑是丢了西瓜拣芝麻。想想无法，若川只好点头应允，一面在心里咒个不止。小郭见若川同意得爽快，反倒犹豫起来，最后才狠狠心表了态。杯觥交错间，若川打量那霍半，觉得这村官倒也有些雄才大略，在小小的一个地面上，能操纵自如。就算是面对城里来的强手，也有他软硬兼施的两把刀。这地头蛇，早就想把“马家军”赶出鳖场，在若川面前碰了壁，却借着村民挖路闹事的机会，轻而易举地实现了。

若川心里虽然恨，但转念一想，马寡妇那边断掉了也好，目前安抚好了霍半，腾出手来，恰好清查一下小郭，那也是需要动一番脑筋的。

霍半斩获甚丰，不禁得意，在KTV包房里唱歌唱到一半，端起红酒，忽然又提出一个新条件："我有个侄儿，不大成器，让他到鳖场混碗饭如何？"若川一怔，闷着不开口，霍半便又说："那个小仔，不讨厌的。你那次去我家，送你回鳖场的就是。"若川想起了那个沉默寡言的男孩，是叫霍井石的，看样子还老实。想一想，反正是满盘皆输，签了城下之盟，再答应一项也无不可，于是就猛地拍了一下茶几："好，就让他来吧，我今天算是认栽了，领教了霍队长的厉害。"霍半哈哈大笑，在包房里抓住麦克不放，猛吼了一气。身边的阿娇，很懂得场面，也千娇百媚地配合，更哄得他忘形。待到夜半散场时，霍半红光满脸，一只毛躁的手，抓牢了阿娇不愿放开。小郭便趁势说："那，我们先走了，辛苦一下霍队长，送阿娇回去。"遂又附在霍半耳边低语道："过夜的小费，已经付了。"霍半大笑一声，握了握小郭的手："看得起我，你就是我兄弟。有钱，大家一起赚。"而后，又搂住若川肩膀说，"助理，到底是总公司派来的，有气魄，改天我请你。"出了歌舞厅，霍半搂着阿娇，销魂去了。小郭便用摩托载着若川，赶夜路回村。

农历十五已过了好些天，晚上月光不甚明亮，乡路上只一片漆黑。小郭小心翼翼地驾着摩托车，颠颠簸簸地跑着，车灯勉强照亮鼻子底下的一小块。

这一晚上，简直是“丧权辱国”。一场谈判，终为地头蛇所挟制，若川与小郭的心情都觉郁闷，走了大半截的路，谁都没有一句话。眼看已经下了岭，若川才长出一口气，自语道：“算了，今天就算花钱送瘟神。”小郭却不大乐观，说：“若能送得走，倒好啊！只怕是那霍半捏到了咱们软处，得寸进尺。”若川说：“那不会，他还是知道分寸的。”小郭便恨恨道：“哼，他那种人，给了金山也不知足，要给他当美国总统才行。”若川无言，朝远处望了一望，望见了鳖场的灯光一片朦胧。想到自己来这里已一个月了，竟没有几天安生日子，于是就叹：如今做事，真是千难万难！

这个鳖场，就像条破船，一面左躲右闪规避着大浪，一面内里又已完全朽坏，处处有不测。这样子内外夹攻，怕是迟早要沉掉。若川想，所谓的“岁月安宁”，不过是人心里的愿望。自己在这荒僻乡间，若不是偶然认识了六莲，纵有那青山绿水，也要烦闷死了。如此一想，又有所解脱，把事情慢慢往好处想了。譬如今晚的事，固然窝囊，但解决了一桩纠葛，对鳖场还是好。改日，还要抽空去一趟镇上，把几样项大宗支出摸摸底。事情一步步地做，就会有眉目。

想到这儿，他下意识地拍拍小郭肩膀，说：“过两天，我要找你谈谈。”听若川的口气不寻常，小郭便忙问：“谈什么？”若川沉吟半晌，才说：“我们做人，还是要有个分寸才好。”小郭是何等精明之人，听了这话，心里一悚，忙说：“助理，你难道……”话未说完，一不留神，没看清前面的路，摩托车歪到了路边。他把握不住，三拐两拐，竟一头栽到下面沟里去了。

两人齐齐地摔在地上，摩托车也死了火。这一跤跌得不轻，所幸沟不深，否则性命都有问题。过了好一阵，小郭才清醒过来，吐了吐嘴里的土，咒了一声爬起来，摸摸牙齿还都在，想动弹一下，却发觉腿已完全麻木了。他问若川：“你怎么样？”若川也是头昏昏的，说：“别的没甚，就是胳膊痛得厉害。”话刚说完，觉得右臂又是一阵钻心地痛，便疑心是伤到了骨头，只得咬紧牙关爬起来。小郭有些急：“怎么办？我也走不动了。”若川望望黑漆漆的四周，说：“倒霉！先坐下吧，缓缓再说。”两人就地坐下，小郭恨恨地咒道：“霍半这狗，我丢他娘的！”若川叹息道：“咒有什么用？霍半这会儿，正爽呢。倒是我们，要在这里等到天明了。”遂摸出烟来，递了一支给小郭，两人默默抽起来。过了一会儿，若川只觉手臂越来越痛，竟如火燎一般，忍不住便哼出声来。小郭忙问：“要去医院啵？”若川说：“先回鳖场去吧。”

夜里的山野，清凉如水，一钩残月横在西天上，淡淡地黄。远处林中，有猫头鹰冷不丁的几声怪叫。若川望着星空，直摇头。

过了半点钟的样子，小郭的腿渐渐能动了，便挣扎着要去搬摩托。若川劝道：“别瞎忙了！你这样子，如何能把车弄上去？”小郭看了看死马似的摩托，骂了声“丢他妈的”，便又重新坐下。身处无望的境地，便觉得时间格外漫长，若川坐得久了，忍不住咕哝了一句：“唉，要死在这里了。”小郭就急了，霍地坐直了起来：“可不要这样说。人间的福，咱还没享够哩。”若川苦笑道：“享福？你在湖南，也是过得不错呀，不跑来就好啰。”小郭咧开嘴笑笑："人么，不嫌钱多。"若川说："还是在家好吧，起码不会冷落了老婆。"小郭便笑："现在的人，都不讲这个了……"

两人就这样断断续续，叹了些苦经。耳边的虫鸣，丝线一样扯不断，也不知过了多少时候，远远地，忽听得像有人在喊，声音细而绵长。若川起先怀疑是幻听，再侧耳听，竟是亦幻亦真。他拉了拉小郭衣服，示意他听。小郭惊疑道："是山狐狸？"若川摇头道："不像，是人呀。"两人便屏住气息，细听，果然是人声。这声音，很远，很细微，混杂在虫鸟的鸣叫中，飘飘忽忽。小郭不禁毛骨悚然："见鬼了么？"若川哼了一声："哪会有鬼？"但后背上也不禁起了些寒意。渐渐地，那声音越来越清晰了，若川心细，听出来了，原来是六莲在喊：

白助理——郭主管——

那细微的喊声，急切而又凄楚，两人登时都松了口气。小郭大喜，手按着膝盖，摇摇晃晃地站起，大叫道："在这里呢——"过了一会儿，上面一阵窸窸窣窣的响，有手电光照到了两人头顶。六莲喊道："是你们么？"两人齐答："是我们。"六莲就嗔怪道："怎么搞的嘛？"随着一阵草响，她便滑到了沟下面来。小郭不好意思地笑笑："没看清路，摔了个倒栽葱。"六莲急忙问："摔坏没有？"小郭说："我没事，白助理手臂怕是坏了。"六莲"唉呀"一声，就拿手电来照，见若川右臂果然是肿了，急得就要哭。若川说："傻丫头，不要紧的。你半夜三更，是怎么找来的？"

六莲迟疑了一下，说：“我在家门口，见岭上有车灯照过来，知道是你们回来了。可眨眼工夫灯就熄了，久久又不见摩托开过来，我就跑了来。”若川说：“我们没大事，你去鳖场叫几个工人来吧。”六莲看看两人的狼狈相，又气又急，想想自己一人也是没法，只能返回去找人。若川忙又叮嘱一句：“跟他们说清地点，你就不要来了。”六莲把头一昂，说：“不，我要来嘛。”就爬了上去。约摸过了个把钟头，三个工人打了火把，拿了手电，一路呼唤着，寻了过来。若川站起身望望，见六莲到底还是跟来了。

几个人下到沟底，把沟下两个伤员搀到路上，又七手八脚将摩托车弄上来，众人就要朝回走。六莲说：“等等。”便拿出带来的湿毛巾，递给两人擦脸，又拿出一个盛了水的搪瓷杯，递给若川，“这是山泉水，你们喝一点再走。”杯里的水，刚从路边山溪里舀来，沁脾地甜。待擦罢脸、喝罢水，若川便觉清醒多了。小郭喘息着说：“福大命大，阎王爷都不要我们。”六莲嘻地一笑：“我要是不来，他就会来了。”众人便哄笑。笑过，小郭便又发了愁：“白助理的手臂怎么办？”若川此时倒感觉不那么痛了，臂上只是发热，便说：“先回去，明天一早去镇卫生院，现在去，能看病么？这手臂，熬个小半夜，也不至于就残了吧？”众人说也是，现在若去，人都睡得死狗般，哪里去找医生？于是，一行人就在山路上慢慢朝回走。

走了几步，若川发觉眼睛模糊，看不清东西，用手在脸上一摸——是眼镜不见了！刚才因为紧张，竟没察觉。众人便都停了脚，小郭发愁道：“黑灯瞎火的，怎么找呀？”若川说：“算了，改日回海口再配一副。”六莲却一顿脚，说：“我去找。”遂拿过工人手中一支火把，噗噜噜地滑下了沟去。另一个工人赶忙也拿了手电，跳了下去。不到五分钟的样子，就听六莲高兴地喊：“找到了！”众人便把两人拉上来。六莲把眼镜高高举起，晃了晃，才交给若川。镜片上虽然沾了泥土，好在钛金架并没有碰坏，若川用衣襟拭了拭镜片，戴上了。小郭便开玩笑说：“要不是六莲，鳖场就要买导盲犬了！”众人就夸六莲眼尖，六莲说：“哪里呀！镜片有反光，细心些，就不难找到。”小郭一吐舌头，说：“女孩子家，心细，到哪里都讨人喜欢。”六莲说：“你也不粗心啊，心细起来，我们比不上。”小郭就笑：“可惜，我心细，却用不到白助理的身上。”众人便善意地哄笑开，六莲有些急，反唇相讥道：“是，你只顾怜香惜玉去了，想当夜巴黎的女婿。”众人一听，更乐不可支，小郭忙说：“投降投降，这女仔，嘴不饶人。”这时刻，眼看快交五更了，西天的半弯残月，竟成了红红的一抹，像弱小的烛火，马上要熄灭。小郭望望，惊道：“哦呀！天都快亮了。再过一刻，就是明日子了。快走快走，回去还能睡一小觉。”一行人便推着摩托、扶着伤员，一面笑、一面咒骂，走完了最后一段山路。

27. 煲汤

第二天一早，小郭在村里雇了一辆“三脚猫”，陪若川去镇医院看了伤。所幸伤势并不重，敷了药，上了夹板，又拿了些消炎止痛的药。医生叮嘱说，隔天换一遍外敷的药，余下只要静养，就能好。从医院回来，小郭就指定了一个工人，抽空照顾若川的起居，随叫随到，倒也没有太大麻烦。真正坐卧不宁的，是六莲。这一跤，伤在了若川的身上，却痛煞了六莲。第二天她就去镇上，在一个屠宰户那里买了排骨，煲了一大罐莲藕骨头汤，给若川送来。

自从吴老伯在挖路事件中为鳖场解了围，鳖场工人对老伯便格外敬重，连带对六莲也高看了一眼。此时见六莲天天往若川的炮楼跑，只当是老伯打发来的，也不以为怪。老金一见，就打趣道：“哪天我也要摔一跤。”六莲就给了他一个白眼：“你摔跤？就从炮楼上跳下来。”众人就大笑。若川见六莲提了骨头汤来，很觉过意不去，说：“你这是做什么？又不是大病。”六莲执意道：“吃了总是好。”若川问：“排骨是镇上买的？”六莲说：“是呀。”若川说：“那又何必？排骨那么贵。”想想这两天，欠了六莲真是太多，将来就是用多少东西偿还，怕也是偿不起。

六莲还是第一次来到炮楼上面，见了若川的住处，觉得很是新鲜。她打量了一下，评价了一句：“单身汉，乱得很。”便把汤罐放下，寻了碗和匙子，盛了汤，用嘴吹吹，就要喂若川。若川慌忙说：“这可使不得，我自己能行。”六莲嗔怪道：“看你那伤员的样子，怎么弄？不要动了。”若川拗不过，只好任凭她。想到摔伤的那天晚上，就说：“那天也真是巧，偏偏你就看见我们的车灯熄了。”六莲捶了若川一下，说：“你是木头呀，哪里会有那么巧的事？知道你们回来要晚，我在家门外一直守到半夜。”说着，脸就有些红。若川怔住了，呆呆地把六莲望了许久。

骨头汤是炭火煨的，汤水都煨白了，香气扑鼻。若川一口口地喝着，觉得自己这样子像个孩子，心里不免七上八下，于是说：“你真是，干嘛要费事？”六莲顽皮地一笑：“吃骨头汤，长骨头呀。”若川也忍不住笑了。此时窗外秋阳正好，林中斑鸠一声递一声地鸣叫，让人心里熨帖。若川看着眼前的情形，正是人生可遇不可求的，便又想：岁月安宁，也不是不可能的，但一定要有六莲在。

六莲在一旁，闲也闲不住，就动手帮若川整理内务，拿起毛巾被放到窗口去晒，一边就埋怨说：“看你，这些东西是要常洗的呀。”三下两下过后，屋里就有了整洁模样。六莲便在床头坐下，翻起了床铺上的书，翻了一本，放下；又翻开一本，又放下，叹口气道：“这么多书，可以当饭吃了。”若川说：“你喜欢哪一本，就拿去看。”六莲便问：“这些书，能看得完么？”若川说：“买书，就是要看的么，不看完怎么行？”六莲掩口笑道：“我还以为，你们知识人，买书就是摆样子，吓人用的。”若川听了，不免有些伤感，就说：“什么事入了门都不难，就像养鳖、种田，会了就不难。”六莲便讥讽道：“说话不要太像老师哟！你是说，读书是和种田一样的？”若川说：“道理当然一样。”六莲说：“我会种田，但我为什么读不成书？”若川便语塞了，六莲接着又说：“我阿爸喜欢读书，可是他为何要种一辈子田？嘻，我做梦都想继续念书，可是……只能做梦吧。我总是想，人能走的路，好像很多很多，又好像，没什么路好走。”若川说：“你别这样想。正因为没有，你才想有，若人人生下来什么都有了，那还有什么稀罕？”

六莲面露惆怅，又把床上的书翻来翻去，说道：“你讲的这道理，我都懂，可实际上，你让我怎么办？到海口去打工，能不能站得住脚，还是个问题。你说人人生来就有，便没意思，可就连这没意思的东西，我也没有。”若川一怔，猛地想到六莲的身世，心里又痛，只好说：“老天生人，就是要让人不圆满的；但是不圆满的生活，也要活吧。”六莲便跳起来：“好了好了，我要是有你的知识，就去做大事，我不会来养鳖！”她见若川没有把汤喝完，便逼着若川喝完，“不喝，伤怎么能好？”若川只得把碗重新端起，笑道：“海南的姑娘，会疼人啊。”六莲脸就一红：“乱说。”

这一天，六莲又来送汤，忽见池边有个年轻仔，眼熟得很。走近看清了，发现竟然是霍井石。霍井石是六莲的小学同学，人老实，不爱交往。同学六年，六莲对他几乎没什么印象。此时霍井石也看见了六莲，停下了手来，点点头，算是打了招呼。六莲惊讶道："你怎么在这里做工？"霍井石呆了一呆，才文不对题地说："我刚刚来的。"六莲便问："你叔叔会让你来这里？"霍井石说："就是他让我来的。"六莲大感意外："哦？你干得了这个？"霍井石嗫嚅道："从小学出来，我什么没做过？连石头都扛过……"这时，正巧有工人喊他去投饲料，他便慌忙应了声，朝六莲笑笑，跑开了。

见到若川，六莲便问起这事。若川答道："没错，交易而已。"六莲似乎明白了什么，但又放心不下："让他来这里，不好吧？"若川说："看这小孩子，还老实，大概不会有问题。你了解他吗？"六莲说："他么，我的同学，人倒是很老实。难道他没有别的地方好去？"若川说："霍半说他找不到事做。"六莲就说："是呀，霍家的人，个个精细能干，可我这小学同学，却是个老实人。他爸爸，也是个大老实人，在外地打工多少年了，也没个起色，不好意思回家来。"若川说："是这样啊，那就给他个机会吧。"六莲笑了："你倒像观音菩萨。"若川心里一动，便伸手去摸了摸六莲的头发，忽然又意识到不妥，便缩回了手。

那是一段安谧的时日。六莲煲的汤，冒出香气来，化为了一种无声的歌吟，日日在炮楼绕梁不止。六莲把心思扑到白若川身上，只要若川臂上的绷带一日不拆，她心里就一日不能妥帖。在若川面前，她天性中的母爱，被激发出来，只一趟趟地往炮楼跑。那种执著，外人不可想象。

吴老伯对女儿家细腻的情感，反应比较迟钝，但也看出了不对头，看着六莲那副神不守舍的样儿，就忍不住问：“侬侬，不是在谈恋爱了啵？”六莲斩钉截铁地说：“没有。”老伯便又问：“有人在说，是镇上老阎的仔儿。是不是呀？”六莲便有些恼：“没有！”老伯剔剔烟灰，隔了一会儿，又突然问道：“你不会是……喜欢上了白助理吧？”六莲的脸陡地涨红了：“什么呀！”随后一顿脚，又接连说了三个“乱说”。吴老伯眯着眼笑起来：“不是就好。命中没有的，你得不到。恋爱这事，可随意不得，阿爸在这上摔的跟斗，是太大啦！”六莲撅嘴道：“你是你，我是我。再说，时代又不同了。”老伯嘀嘀笑道：“是不同了，太不一样了呀。”六莲望看阿爸，问道：“你们那时，是自由恋爱么？”老伯便反问：“你以为呢？什么时代了，还有包办婚姻？”六莲接着就说：“我不懂。既然是自由恋爱，又没有人拦着你们，怎么又爱不成？”老伯说：“唉……复杂得很呀。我半辈子都在想，也没有想出结果来。你小心些就是了，可不要笑在前面，哭在后面。”

老伯的话，六莲完全不能理解，心想：哪会有这样深奥呢？喜欢，就是爱。心里有了喜欢，人只管朝前走，不就可以了么？不管阿爸怎样说，六莲仍是只一个心念。煲了汤还不够，又想给若川熬莲子粥，就去约了哥苗，说要到大塘去采莲子。这个时节若是再不去，莲子就老了。哥苗不知底细，当然高兴，以为六莲终于有了兴致，于是便答应，次日就带六莲一同去。

28. 荷塘

次日一早，正是斑鸠叫声清亮的时候，老屋来了一位稀客——马寡妇。她粉红的衣褂从树林中闪出，那一刻，吴老伯觉有些晃眼。待看清来人以后，老伯一笑：“我说今日屋脊上如何就有喜气？原来是有贵客。”六莲闻声，从灶前出来，也跟马寡妇打个招呼。马寡妇看见六莲，一下就笑眯了眼，嘴里啧啧有声：“哦呀，六莲小妹，真是出落得好漂亮。老伯呀，给她的嫁妆，准备好了么？”六莲笑而不语，搬了竹椅，请马寡妇坐。吴老伯就说：“你时间金贵，今日又有何事？早说早心安。”马寡妇说：“这个吴老伯，心急！好，我说。”

原来马寡妇今日来说的，还是上次的“公司加农户”。她把一叠宣传资料塞给老伯：“你看，就是那家果蔬公司，你看看办公楼，好现代的。上次多亏你提醒，我去他们公司，把所有问题都问清了，我来从头跟你说。”吴老伯不动声色，点点头，表示自己在听。马寡妇就说：“你说咱们农民种果蔬，不就是不知道该种什么？不知道怎样种？种了也不知道卖给谁么？”吴老伯眼里马上有光亮一闪，放下了烟筒，说：“不错，你接着说。”马寡妇接着说："这果蔬公司早想到啦，你上次问的，行情不好怎么办，告诉你，公司收购有保底价，一律是最低一块钱收，宁可公司亏。这该放心了啵？"吴老伯追问道："要是受了风灾水灾，颗粒无收呢？"马寡妇胸有成竹，答复说："公司给你买农业保险。"吴老伯"嗯"了一声，就低头去看那资料。马寡妇又趁热打铁说："还有想不到的哩，公司还可帮农户贷款，一半现金到农户手里，你拿去买肥料、买农药、雇人手，另一半贷款公司留下，算是预收了种苗费。上面都写的有，你看吧，你仔细看。"六莲在一旁听得有趣，忍不住问道："那果蔬公司，为何要学雷锋呢？"马寡妇把眉毛一挑，大笑道："这你不懂了吧？把农户拴住了，他好有货源啊。"

清早的阳光，从龙眼树叶的间隙中洒下来，斑斑点点洒在马寡妇身上，更是衬得这女强人神采非凡。六莲望着她，有些羡慕，便夸赞道："马经理，你好不简单！"马寡妇拉过了六莲的手，笑道："这六莲，会说话，干脆到我公司去做，我现在与果蔬公司联营了，有得你干的事。"六莲便也笑："嘻嘻，我哪里行？"马寡妇拍拍六莲的头，夸道："这女娃，心高呢。"

吴老伯埋头看了半天，此刻又"嗯"了一声。马寡妇连忙问："如何？"老伯放下材料，拿起烟筒，慢吞吞地说："讲道理，很容易；但外来的母鸡，生的是什么蛋，要等看到了再说。你现在的群众工作，做得怎样了？"马寡妇笑笑，说："你们这里，连带邻村，差不多的种蕉户，都跟我签了。就是他们霍家一姓的，也多半都跟我签了，只瞒着他霍半一个人。"老伯就笑："你是要白门楼擒吕布了？”马寡妇就嘴一撇说：“他？他是个勾不来貂蝉的丑吕布！我说老伯，倒是你，还犹豫什么？”吴老伯便说：“我考虑问题，与旁人不同。能不能留下我一个不加入的，将来反而可以证明你们好？”说罢，便把资料交还给马寡妇。马寡妇在竹椅上坐不稳，转了一下心思，明白了老伯的意思，忙堆笑道：“可以可以，我又不是强买强卖！”老伯说：“那么，你就不用久坐了。若论擒吕布，我这地方，是无用之地呀。”马寡妇遂起了身，大笑道：“看你说的！怎么无用？跟你聊天，人有长进。天天聊，就能成仙了。”六莲送马寡妇出门，悄悄地说：“我爸是谨慎人，不能急。”马寡妇点头会意，伸手揪了一簇白鸡蛋花，往发髻上一插，就疾步走了。

下午，六莲找到哥苗，两人来到大塘。这时候，天气正好，立秋已十多日了，暑热总算退了去，没有了那种蒸笼似的闷气。哥苗的这口塘，在岭凹里一个风景绝佳处，这里的荷，要开得稍晚些，居然还有几个含苞未放的。

两人坐上“泡沫船”，就下了塘，从田田荷叶间穿过，船边扑簌扑簌地响个不停，听起来很舒服。塘边水田里，有成群的鸭，远处还有三五只白脸鸡翩翩起落。哥苗用竹篙慢慢地撑着船，遇到大的莲蓬，就停一停，让六莲去摘。此刻他心头舒畅，像听到塘上有人在唱山歌。这几日，因鳖场答应埋管排污水，他的鱼从此将没有了威胁，心境也就开朗了许多。今日又有六莲约他到塘上来，更让他觉得是天意转向了。他看头顶的天，蓝得干净；小山似的积云，白得绵软；四下里白脸鸡的啾啾叫声，也都好听得赛过画眉。而六莲这边，心里却有事，没大注意哥苗的欢快，只顾拣大的莲蓬摘，一会儿就摘了一满把。看看将够了，就想返回。哥苗劝道：“你难得来，多玩一会啵。”六莲略一踌躇，说：“好吧。”哥苗就一篙撑下去，小船箭一般滑向水中央。放眼看去，午后的东葛岭，从水塘这边看，最像个仰卧的女子，哪里是腰，哪里是胸，哪里是头上发髻，都逼真得很。于是六莲就想，若是和白助理一起来，他一定喜欢。只可惜早没有想到。不过，只要白助理伤一好，就邀他来，也不迟。

哥苗见六莲出神，便问：“想什么呢，也想嫁到城里去？”六莲便感到奇怪：“怎么叫‘也想’，难道有谁要嫁了么？”哥苗说：“你的那些姐妹呀，不是都准备要嫁了么？”六莲遂把眉毛扬起：“哪个？”哥苗诡秘地一笑：“你真是只顾坐绣楼了，没听到风声么？”六莲便有些不耐烦了，催促道：“你就讲吧。”哥苗便说：“亚娟自不必说了，已经嫁了也说不定。美芬呢，听说要嫁给镇上阎常委的仔了。”六莲听了，如听到晴天霹雳：“嫁给阎槐树？不可能！”说这话时，她手一松，莲蓬差点儿全都散落了。哥苗就说：“怎么不可能，美芬难道连你都瞒了？村里已经议论好几天了，有人见他们两人，在镇上亲亲热热的。”六莲心里不舒服，就撇一撇嘴巴，说：“那算什么？少见多怪。镇上的年轻仔，不都是那个样子么？”哥苗便停下了篙，态度认真起来：“你真的不知道？这两天，阎家就要托媒人来送生辰八字，这之前，媒人都来过两次了。”六莲坐直了起来，似是自语道：“我怎么一点不晓得？”哥苗就笑了：“谁知你在做什么？每天又不到榕树下去。”六莲就扭了头，呆呆地望着那一片开得烂漫的白荷，心里像有五味杂陈。她此刻，既有如释重负之感，又不想为美芬感到高兴。虽和美芬闹翻有些时日了，但美芬这件事完全瞒着她进行，六莲当然觉得别扭：自己的闺中密友，与曾向自己求过婚的阎槐树好了，这等于无视她对阎槐树的蔑视。不过她又想，这二人，倒也很般配，反倒是自己毫无着落，不知将来怎样？

船仍在慢悠悠滑行，六莲折下了一枝含苞的小荷，放在鼻子底下嗅。小荷很精致，层层地包裹着，有一点点清香。小姑娘此时，有些神不守舍了，仿佛有些东西，就要破茧而出。她其实明白，一个多月来，自己最念念不忘的，就是白助理。阿爸的一句玩笑，可说是石破天惊，她只能装作糊涂罢了。她很奇怪：阿爸从不曾跟她讲恋爱经，现在破天荒地说起，难道是看透了自己隐藏的秘密？六莲小小的胸膛里，简直装不下这么大一个秘密了——自己爱上了白助理？难道这是真的？她想，喜欢白助理么，那是一定的，不过，喜欢是不是就等于爱？自己还是混沌着哩。那美芬呢，可好了，现下要嫁给阎槐树了……她意识到，这两个人的选择，都跟自己有关。这样的结局，也算是圆满了。但为何，总让人有些伤感呢？

哥苗这时只顾欢喜地说：“日子慢慢就会好了，鳖场不排污水了，鱼就生得好，海口的鱼贩，都是抢着来收我的鱼。”六莲听着，就像充耳不闻一样，只是笑笑。哥苗就端详着她，夸赞道：“你呀，是越来越漂亮了。一天天地看着你，都在变。”这句话，六莲是听清了，忙移开视线，望着远处说：“乡下妹，有什么漂亮的？”哥苗说：“我听城里人说，中国最漂亮的女子，都是从乡下出去的。”六莲就望看哥苗：“这个你也知道？”哥苗笑道：“当哥的，可不是凭空就能当的哦！”

船行水中，划破了一片风荷的影子。六莲看看水中自己的倒影，也确有一点漂亮的意思，于是就又细细地看。哥苗一直盯着六莲，静默了一会儿，忽然说：“六莲，你嫁给我吧。”六莲一怔，不相信似的看着哥苗：“你说什么？”哥苗眼睛望着别处，喃喃道：“我也可以过上好生活的。”六莲呆了呆，拍了下船帮：“哥苗，不要再说了，送我回吧。”哥苗猛地涨红了脸，低下头不再说话，默默地撑船。六莲再看看这大塘，觉得也没什么好看的了，忽然就想到，假如白助理没有到莲塘村来，那自己现在会是怎样？想到此，她不由打了个寒战。

等船拢了岸，六莲丢下一声“辛苦啦”，上岸就要走。哥苗在身后忽然“哎”了一声，六莲就止住脚，警惕地听他还会有什么话。哥苗仍是不敢看六莲，低头插好竹篙，鼓了鼓勇气说：“……城里人，终归是靠不住的。”六莲强压住火气，只淡淡说了句：“那是我的事，你不要管。”就头也不回地走了。

29. 霍家

凡是带过工的人，眼光都毒，新来的人耐不耐得苦，一眼就看得出。霍井石来到鳖场，眨眼就是一星期了，小郭发觉这年轻仔很踏实，脑子也不笨。鳖场的湖南工人，多是在江湖上混油了的，抓到空儿就想偷懒。霍井石却没有这些心思，只是苦干，像搬料、清池这些最费力气的活儿，他都不退缩。旁人在偷闲，他却是一直要把活儿干完再歇气。让他跟老工人学投料、学测水质，他也学得快。有了这个印象，小郭就顺口跟若川讲了一句："这细伢子，好人！霍家的人，也不都是只会耍蛮的。"若川就笑："是啊，看人不要看死。小仔还年轻，就是笨的，也能够学聪明，你这鳖王，就留意培养个接班人吧。"小郭就哈哈笑："这吃苦受累的手艺，我连儿子都不会传。不过咧，你助理发话了，我当然照办。"若川怕小郭误会，忙说："你不要想多了，这里边，没什么怕见光的。我听人说，霍井石家里穷，生活得很不容易。"小郭就自语道："奇怪，他霍半怎么不帮衬小仔一把？"若川说："十指也不一般齐么，我们就做个顺水人情好了。"小郭就讪笑道："你又要做菩萨了。"

跟小郭谈过霍井石的事，若川自己也上了心。天气好的时候，就来到池边上，一面与工人聊，一面偷眼观察霍井石干活儿，看了看，确如小郭所说——小仔很踏实。趁工人们休息，若川就凑到霍井石身边坐下，问他："还习惯么？"霍井石憨憨地说："从小就干活儿，没有什么不习惯的。"若川又问："你念书念到几年级？"霍井石说："小学毕业。"若川便惊讶："连初中都没念？"霍井石不好意思地笑笑："学校念完了，也还是回家刨土，家里觉得划不来。"若川看霍井石，也不过六莲那般年纪，不禁动了恻隐之心，问道："毕业了，就一直在种田？"霍井石说："家里的田，种不种都没什么意思，我一直在外打工。"若川听了，就很感兴趣："城里也去闯过？"霍井石神态渐渐放松，不十分腼腆了，说："我哪里都去过。我是家中长子，不做怎么行？家里的破房子，漏雨又漏风，早就想盖新的了。"若川便说："你踏实下来干吧，不要慌。"霍井石望着若川，脸涨红了，狠命点着头。

若川随即起身，手搭凉棚，远远看见了老金，便招呼了一声。老金甩开工人，穿着水靴咕吱咕吱跑过来。若川问他："这孩子，是你在带么？"老金捋了捋蓬松的卷发，神色有些不安："是呀。"若川便说："他年纪小，不要派重活儿。你这里，有什么活儿可以在室内干的吗？"老金是何等人？一点就透，遂笑道："助理放心，今天就叫他去照看孵苗室，风吹不到，雨淋不到。"霍井石嗫嚅着，想要拒绝，老金便朝他头上狠敲了一下："叫你去，你就去，客气什么？"霍井石像被粘住了嘴，半天才吐出一句："谢谢助理！"转身就忙碌去了。望着霍井石单薄的背影，若川便想：

农家的孩子，若想靠念书念出头来，好比负重与人赛跑，难乎其难。想到这里，就去找小郭谈。小郭说：“没问题呀，我跟他们打招呼，照顾一下这小仔。”若川满意地拍拍他肩头：“算是做善事吧。”

霍半从马寡妇手中，夺回了鳖场这个“失地”，着实让他得意了许多日。近一年多，马寡妇咄咄逼人，在霍家眼皮底下攻城掠地，先是夺去了半数以上的养鳖养虾户，又钻头觅尾地推广“公司加农户”，拉走了村里的种蕉户，这哪里能够容忍？为去掉这块心病，他谋划了多时。自古以来，强龙就不压地头蛇，况且还是个没什么根基的外省妇道。若放在从前，霍半早就可以派族人把她打跑，但现今这法子轻易不大敢用了，那些记者，专门就搜集这些事情，假若给弄去曝了光，那就得不偿失。霍半最恼恨的是，马寡妇不受乡谊村俗的约束，纯是拿利益来诱惑。利益在如今时代是把屠龙刀，无往而不胜。部分乡人不坚定，倒戈了过去，那不是凭队长的权势就能拉回来的。

夺回鳖场，只是霍半的谋略中一小步，然而走出了这一步，棋局也就活了。鳖场倒向哪一边，对全村也是个示范。如今大胜，他还要穷追猛打，直到把马寡妇的势力赶到海里去！为此事，霍半与东北客商谋划，说好由双方出钱，趁中秋之前，请个琼剧团来唱一场大戏，一来是为笼络人心，二来也可造一下声势，让马寡妇闻风丧胆。

霍半的这一豪举，给乡人带来了意外惊喜。什么姓霍姓马，乡人根本不在意，人们所关注的，是在这乡野里，终于能听到锣鼓声了。多少年来，村里谈不上有什么声色之娱，年幼一些的，竟不知道电影为何物。上一次请戏班，都还是八年前的事了。现下堪堪要来到中秋节，有这举动，岂不是好！中秋这个节日，本地乡俗并不重视，不外是买两块月饼给小仔尝，晚上在月底下燃一柱香，就算了事。今年因为有戏班子要来，岭下人家就坐不稳了，家家心旌摇荡，阖门欢笑，竟有了一种重要节日前的气氛了。

村里请戏班来，演戏就在祠堂前的广场上。这里，原本是个生产队的打谷场，公社一解散，此处便做了休闲之地。当中一个砖石台，竖几根铁杆子，就是大戏台了。戏班子，是从“琼剧之乡”大致坡请来的，六千块钱一场，外加一餐鸡鱼宴。这样的价钱，若不是由东北客商赞助，村民们是万万出不起的。想想八年前，一场戏的价码，不过才六百块钱，那时的谷子又好卖，集资演场戏，乡人还不至于肉痛，惜乎那种情形，竟然像是多少年前的旧事了。

消息一传到鳖场，工人们登时活跃起来，在这乏味寡淡的日子里，忽而就有这等好事，不啻是天上落馅饼。若川与小郭交换了一下眼神，心里都清楚：这是霍半在炫耀战绩——他打败的是谁？就是我们呀！小郭苦笑道：“哥子们，演戏那天，早些子收工吧。”工人们就哇地一声嚷起来：“可以看妞儿啰……”遂互相嬉闹了一阵儿。小郭便对若川感慨道：“你看，一个霍家，两样人。老天爷是啥心思，没得猜呀。”

30. 沸腾

大戏在八月初十晚上开锣。当日下午，剧团打前站的人坐了一辆货车来，把戏台打扫干净了，又在铁架子上捆捆扎扎，拉起了大幕。若川在炮楼上养伤，闲得无聊，也跑来看热闹。广场上，一群小仔正围住剧团的车，又拍又打，见若川吊着胳膊走过来，立即就起哄，齐声唱道："白助理，助理白……一个跟斗栽下来。"若川听了，想起了往事。看来这个童谣，真有先知先觉，竟一语成谶。若川哭笑不得，看看吊带，觉得自己也够惨的——仗还没打，先就成了残兵败将！

那围着戏台看热闹的男女中，若川一眼便看到，穿粉红褂子的马寡妇也在内，不由就生出些歉疚感来，想躲她一躲。不想马寡妇眼尖，远远地一扬手，粗声大气地喊道："慢点儿走哇，民女有话说。"若川见躲不过，只好停住脚，心里扑通扑通打鼓。马寡妇凑上前，笑吟吟地招呼道："白助理，你好兴致。带着伤，还亲自来看戏。"她这话，惹得若川想笑："马经理，可惜了你，一肚子的文韬武略。近来生意，还好吧？"那妇人则快人快语道：

“我好不好，其实你们最清楚。”若川见她说话句句带锋芒，只好干挺着，说：“有些事，我们也是不得已，你要多包涵才是。”马寡妇就仰脸笑道：“你是读书人，不可能糊涂，偏偏就办了糊涂事，那自然是有难言之隐，是啵？”听马寡妇这样说，若川吃了一惊，觉得这妇人太犀利，这样子说话，一点儿面子也不给，谁人受得了？于是便说：“你马经理，怕也不会在乎一个小小的鳖场。”马寡妇立即收敛了笑容，说：“你这话，就不是真心了。我不靠小打小闹，靠什么？不过，那霍半只是个蹩脚的货，我现在就看他发烧，烧到最后，迟早烧死的是他自家人。”马寡妇说罢，不卑不亢，跟若川道了再见，昂起下巴走了。若川想，平日里只看到这妇人一肚子机巧，不曾想，还真是有些锋芒，无怪人都称她“女张飞”。他心里，对马寡妇就起了几分敬畏。

下午鳖场早早就收了工，待若川看热闹回来时，众工人正围着井台洗涮，一派欢天喜地。洗罢，也都学着乡人，换了光鲜衣服，只待夜饭一吃完，就去看戏。正在这当儿，六莲跑了过来，一进门，险些与若川撞个满怀。六莲脸上飞起一团红，躲了躲，就急急地对小郭说：“你们怎还慢腾腾的？快出两个人，先搬凳子，去占位子。”小郭觉得稀奇：“还要占位子？”六莲嗔道：“在乡下看过戏么？现在不搬凳子去，等下，就只看人头吧。”老金闻言，从屋里冲出来，一拍巴掌道：“对呀，这年头，不抢还能得到啥？快走快走。”他打量了一下六莲，故作惊讶状：“小妹，是你么？你若不说话，我眼睛都花了，还以为是剧团的七仙女哩！”六莲便给了老金一个白眼：“你眼睛不花，心花了。我不跟你说，你留着精神，去跟马寡妇交流吧。”众人一阵哄笑，便纷纷搬凳子去了。

下午三四点钟的样子，村里街巷上，人就开始熙熙攘攘。广场上，眨眼间凳子就密密麻麻摆了一片。前面一排，是给镇领导留的，摆了茶几。茶几上有茶杯、茶壶、果盘、瓜子碟，还有雪白的毛巾。戏场内外，是一群霍姓的少壮在打下手，帮剧团美工搬这搬那。霍半本人，则在家中张罗杀鸡宰羊。

此时霍家的院子里，忙得人仰马翻，霍半嗓子都喊哑了。三个灶头，炉火烧得轰轰地响。灶台上只见青红白黑，满盆满碟，白肉、鸡鸭、青菜、海鱼，堆得小山一样。空气中弥漫的，是油烟味、生鲜味，还有那浓浓的人气。霍半唯恐有什么不周，进进出出，不断在骂：“你们是跷脚的么，动作这样慢？”忙得汗流浃背的妇人们，就叫苦：“吔！就是铁打的人，也要歇息一下啵？”

到了五点半，太阳稍一偏西，两辆威风凛凛的大巴就驶进了村。人们一阵欢呼，拥了上去。那车上，坐满了男女演员，个个眉清目秀，望之若仙人。车停下，演员们络绎地下车来，四野里顿时生辉。有那三五个乡人，与剧团中某人沾了点瓜蔓亲，便张大了喉咙喊名字。这时，戏台上的高音喇叭骤然爆响，一支当红的流行歌曲《心太软》冲天而起。小村就像炭火上煨的一锅水，终于烧沸了！

稍歇，一串黑色轿车鱼贯入村，这是镇书记、镇长光临了，村庄更是轰动。车在祠堂门前停好，一行人气宇轩昂地下了车。有霍家的人赶紧上前，把领导直接带到了霍半家中。再看那霍家的院子，摆满了从小学校借来的桌凳。演员已先到一步，各自落座，见领导来，便都站起来，热烈鼓掌。领导跟他们握手完毕，书记就满面春风，双手做了个下压的姿势。大家便都噤了声，坐下。霍半朝灶前吼了一声“开席”，菜与酒便飞快地上了桌。

霍半讲了几句开场白，接下来就请镇书记讲话。书记颇有豪气，废话不多，三言两语致完了词，便举杯邀请众人，带头干掉了一杯。大家发一声喊，也都乒乒乓乓地碰杯。霍半从一早忙到现在，毫无倦意，镇书记招了招手，把他叫到身边坐下，问了几句民情。霍半答得滴水不漏，自然都是说好，顺便又把外省人马寡妇来村里横行霸道的事，告了一状。镇书记似听非听，看了一眼霍半，拍拍他肩膀说：“什么事，都要把握好，关键是要把握好！”而后又端起酒杯，“今天不谈工作，来，喝酒！”霍半是何等机灵的人，他明白：领导来喝酒，就是赏脸；在乡人眼前，有了这个面子，也就足够了。他霍某矮狗不搭高灶，不图往上爬，但屁股底下的座位却要坐稳。一个镇书记，位子坐不了几年，就会升官走了，我霍半却是要坐到老的。凭什么坐到老？就靠这赏脸呀。当下他也豪气顿生，与镇书记对饮了起来。七八杯后，镇书记脸孔已经涨红，朝他竖起大拇指道：“你家做的鸡，是全镇的这个，以后，我年年都要来！”话刚落地，席间立时腾起一片欢呼。

再说这边厢，六莲带着工人们占好座位后，就回了家，匆匆做好饭，三下五除二地吃完，马上进了闺房。屋里的光线已经暗了，她拉亮灯，在镜子前坐下，静下心来，要做那最重要的一件事情。她仔细端详了一下镜里，觉得自己有点儿漂亮，但又不够特别漂亮，心里就有些遗憾。她知道，农村的大戏，是稀罕的，一个村里敲锣，十里八乡都有人来，戏场也就成了盛大的社交场。今日里，姑娘家的装扮，是不能随便的，谁都知道“佛靠金装，人靠衫穿”，对镜施妆，务求光彩，倒不是专为哪一个人，而是为女子之间心照不宣的较量。她六莲，已不是个小女孩了，这次又要与白助理在一起看戏，当然要以最靓的样子出现。她就是要让人羡慕。至于将来是怎样？她也不存奢望，只是当下就要比人强。她揣想，美芬也许会来，她要让美芬知道，阎槐树不是美芬的什么成功，更不是她六莲心头的痛，那男仔不过就是平平常常的一个人。她六莲所渴慕的，很高很远。懂吗？高而且远。

整个下午，六莲心里就像长了草，在房内几进几出。而吴老伯坐在院子里，却依旧只是淡淡地吃着烟，听那远远的喧嚣。不一会儿，六莲化好了妆出来，一只绿发卡俏俏地斜插在头上。老伯见了，只眯起了眼睛笑，一句话也不讲。六莲脸孔微微红了一下，喊了声“阿爸”，心慌慌地就要走。吴老伯说：“你若心急，你就先去。我等锣鼓开场了，再去不迟。”六莲就有些不耐烦：“我哪里心急？看戏么，就应该早去。”在门口，她迟疑地停了停，又道，“人多，你可莫要太迟哟。”老伯点点头，忽然幽默了一句：“莫非阎家的仔，也要来么？”六莲便一顿脚说：“阿爸，不要再提他了，好啵？”老伯就笑：“好好，不提啦。”六莲又埋怨道：“那些闲话，听不得的。”说着叠了一方手绢，在衣袋里放好，便一阵风似的走了。

31. 戏场

六莲走到鳖场门前，听见小楼里哄闹声不断，知道里面还在吃饭。想进去和鳖场的人一起走，又怕老金笑话她的盛妆，想想便硬起心肠，扭了头，独自去了戏场。广场上，人已来了不少，演员们吃罢宴席返回，在后台雪亮的灯光下正忙着化妆。镇里来的一群人，酒还没有拼完，这个空当，就成了人们进行社交活动的好时机。大喇叭已不像刚才那样震耳欲聋了，放起了喜洋洋的古典“八音”。乡人们东走西逛，打躬握手，高声寒暄。

六莲的到场，让后生仔们觉得眼前一亮，即使是本村的熟人，也有掩饰不住惊诧。走在戏场中间的通道上，她一面和乡邻打招呼，一面找凳子，待寻到了自己的位子，就坐下，目不旁视。有几个邻村的年轻仔，是六莲的同学，结了伴跑过来打招呼。六莲笑笑，应对了几句，站也没站起来。男生们本还想多说几句，却又找不到什么话可说，站了一会儿，就勾肩搭背地走了。六莲回头看看，白助理他们还不见影子，远处人丛中有个人，像是哥苗，晃了一晃，却又不见了。

戏台上，紫红的丝绒幕布垂下，场上水银灯明晃晃的。白日里原本平淡无奇之人，现在看去，都有了几分光彩。六莲定下神来，揣想旁人看见她今日这模样会怎样，不免就有些兴奋。这时只听身后有人低声招呼：“六莲。”她扭头去看，不由一怔——站在身后的，竟是阎槐树。刚才，曾设想了很多人会来，却万没想到他会来，阿爸真是会猜！六莲略一迟疑，站了起来。槐树仍是欲言又止的样子，嗫嚅着说：“你，还好？”六莲觉得，此时槐树无论想对她说什么，都是无意义的，换了自己是槐树，就什么都不说。但六莲此时的心情不错，对槐树、对美芬，似乎都没什么恼恨了，所以粲然一笑：“我？很好啊。”槐树就鼓起勇气说：“你知不知道……”六莲马上打断了他的话：“我知道了。那，美芬来了么？”槐树看六莲的神色并无异常，便一指后面：“她在那边。”六莲顺着他的手势看去，但见人头涌涌，看不真切，便问道：“打算什么时候办喜事呀？”槐树红了红脸，说：“快了。”随即拿出一个精致的日记本来，郑重其事递给六莲，“这是我两个的一点心意，送给你做纪念。”六莲好生奇怪，并没有马上接过，疑惑道：“送我这个干什么？应该是我送你们礼物呀。”槐树执拗地说：“老同学了，一个小小的纪念。到时，可一定要去吃酒呀。”六莲听了，就淡淡谢过，接过本子，翻开来看，见扉页上写着两行字：

同学如鸿雁，
万里仍牵念。

下面落款，是“六莲同学留念。槐树、美芬赠”。六莲看了，与美芬往日的种种情谊，就一并都涌上心来，不由得鼻子一酸，竟有些哽咽了：“谢谢……你和美芬。”槐树问：“你要不要见见她？”六莲一仰头：“这是什么话？当然想见。”槐树说：“你等等。”说罢扭头就去找人。

一会儿，槐树拉着美芬过来了。美芬有了变化，洋派得多了，薄薄的上衣，隐约透出贴身的吊带装。她看见六莲，就远远地挥手，跑了两步，从凳子的夹缝中挤过来。眨眼间，两个女孩就紧紧地拥在一起，两人的眼里，竟都有隐隐泪光。过了一会儿，又互相擂起拳头：“你变了！”“你才变了！”美芬从槐树手里拿过一袋糖，塞给六莲：“给你！我们‘十一’结婚，在镇上福满园摆酒，你可要来呀。”六莲接过糖，舌尖儿上忽然就有了甜味，心里的乌云一下都散净了。她埋怨道：“姐妹几个，就你跑得快。”美芬一脸的幸福与满足，忙解释道：“一直抽不出空来看你。”六莲笑道：“心里早没我了啵。新房在哪里呀？”美芬脸红了，看看槐树。槐树就说：“先住我们家，然后在镇边上盖房子。”六莲惊喜地瞧瞧美芬：“那要起三层小楼了？”美芬害羞了，承认道：“是的。”六莲说：“看你们，多好。”美芬说：“也不能全指望他爸，我们也要赶紧赚钱。”六莲听了，一会儿才反应过来，捶了美芬一下：“我们？已经当上老板娘了么？”两人便又笑成一团。六莲只顾与美芬说笑，没注意到，槐树一直是望着远处的。

一阵喧嚷声，忽地从场边传了过来。六莲回头看，是鳖场的人来了，白若川和小郭走在最前面。助理虽然还吊着胳膊，那风度，照旧鹤立鸡群。六莲的心一下就飞起来了，忘情地招手喊道：“白助理，在这里呢！”若川看见六莲，便一笑。那笑容，在灯光下看来异常明亮。美芬与槐树在一旁，忽然感到自惭形秽。窘了一会儿，美芬就用眼色示意槐树，槐树便说：“我们走了。”六莲转过身来，脸上灿烂的笑意仍然在：“忙什么？”美芬说：“看完戏，太晚了，就不去你家了。过几日，一定要去吃酒呀。”六莲说：“当然去。”说罢又扭头去张望。美芬与槐树便走了，才走开几步，又都不约而同地回望了一眼，目光都很怅然。

此时的六莲，只顾招呼鳌场的人坐下，根本没留意两人的离开。小郭看见六莲，不禁呆了一下：“哦呀！”后面老金伸头一看，也是一呆，也喊了声：“哦呀！”他一面坐下，一面就故意大声地问，“今晚可是演《天仙配》么？”六莲只是抿住嘴笑，也不回嘴。她悄悄拉了一下若川的衣服，让他挨着自己坐下。六莲的心里，在这一刻像有很多的花，嘭地一下都绽开了。她觉得，全场的风光都被她这一处占尽了。对这一刻，她盼了许多天，在心里也想象了许多天，终于如愿以偿。场里的灯，雪亮。人的脸，都很美。人没有烦愁，只有陶醉感——这种真实中的梦境，一生可有几回？美芬固然是幸福，但六莲一点也不羡慕。她觉得，自己和美芬得到的是两种东西，一种是天上的，一种是地上的，不能相比。自己所求的，是飞起来，拥抱一个很大的、包括来生在内的幸福。

喇叭里的八音曲调，似流淌的酒，令人陶醉。领导们此时涨红着脸，也都陆续入了座。音乐声戛然而止，静了不到半分钟，又有震耳的锣鼓敲起。六莲另一旁的空位，是给吴老伯留的，到现在却还是空的。若川就诧异，问六莲：“你阿爸呢？”六莲说：“等一下就来。”若川又问：“他有事么？”六莲一笑：“没事。可能是……有点伤心了吧？”若川疑惑地望着六莲，六莲便说：“他年轻时候，就在这场上演过戏。”若川立刻明白了，遂在心里感慨起来。他望了望远处的老屋，说：“你阿爸，就是一本书呀。”六莲一笑：“这书，就你懂看！”

老屋这边，龙眼树下，吴老伯仍是默默地坐着。他知道，乡村的戏，开演前啰里啰嗦的程序太多。等锣鼓敲完，还要放三百响鞭炮；鞭炮放完，领导还要讲话，拖泥带水。去看戏，根本就不用急。戏场喧天的热闹，确如六莲所猜，勾起了老伯心头不少往事。屈指数来，插队那时候已过去快二十五年了。当年的他，正是身心健壮，日子处处都显得活泛。那时队里的青年组织了文艺宣传队，学唱“样板戏”。年轻人喜好玩乐，知青们与当地青年一起，白日劳动，夜里排戏，兴致高得很。一到晚间，生产队的学习室里，马灯亮堂，胡琴吱吱嘎嘎响起，少男少女们有说有笑，全然不知累。练了两个月，在打谷场小小的土台上，居然也演出了《智取威虎山》的几场戏。

当年，老伯演的是孤胆英雄杨子荣，一身绿军装，足踏乌亮水靴，光彩逼人。在场上疾走一圈，白袍翩翩如飞，也是曾颠倒过台下无数女子的。他那女友，就是慕名前来看戏、对他一见倾心的。姑娘那时还很单纯，看过戏之后半个月，给当年的小吴写了封信。信中多是当时流行的豪语，但情意就在最后一句：“今后，我无论在哪里看到你，都会远远地迎上去，紧紧地握住你的手。”如此的表达，在那个年代无疑就是示爱，不由他小吴心不软。

往事还很清晰，可是，对吴老伯来说，人生这部大书，渐渐就要合上最后的几张书页了。老年心境，像秋风晚凉，不经意间就会袭来。到了这把年岁，吴老伯才悟出：所谓的一辈子，原来也就是这二十五年。成也好，败也好，所有的戏，都在这二十五年中演完了。此后的岁月，日出日落，也就是等候入土而已，戏都是由别人来演了，下一代的戏，刚刚开演，正红火着呢，即便是演错了、演坏了，也轮不到自己着急吧？再过二十五年，女儿六莲的人生，也要慢慢合上她的书页了，这就是轮回吧！

老伯今日听到锣鼓，心头还有种别样的凄凉——这些日子里，他又添了心愁，原本结结实实的身体，自过了五十以后，却是一天天衰弱，近日竟是有些撑不住了。这一年来，总觉得脖颈僵硬，手臂麻痹，做活时颤颤地拿不稳锄头。想去镇卫生院看看，又担心医药费贵得压死人，就这样耽搁下来，这几日病痛竟一天天重起来。农人活一世，身体和力气就是本钱，现在本钱眼看就要出问题了，叫人怎能不心焦？

秋之海南，并没有惹人心伤的萧萧落叶，只是比夏季凉爽了许多，但物候里，总有一种令人无奈的暗示：繁华已经逝了！戏场上的喧嚣，让老伯感觉到有强作乐的意味。世事变迁，到如今这时代，究竟是变好还是变差了呢？他人老了，也说不大清楚了。虽然日子是好多了，可乡村里的魂魄，也变得稀薄了，差不多都已散尽了……这样独自坐了许久，他才叹口气，起身换了干净的衣褂，迎着喧阗的锣鼓，蹒跚着向戏场走去。

32. 秋夜

“这戏怎么还不开演？”老金在人堆中东张西望，把脖颈都望酸了，也没瞄到马寡妇的影子，不禁失望，就连连喊起来。开演前的仪式果然繁琐，几个大人物接连登台，说着口水话。待到霍队长上台时，观众早已耐不住，都喧嚷起来。霍半见下面不稳，便也模仿镇书记的样子，用两手在空中向下压了压。但哪里压得住，众人反倒嚷得更凶了。霍半无奈，只好作个揖，喊道：“开演，马上就演。不过大家不要忘了，今天能看上戏，东北客商可是出了大力的！”随后，锣鼓一起，帷幕终于缓缓拉开了。

今晚的戏，是折子戏，一段一段的，文戏武戏都有。起头的是《穆桂英挂帅》，押后的是《秦香莲》。也是巧了，这两段戏，都和妇女有关。首先出场的那些杨门女将，铠甲鲜明，珠玉满头，冠子上两根雉尾摇摇晃晃。人一出来，全场立刻鸦雀无声了。这琼剧，若追起源头来，比昆曲还要老，是宋朝的南戏留下来的一支，老辈子乡人把它叫做“斋”。戏中的旦角，擅长假嗓，曲调极为高亢，台上的女演员一开口，便是响遏行云。那尖细声音，就像滑滑的丝绸，绝无瑕疵。乡人们虽文化不高，却有他们一贯的口味，听到这华美的高腔，霎时就是一片叫好。直到这时，吴老伯才挤进人丛里，找到了六莲。若川忙向老伯打个招呼，又伸过左手去，两人郑重而又费力地握了一握。

旧戏的动作与唱腔，虽然很缓慢，但只要专注地看，便能看出精彩来。过了一阵儿，台上的女将与辽兵接了仗，打斗得像车轮飞转般，战袍旋舞，刀枪错杂。这景致，乡人们平日哪有眼福欣赏到，一时便都痴了。

若川、老伯和六莲也都眼望着台上，各自不语。待到一折戏落幕，老伯才掉转头来，朝若川笑笑："这乡村里演戏，也还有些看头。"若川说："我都好多年没看戏了，更不要说在露天。"老伯就说："前半场，多是武戏，没甚看头，舞枪弄棒的，不过是博众人开心。后半场秦香莲的苦情戏，才是精彩。"六莲插嘴道："武戏也好看，女子里边，也是有英雄的。"老伯就嗬嗬地笑："你看，六莲这女仔，也有思想了。"六莲说："我没说错嘛！你让白助理讲。"若川赶忙打圆场说："女子当然也有英雄。"说罢与老伯对视一下，两人都笑起来。

上半场演完，有片刻工夫的休息，既是让演员、乐师们歇息一下，也是再给乡人提供一个交际机会。幕落下，满场又是人声鼎沸。因下半场是文戏，有人不喜欢看，就搬了凳子朝外走，也有人独爱文戏，则趁势朝前面挤。若川此时忽然想起，便把朱老板征地的事，又跟老伯郑重其事地提起。老伯听了，点点头，脸色凝重起来，点燃了烟筒，缓缓地说：“想不到开发商胃口有这样大。不过，他想拆掉老屋，不是那么容易，除非我死了！”若川突地担心起来，说：“他们来征地，都有黑白两手的。”六莲也有些不安：“是呀，那些人本事大。”老伯哼了一声：“任是什么人，也要讲道理。且不说老屋是侨产，就算是个无主的百年老屋，也不能说拆就拆。老屋，不就是文化么？我们国家，可以不要文化了么？”若川说：“道理是不错，但是道理这东西，挡不住利欲。那朱老板征地，一户给个三五万，大家就不做声了。”老伯猛喷了一口烟，恨恨说道：“要想拆老屋，除非踏着我的尸首进门！”六莲便惊叫道：“阿爸，你说什么呀！”

若川心里不由一紧，正想着，忽见吴老伯一摆手，说：“这事，不去想它了。我们今天就看戏。”若川笑道：“好好。”六莲也附和道：“对，看戏。后面的文戏，我也喜欢呢。”

下半场的《秦香莲》，果真如老伯所说，是个上品的戏。演秦香莲的那位旦角，把哀怨的高腔，唱得如同细瓷一般，一声哀似一声，锯在人们心肉上。乡人们一路看下去，渐渐被弱女子的遭遇所牵引，都一片唏嘘。待演到秦氏拖着小儿讨饭的光景，那女演员一声挖心挖肺的啼哭，如雪崩一般，让所有的人再也无法撑住，场内竟有放声号啕的。女人们纷纷拿出预备好的手帕毛巾，拭着流不完的眼泪。

若川自幼到大，从未经过这样的场面，不禁为之动容，眼泪也在眼眶里打转。再悄悄看六莲和老伯，也都是泪流满面，完全进入了状态。若川摸出纸巾包，递给老伯，老伯抽了一张。若川又碰了碰六莲的胳膊，六莲也不理会，摇摇头只顾看戏。饮泣中，她忽然一只手紧抓住若川的手，死死不放。六莲的手虽有薄茧，但若川却感觉那小手十分柔弱，于是就叹：这古装戏，能勾起这么多人的身世之感，真不可小视！人间的花好月圆，毕竟不多，更多的只是无奈。人们来看这戏，笑一笑，又哭一哭，就好比是精神上的一次洗礼，藏于内心的悲愁，都在这锣鼓声中尽情地释放出来了。待到舞台上包龙图出来，下令铡了陈世美，乡人们这才发出一阵欢呼，继而又掌声如雷。演员们被掌声所扰，居然在台上就停了戏，等掌声过去后再演，也无人认为这是破绽。六莲这时才松开了手，拿自己的手帕擦干了泪，脸上又有了笑意。

台上的戏，终于散了，但人们一时还不能散去。场子外围，外村来的人先走，莲塘村的人在场中心，一时动不了，索性就坐着聊天。六莲没有说话，只默默望着闭合的大幕，心里有曲终人散的一股惆怅。再往远处望，镇领导与霍半握手之后，都上了小车。槐树与美芬手拉着手，也上了其中一辆。一会儿车队启动，悠然驶远了，融入了暗夜。六莲收回神来，听若川与阿爸正在聊旧时妇女之苦，便忍不住，突然插上一句：“女人的命，从来就苦。”老伯拍拍六莲的肩膀道：“小女仔，莫说这样老成的话。”六莲就求援似的看着若川，坚持说：“就是的么！”若川故意狡黠地一笑：“我们还是向前看吧。”

待到可以走动了，乡人就纷纷搬了板凳散去。平民的欢乐结束时，见不到“灯火下楼台”那样豪奢的气象，就只像灶火熄灭，噗一声就燃尽了。刚刚戏台上明晃晃的刀枪、旦角手上飘飘的白绢帕……说完结就完结了，恍如梦一场。场上的灯熄后，小村又沉浸在月色里，鳖场的人与六莲父女俩，鱼贯走在归路上。晚风里，各色的人都有许多思绪，在如水的凉夜里漂浮。童谣里唱的那种“月光光”的朦胧，笼罩着村路。瓜棚豆架，青石黑瓦，都历历可数。人就在这雕刻般的夜景里走，若川、六莲和吴老伯各自想着心事，就连老金也缄默许久，走到半路，他才忍不住吼出一句高腔：“思想起、马寡妇，我的小娇娘……”那憋细了嗓门拔高的小调，竟也有刚才旦角哭诉似的哀怨。

吴老伯走在最后，看六莲扛着板凳，蹦蹦跳跳，鱼摆尾似的欢活，心下就有些歉然。想当初假如不把她收养，这女仔十有八九会生活在城里，虽也还是孤儿，但可以少了许多磨难。十七年来，自己虽然给了她亲情，却没有法子给她一个好生活，只委屈了她。如此一来，六莲一生的书页，便不大可能有精彩的章节了，免不了也要在这穷乡僻壤里翻完。想到此，老伯才意识到自己过去的偏狭，忽地就起了个念头：不如就托付白助理，把六莲带到城里去，即便是服侍人吧，总还是个出路。假如有机会留在城里，也就随她去。自己当了农民，这一生走得不是很平顺，就不必勉强女儿也要跟着走。

此时的六莲全然想不到，阿爸对她进城的事，态度已有了松动。她只是想：什么时候求白助理去说服阿爸，放自己去飞。城里的事，虽不是十全十美，但总好过一切都缓慢的乡村。城里的人，总还能过堂堂正正的日子，只要不与外国人比，就不气短，不像乡下人永远要低人一头。像白助理这样一见就让人感到舒服的人，在乡下一辈子也难遇见一个。这样的生活，六莲不想再过下去了——在莲塘村从小到大，看了十几年不变的山水，还有什么可留恋的?

走在前面的白若川，心境更是纷乱。看完一场戏，他窥见了六莲刚强底下埋藏着的柔弱。他知道，当初命运将六莲抛出城市，就再没有什么力量能把她送回原处了。这个心结，是六莲一生也解不开的。她永远在做着一个关于出生地的梦，寻找着一个支点，想攀援到那个虚幻的高处。那一双生着薄茧的小手，刚才想要紧紧抓住的，并不是他白若川的手，而是想抓住一个比命运更强大的力量，好带她飞升。意识到这一点，若川就很惶恐，自己并不是强者，拯救不了别人，六莲这样的信赖，他万万担当不起！可是，眼见得这女孩一天天与自己走得近了，又该如何是好？怀着这样复杂的心情，短短的村路也就仿佛很长，像是人生的一个漫长段落……

蜿蜒的石板路，终于到了尽头，老屋近在咫尺了。留在家里的阿丑，欢叫一声，窜将出来，打断了老金的月下咏叹调。在岔路口上，鳖场的工人与六莲父女互道再见，若川也停下来，伸出未受伤的左手，与老伯握别。老伯问了问伤愈的情况，叮嘱道：“你养伤，若是寂寞，就过来坐。”六莲也说：“骨头还没长好，要多来我家吃饭呀。”若川连声应着，心里便感动，觉得乡人的淳朴，是从骨子里溢出来的，可抵万金。自己如果能长久地留在乡下，那才是圆满啊。走过老屋，落在后面的若川，又忍不住回头去望，他手心里，还保留着六莲小手的温暖。虫鸣，狗吠，隐隐的人声……这一切声响，都渐渐远去了。寂静山岭的最深处，仿佛腾起一片山洪的咆哮，注定要搅动这秋夜，让人无眠。

33. 谜底

进了农历八月，天气不再暑热难当，南国最舒服的日子开始了。白日虽也艳阳高照，但总不至于让人汗流浃背。鳖场的鳖儿们，到了这天气，都食量大增，一天天狠命地长，堪堪已有六七两重。一个个顶盔贯甲，越发地乌黑油亮，若是捉来一只掂在手上，竟是肥肥厚厚的一坨了。再过个把月上市去卖，绝无问题。眼看收获季节将至，工人们的心里面也充溢着喜气，虽然鳖场的收入与他们的实际利益毫不相干，但数月的劳作有了成效，谁能不高兴呢？

若川的伤，转眼已经养了二十多天，肿痛早已消失，只觉得骨头芯儿里痒痒的。问过医生，说这是伤处已经长好，几日内就可拆夹板了。这日上午，他向小郭打了声招呼，叫上一个工人骑摩托车，载他去了镇卫生院。医生打开纱布看了看，就恭贺他恢复得好，可以拿掉夹板了，但中药还要继续吃。再过十天半月，就全无问题了。不过，老话说“伤筋动骨一百天”，就算好了，也要再养一阵儿，方可放心。

护士取掉了夹板，若川的精神就一振，觉得简直像重新做了一回人。他把右臂慢慢活动了几圈，忍不住笑——早先并不知道，原来手臂能自由活动，也是天赐的一种幸福！医生对病人的这种孩子气见得多了，也不大理会，若川忽然想起，赶紧掏出了两百元钱，权作红包塞过去。那医生吃了一惊，显出嫌若川少见多怪的意思来，摆手拒绝了：“这哪里当得起？不要不要。”若川脸红了一红，也就罢了。

出得医院门，他见天清气爽，觉得街上人的眉眼都很舒展。想到自己吃闲饭快一个月了，恨不得马上就去做事。这时他忽然想起，有一件事，是马上就可去做的，于是推说要去看一场录像，将那同来的工人打发回，自己慢慢逛到了十字街。

一路走着，便把建材店、五金店、杂货店、饲料店逛了个遍。在一家饲料店里，若川故意漫不经心地问店主，自家的磅秤不准，是怎么回事？度量衡用具，难道还能有鬼吗？那店主似是鄙夷地一笑，说：“念过大学么？你不知道？磅秤那东西，里边只要有一个接头松了，就不准。把底盘拆开，搞搞紧就好了。”若川觉得奇怪：“里面的接头？怎么会松？”那店主说：“没调好啵？那东西，人也可以故意搞松的呀。”若川便敲一下脑门儿，笑自己迂腐，从商多年，连这些常识都不懂。这下，小郭的磅秤是如何搞的鬼，就弄懂了。逛完饲料店，又进了一家五金店，看到店子里的老板，是一对小夫妻，干干净净，仿佛受过教育。两人见若川逛进来，都有些愕然，只是直直地盯着他，也不招呼。若川不禁纳闷，向他们点了点头，看了看货架，觉得无甚要问，便走出去了。凭直觉，他知道那小两口在他背后，一定是注视了许久。

在街上几个店里，若川把想要了解的物品价格打探了一回，都逐一记下。又向一家店的伙计请教了一番，知道了多少鳖该用多少料，心里便有了底，招手叫了一辆“三脚猫”往回返。路过刚才那家五金店，见那一对小夫妻又在望他，神情仍然怪异。看那两人年纪，不过是中学生一般大，若川就有些敬佩，两个小仔居然也能撑起门面来。这在乡间，算是个较为体面的职业了，用不着栉风沐雨。那女孩子的神情，有点儿像什么人，若川又看了一眼，猛地想起六莲来。这两个女孩，年岁神态都相似，可是烈日下的六莲，怎能想象可以躲在屋檐下，这样舒舒服服谋生？若川忙扭过头去，不敢再看了。

回程上，一路皆是青山碧水，秋阳下的乡野，分外温和。若川心里暖暖的，一直在想着六莲。六莲是个好女孩，她眼睛里有爱，对此，若川心里明明白白。然而城与乡之间，有深深的鸿沟，即使他和六莲有勇气跨过这鸿沟，又怎能避免将来会有什么纠纷？俗世之力，总要强过文弱的书生，已失败的那场婚姻就是一例。若川已是人到中年的年纪了，完全死了心。可是，对那一汪清凌凌的湖水，又无法抵御，只是还不敢跳下去，只能这样混沌着，过一天算一天。有情抑或无情，说不清了。只愿秋阳能永远这样温暖吧，照着自己，也照着田里那个弱小的姑娘。

回到鳖场，工人们见若川不再是伤兵模样，都欢呼起来。小郭更是凑到身边来，问长问短。若川全不露声色，与大家打着哈哈。午饭后，在炮楼上睡了一觉，就赶忙爬起来算账。他把往日所做的账目摘要，一股脑儿地翻出来，细加核对，又拿起笔在纸上加减乘除，俨如回到了中学生时代。

一个下午算下来，结果出来了——惊得他冒一身冷汗。原来这小郭在搞钱的事上，是个很手辣的人，不仅虚报了物品单价，也虚报了进货的数量。从账目上显示的花销看，即便是经营两个鳖场，也断然用不了此数。至于在建鳖场之初，所用的水泥、红砖、涵管与机械等项，打的埋伏就更大了。粗粗地估算，落到小郭腰包的黑钱，大概有十多万。照此若有一年下来，这鬼精的家伙捞走二三十万没问题。面对这个数目，若川不禁瞠目，随即抛了笔，呆呆立在了窗口。

他想，如今这世道，已不光是大鱼吃小鱼，小鱼也在啃大鱼，互相吃，最终还不知是谁吃掉了谁？就像这公司，老板在吃银行的贷款，小郭就吃鳖场的费用，人各显神通，各有活路。若川对小郭的妄为，心里愤恨。回想当初老板与小郭签合同，大致就已算准，如果鳖场经营正常，小郭每年的分红不过就是十多万，把他可能侵吞掉的，也估算在内了，充其量不过虚报两三万而已。哪知小郭是绵里藏针，这才六七个月时间，公司分文未赚，小郭倒先把一年的钱捞足了，今后鳖场的效益，他可以完全不在乎，只管这样捞下去，到了年终分红，又有一笔合法收入进腰包。如此，鳖场岂不成了他小郭的摇钱树？

若川恼恨自己先前低估了“情况”，以为虚报发票不过是小玩闹，来鳖场之后，总在疑心小郭是否挪用了大宗钱款。其实想捞钱的人，哪会那样子蠢？所有的黑钱，都是在冠冕堂皇的账面上流失的。小公司的职员是如此，更大的人物也会这样做。公司的账目，是个既大而又漏洞多多的堤坝，给人看的是固若金汤，看不见的则是千疮百孔。最可笑的是，自从他若川到了鳖场，天天盯这盯那，没想到，机关暗道就在熟视无睹的磅秤上。这真是，笑人愚蠢，自己也是个蠢。

若川在窗口呆了一阵，又推磨似的在炮楼上转起了圈子。想想这事情真是棘手：若将情况报上去，鳖场即刻就会天翻地覆，老板定然要赶走小郭。在这点上，若川又多想了一层：若是小郭一走，几个湖南籍工人即便不随他走，愿留下来支撑，一时又到哪里去找顶替小郭的人？

几千只鳖，眼下已经长成，下月就要上市去售卖，批发的渠道全握在小郭手里。小郭一走，鳖场马上就是个死。这几千只“鳖少爷”要是卖得不顺畅，一旦有个病祸，自己一人怎能收拾得了？鳖场若是歇业了，银行贷款又怎么去诓骗？资金链一断，势必会危及公司活路，老板在恼怒之下，定要找个人来担罪，那样的话，他若川又怎能脱得了干系？想想自己，原本不过是想跑来逍遥，却要担起这天大的罪名，岂不冤枉？

在炮楼上踱了半晌，若川才渐渐平静下来。想来想去，只有将此事压住不报——忠不忠于老板，已经顾不得了，事情若是摆不平，那震荡可就太大了，没有谁能承担得起。只能警告小郭立即罢手，倘能吐出一部分钱来更好。无论如何，要将这鳖场维持下去，只要鳖场还在，哪怕奄奄一息，于大家就都是好。若川至此才明白：世上为何有那么多混饭吃的人，就因为前途命运所系，不能不混。

吃罢夜饭，若川抽空去了一趟老屋。白天在镇上，想到自摔伤之后，叨扰六莲一家之处真是不少，光是六莲送汤送粥就跑了五六趟，这人情总要回一下。于是，就在镇上商店里买了两瓶广东米酒、一盒巧克力，打算给父女俩送去。到了老屋，却不见六莲，只有吴老伯一人坐在廊下，独自在听收音机。

见若川来，老伯连忙让座，又起身砍开一个红椰，请若川喝椰子水。老伯眼花，过了一会儿，才看到若川是提了东西来的，便问："那是什么？"待若川讲明来意，老伯便把头摇得拨浪鼓似的："乡下人家，不要讲那些礼数，邻里相帮，不足为奇。你把东西拿回去退了。"若川哪里肯，就说："老伯，这点儿心意，算不得什么。再说东西出了门，商家如何肯退？"老伯说："我历来无功不受禄，你不要破了我的例。酒我绝不能要，你买给六莲的糖，留下就留下吧。"若川只好答应把酒提回。他朝四下看看，六莲不像是在家的样子，想问又怕唐突，就陪着老伯乘凉。

老伯谈起乡下的民风，很有些感慨，说："这些年，乡里的人情也淡了许多，你若帮了别人，倒像是有所图似的，人心早隔了一层。"若川也有同感，说："城里就更是了，若讲人心淳朴，还是乡下好些。"老伯说："那当然。不过乡下的日子，也太难了些！”若川就问：“政府难道就没有一点儿救济？”老伯冷哼了一声：“下面的和尚，能念得出什么好经？上面的扶贫款是年年都有的，到了下面，村干部总要近水楼台先得月啵？三亲六故，一下瓜分完，村民哪里能知道？”若川难以置信：“真的这样？”老伯说：“你想，他霍半霍队长，单只靠刨土，如何就能刨出个小洋楼来？”若川听了，心里就一惊。

老伯砍开的红椰，汁水格外清甜，若川捧起，仰头喝了，便觉通体舒爽，遂叹道："农村若是没有这些贪人，还是很不错的。"老伯说：“乡村这样下去，怕是留不住人了。六莲最近也在张罗去海口，你觉得怎样？”若川摇摇头说：“城里，也是难呀。”老伯说：“我最近想，去城里，对她也许是件好事，去碰碰运气，也许就能鲤鱼跳龙门呢。”若川听明白老伯的意思，忙应道：“若是六莲非要去，我会尽力帮她。”老伯没有应声，连连吃了几口水烟，烟筒里的红光，映得他面庞更加沧桑。沉默良久，才说："我就是怕她一步路走错，误了一辈子。”若川安慰他说：“哪里会？六莲也是聪明的。”聊了半天的话，若川忽然觉得，老屋里没有六莲在，意趣便少了许多。这个念头一起，他马上又惭愧自己太自私。

坐了一会儿，他还是想走，于是起身告辞。老伯便叮嘱他把酒带走，又招手道："你等等。"说罢走去檐下，摘下了一串咸鱼，递给若川，"我这个家，很少吃大肉，只有这个好送饭，你拿些去，省得嘴里淡。”若川想推辞，又怕老伯埋怨他太讲虚礼，只得接下了。出了院子，若川回头看，见老伯仍坐在廊下，如黑黢黢的岩石一般。为了省电，老屋里灯也未点一盏，只有竹烟筒的烟火一明一灭。若川转了头，心里一阵难过：若是六莲真去了城里打工，老人家该怎么办？

34 摊牌

回到鳖场，见时候不早，若川忙约了小郭，对他说有事要谈，两人就相跟着上了小楼顶上。天台上摆着茶几和椅子，平日里工人们无处消遣，夜饭后就到这里来，乘凉、喝茶、聊女人、数星子。小郭把几个工人赶了下去，两人相对落座，心里都知道对方是有备而来。若川还是头一回上来，望望四周，见皎洁月光下，山川形胜，林木苍郁，于是问："当初，这地方是怎么找到的？"小郭说："我和老板两人，在琼海、文昌跑了整整四天。老板不内行，偏要指手画脚，我却是要考虑交通、水质，拉拉杂杂一大堆。他看好的地方，根本不行；我看好的地方，他又看不入眼。只有这一处，是我们两人都看好的。"若川说："好个卧虎藏龙之地，可惜了你一身本事，窝在这里。"小郭看看若川的神情，便咬咬牙说："助理，有什么话，你就说吧。"若川顿了一会儿，说：“鳖场的磅秤是啥名堂，这里就不说了吧，你给我说说这个。”遂拿出两张纸条，一张记录着小郭报的若干虚账，另一张，是所购物资的实价和实际购买量。小郭接过，借着明晃晃的月光，看了个大概，但却一点儿也不慌张，看看，又想想，只说了句：“你都知道了？要怎么办呢？”

若川见小郭如此镇静，自己气倒先短了，只得责问小郭：“人要讲良心。老板待你不薄，你怎可以这样？”小郭就说：“助理，你其实还漏算了一笔，我在这里打点关系、安抚工人，都是自己垫的钱，拢一拢，也快有五万了。”若川说：“就算是吧，但公司职员卖一年的命，所得才多少？你一拿就是十万。”小郭便说：“那不一样。我是吃技术饭的，每年少不了要拿十五万。进了你们公司，反倒是搭钱进去，这又是什么道理？鳖场这个样子，年终又哪里能指望分红？”听口气，小郭竟有点悲愤起来。若川见小郭错也不肯认一个，就强硬地说：“我做人有个原则，就是饿死也不能做贼。”小郭听了，一怔，忽然就有了胆气：“那公司又在做什么？我、公司，不过是联手在骗银行罢了。”若川摆了摆手，冷冷地说：“那是两码事，你不能对不起公司。”小郭说：“那公司也要能对得起我。”两人便一时僵住，都无话了。

四下里，月光清冷，水池中的鳖儿跳跃不止，溅水声在夜里很响亮。通道上，有巡夜的工人百无聊赖地在晃动。若川想，谈了这半天，竟听不出小郭有一丝愧疚，真真是岂有此理！不由就一阵恼怒，打算明天就把情况跟老板讲。鳖场的事，即使是重打锣鼓另开张，也不妨，反正不能让小郭这样嚣张。过了一会儿，却听小郭放缓了口气说："助理，你是个有城府的人，比我懂道理。公司需要贷款，也就需要鳖场，需要我这个主管。我如何做，你尽可以装聋作哑，公司再不会有第二人能像你这样认真。你、我、老板，都各自谋些财路，有什么不好？"若川便冷冷一笑："小郭，你是要逼我离开鳖场么？"小郭说："哪里？你尽管在这地方，就当是么子事也没发生。就像银行看我们公司，是个规矩的公司；公司看我这鳖场，也是个规矩的鳖场。人，不会都活得像你，白白地清白了半辈子。"

这场对话，显见得是小郭占了上风，若川知道，这小郭，对鳖场的事谋划了不止一日，不是一下就能服输的。于是说："你说的，是理，但凡事也有另外的理。老板们行事，多不按照常规，你不要以为公司非要这个鳖场不可。我劝你还是收手，好好地经营一下，赚也要赚个干净钱。"小郭听了，有所触动，感到了隐隐的压力，沉默了半晌，才说："也罢，就当我流年不利，少赚了十万。不过，钱要慢慢退还，一下子我拿不出。我不是个贪人，我是怕鳖场这个样子，如何就能赢利哩？"若川说："一块儿来维持罢，也不见得就山穷水尽了。"若川的话柔中带刚，那意思，小郭是听得出来的，他狠狠吸了一口烟，叹口气道："人生在世，却不能好好地做事，还有什么活头呢？"若川听他叹苦经，竟也起了同感，抬头望望天空，黑夜里，只是一片空漠。若川暗想：这荒唐不荒唐？我抓住了骗子小偷的手，人家却满不在乎，反倒是振振有词——他所用的盾牌，我手里的刀，是砍不动的！

若川一面拍着腿上的蚊子，一面只好安慰自己：明天再说吧。

这世上，把什么事都拖到明天去办，可能就好了。若是一日长于百年，那还有什么可发愁的呢？

35. 幸福

时间稍稍倒溯一下，在傍晚的时候，若川在老屋没有看到六莲，是六莲恰好到亚娟家去了。亚娟去海口，是去闯荡世界，这事让六莲始终牵挂着，似乎女友的成败，就是自己的成败。这两天，中秋节看看快要临近，亚娟从海口回来探家，十分风光。这在村中，引起了一些小小的波动。一个村姑进了城，才不过一个多月时间，再回来时已脱胎换骨。城市又一次带给这小村一个神话。关于亚娟的回家，村里传闻很多，说她是由一辆黑色轿车送回的，轿车没有进村，远远地停在村外面，避人耳目。亚娟是自己下的车，提着大包小包到了家。乡人们居于一隅，对于外界的人与事，描述起来难免有些夸张，但这事还须有个主干，才会有传闻中的枝枝叶叶。

六莲黄昏时在村井边洗衣服，听到了这事，又惊又喜，顾不得矜持，便跑去了亚娟家。亚娟正躲在自己闺房里试衣服，反扣了门，六莲去敲，亚娟隔着门缝看了看，才开了门。进门后，六莲一见女友的打扮，就知道了，乡人的传闻总有它的道理。亚娟穿的是一件吊带装，上露背，下露脐，连镇上都无人敢穿的，倒把六莲吓得不轻："搞什么鬼！"

两个女孩见了面，欢喜得叽叽喳喳，亚娟遂把六莲拉到床边坐下。六莲见房间里大包小包，都还没来得及打开，就问："发利市了啵，怎么这样快？"亚娟说："这算什么？如今海口的事，三天三夜也给你讲不完。"六莲见门外无人来往，就凑近前去细看亚娟的吊带装，恍然大悟道："原来是这样的！你真是敢穿。"亚娟笑道："再躲在山沟里不出去，就要变成老太婆了。"六莲说："哪里就会。"亚娟瞟一眼六莲的胸，努努嘴说："知道么？城里女人，只要不露这里，就什么都敢穿。"六莲脸一红，便要回嘴，亚娟忽然想起，就摆手制止她，又去把门关好，从蛇皮袋里抓出件透明的吊带裙来："你来试下这个。"六莲有些慌："我不行的。"亚娟便撇嘴道："怎么不行？在乡下，可惜了你的好身材。"遂不容分说，帮六莲脱下外衣，换上了吊带裙，又拿了一面镜子，上下照给六莲看。六莲看看镜中的自己，白而苗条，确是换了一副模样，于是想：这个样子，如何能在街上公然地走？不由就红了脸。亚娟咯咯笑道："怎么样，要迷死男仔了吧？"六莲慌忙褪下裙子，穿上自己衣服，说："你是越学越坏了。"亚娟说："我最信的，是城里女人的道理：姑娘家，除了身体还有什么？"六莲就捶她："乱说乱说！"

天渐渐黑下来，亚娟换了平常衣服，两人出门来到院中，靠着椰树根坐下。这里能看见亚娟的父母在堂屋内，坐在竹椅上乘凉。亚娟的父母，是老实本分的农人，对女儿日甚一日的“时尚”，充满了恐惧。坐一会儿的工夫里，亚娟老母就出来过几回，唠唠叨叨说：“仔呀，有时间，要去帮你阿爸弄田。光鲜东西，当不得饭吃。”亚娟不耐烦，也不理会。

日子已近八月十五，月亮早早就上了东山。头顶上的椰树叶子，像大鸟翅膀在夜空摇晃。六莲坐在亚娟身边，感受到了新潮女孩刚从城里带来的气息，有些沉醉。她嗅出亚娟身上异样的香水味儿，就问：“你是怎么发的财？”亚娟支支吾吾，看了看堂屋，才悄悄说：“千万莫跟人讲，我是……傍到了大款。”六莲心里一跳：“真的呀！做什么生意的？”亚娟说：“卖海鲜的。”六莲说了句“那不是……”便欲言又止，她险些说出，那不是跟马寡妇一样么，但猛然想到不妥，就改口问道，“什么时候结婚呀？”亚娟诧异地反问：“结什么婚？”六莲说：“不是找到老公了么？”亚娟鼻子嗤了一声，咯咯一笑：“什么老公？是别人家的老公。”六莲大惊道：“咦，你不会是做了二奶啵？”亚娟连忙嘘了她一下：“千万莫嚷！到城里，看到那些女孩子，都是轻轻松松一步登天。她们不管那么许多，只问谁能给我房子，谁能给我钱？”六莲顿时说不出话来，心里一凉，生出了一种幻灭感。亚娟却嘻嘻一笑：“小傻瓜，蠢人才找老公呢，我只管弄清三件事，男人，他们要什么？我能给他们什么？给了以后能得到什么？”六莲又是一惊：“不会的啵！”亚娟就说：“我看你呀，以后找男人，也要先问清楚自己。好的男人，不难碰到，可是他能娶你么？”亚娟说着，忽然抓住了六莲的手，接着道：“你比如，鳖场的那个白助理，好是好，可是他能娶你么？”

亚娟的无心譬喻，在六莲听来，却好像揭破了自己的隐私一样，遂摆脱亚娟的手，说：“我不要他娶。”亚娟压低声音说：“不过，能做白助理的情人，也是很开心的呀。”说完，笑得前仰后合。六莲脸涨红，擂了亚娟一下。又聊了一阵儿，六莲便要告辞。亚娟要把刚才那件吊带裙送给她，六莲摇头道：“不行，老爹看见要骂死。”亚娟笑笑，也就作罢，将六莲送出门，在村道上告了别。

水样的月华，铺洒在麻石小路上，整个村庄都在微醺中。六莲觉得自己的脚步，又轻快又滞重，耳边还响着亚娟的话——

鳖场的那个白助理，他能娶你么？

这样一个具体的问题，十八岁的姑娘六莲的确没想过。以往她想到白助理，只是心里喜欢，有一种柔情。自己萌发念头要去海口，多半也是为了这个男人。可是，今晚亚娟所带来的海口印象，却是与白助理所带来的不一样，也和自己几年前的体验不一样。亚娟带回的这个海口，像是比自己上初中时的那个海口，更加光怪陆离，似乎已没有她六莲存身之地了。六莲相信亚娟没有夸大其词，自己在念初中的时候，就体会到了大都市的力量，它要把一切人都裹挟走。那么，我还敢不敢再次跨进去？白助理，他可以帮我。可这个男人无论在何时何地，都会对我这样好么？——乡村姑娘单纯的头脑，装不下这些复杂的问题了。

回到家，六莲见阿爸已经睡下，就轻手轻脚进了闺房。打开灯，眼前不禁一亮，梳妆台上，放着一盒糖果，拿起来看看，包装豪华得很。她一下就想到，是白助理晚上到家里来过。六莲坐在床上，拿着这精致礼物看，心头一阵暖热。一个多月来，白助理已融入了她的生活。她平日里一言一笑，都会想到：“白助理若是听见看见，会喜欢吗？“猛然间，她又决心要去海口了。亚娟说的那种种事情，打消不了她的勇气。六莲现在只是想，能和自己喜爱的人同在一片天底下，那就好。在海口，只要自己高兴，就能见到所喜欢的人，那样就够了。幸福，不是钱，而是心……

就这样，六莲捧着巧克力，痴想了半夜，几次流下热泪来。睡下后，她把糖果盒子放在枕头旁，舍不得尝。黑暗里有很多人闯近眼前来，一会儿是白助理，一会儿是亚娟，一会儿又是阿爸。恍惚中，白助理在一个很高处向她伸出手来，将她拽住，头顶上太阳很亮，把两人都包容进去了。

就在六莲入梦之时，白若川仍坐在鳌场小楼的顶上。他让小郭先去歇息，自己独自待一会儿。夜气有一点儿凉，千山万壑，都罩在月光里。他望望老屋的方向，已无一星灯火，知道那父女俩已经睡了。咫尺之遥的六莲，是他无意中窥到的景致。若川很惭愧：自己给六莲，能带来些什么呢？

他想：现代社会，不会有什么诗意。人们想的就是一件实在事，谈不上其他，这就是潮流吧。他若川唯一与旁人不同的，是想在谋碗饭之外，能有属于自己的“虚的”东西。

巡夜的工人走到楼下，朝若川招呼了一声，劝他早点歇息。

若川应着，慢慢站起身来。眼前，万物酣睡得正沉，世界比白日要理智得多。若川深吸一口清甜的空气，慢慢下了楼。

36. 诱惑

村里演完了大戏之后，霍半踌躇满志，觉得在莲塘村的地界上，没有自己撬不动的石头，于是与朱董事长商量好，请他与村民见面，把征地的事，正式跟大家摊开来说。这日，霍半挨家挨户通知了开会，他家院里的一片空地，就是会场。午睡过后，霍家的大院里便放起了音响，人们三三两两开始聚拢。霍井石和几个年龄相当的年轻仔，勾肩搭背，跟着音响在唱粤语歌，唱到动情处，小伙子们身体有节奏地晃动，几乎是在吼：

春风化雨暖透我的心，
一生眷顾无言地送赠。
是你多么温馨的目光，
教我坚毅望着前路，
……

这样一唱，霍家院里就溢满了喜气，人们的心情，竟像是在等候年终分红的那一刻。吴老伯也由六莲陪着，蹒跚地来到会场，找个石凳坐下。六莲见到老实巴交的小学同学霍井石，如今竟也能在众人前这样活泼，不免就有些惊奇。再看苦楝树下一堆妇女中，有霍井石的母亲在，正朝儿子望着，笑得很幸福。六莲心里就一酸——这首唱给母亲的歌子，自己也会唱呢。可是，却没有霍井石这样的机会。

“没妈的孩子像根草”，在过去，这话她是根本不信的，可在今天这场合里，她信了，听霍井石他们唱歌，简直要让人掉下泪来。六莲向后缩了一缩，故意躲在了阴影里，不想让人看见。

正在热闹时，一辆奥迪轿车开过来停下，跳下来几个人，是朱董事长带着女秘书和马仔来了。霍半闻声从屋里出来，将来客迎到院子里的桌后坐下，宣布开会。他的讲话，一点儿不拖泥带水，给众人讲了准备征地的边界四至。这一块地，大到上千亩，多是荒地杂林，但也包括了一些田地和水塘。弄懂了征地范围之后，乡人像马蜂群被惊了一般，轰地一声议论开来。霍半连忙让众人安静，向大家介绍了“香港来的大老板”——朱董事长。

朱董事长便客套两句，讲起了来，说一共有五百万元给大家，是征地补偿款和青苗赔偿费，一半给队里，一半直接给村民，若有迁坟、拆房和征用鱼塘的，另外还有补偿。他讲得细，琐琐碎碎地讲了不少。朱老板讲完，乡人一时都无反应，在心里算开了小账。霍半说：“难得朱老板一片心，我们村民，要好好配合。”忽然有人喊道：“我责任田被征了，明年到哪里去种田？”霍半语气轻松地解释道："明年的责任田，要调整，挤出你的一份来。再说，高尔夫球场建起来，还愁没有饭吃？"乡人们凭直觉，立即意识到一种危险性，便都激愤起来："要挤我们的地？"霍半就责备说："你们也不要太贪心了，朱老板是给了补偿款的！"话音刚落，乡人们立刻炸开了："哪个要他的钱？"

农民们开的这种会，本来就无规矩，此时坐在矮墙上、树根下、摩托车后座上的人，都纷纷起身，扯开喉咙吼。有的人还冲到朱老板跟前，指指戳戳。跟朱老板一起来的两个黑衣马仔，神情顿时紧张，都站起来，用身体护住主人。朱老板没料到会有这种阵势，脸色一变，转头盯住了霍半。霍半也站起来，吼道："吵什么吵？这么多年了，你们哪个是种田发了财的？"乡人们被戳到痛处，一时都哑了。霍半便脾气陡增，又吼道："猪脑！一家能拿到四五万，去镇上开个店不行么？这种好日子都不想过，还想做什么？"

乡人们不吵了，像是开了窍，有人露出了掩饰不住的惊喜，私下里，便分成几组讨论起来。这时，哥苗挤出人群，举了手要说话。霍半轻蔑地笑笑："你有什么意见？"哥苗问道："我包的鱼塘，能补偿多少？"霍半说："另外再补五万。你们一家，总共能拿到十多万，老婆可以娶进门啰。"哥苗不为所动，愤然道："我的算法，可不一样。我的鱼塘，是包了整整十年的，你现在五万块钱就拿走，莫不成按你的算法，我一年才能赚五千？"对于这个问题，霍半胸有成竹，答复说："你是不用再忙十年了，一眨眼，就全赚到了呀！"众人正要笑，哥苗却一拍桌子，吼道：

“不对！我养了鸡，是为了生蛋，你拿走我的鸡，我还怎么生蛋？”这下有的人听懂了，便嚷起来：“是呀，这不是夺人饭碗么？”“要给钱，就年年都给！”霍半气得脸发白，一只脚蹬在凳子上，问道：“你们要怎样？”乡人便齐声吼道：“要加钱！”

见场面乱成了一锅粥，霍半便做了个安抚的手势，说道：“朱老板来开发，我们能拿到现钱，可不是小数目；又能在家门前盖起高尔夫球场，老少都有了工可干。想想看，眼前的与长远的利，不都有了？”朱老板的脸色，也已缓和过来，接口道：“加钱的事，可以商量；但只有签了协议，真金白银才能到手里。”说罢，他抖出两张纸来，放在了桌上。全场顿时寂然，人们看着那两张协议纸，眼神都很犹疑。猛地就有人喊：“我不会写字！”众人便都哄笑。霍半也咧开嘴笑道：“按手印，也可以的！”

这时，苦楝树下忽然响起一个声音：“这么说，老祖宗的地，就这样卖了？”霍半厉声问道：“谁？”吴老伯说：“我，老吴！”霍半连忙放下腿，脸孔堆起笑说：“伯爹呀，你那老屋，朱老板是给了高价的，八万块，够在城里买一套房了！”吴老伯用斗笠扇着风，扫了一眼桌后的几位，缓缓地说道：“那是老屋，是田土，不是古董。”霍半脸孔上仍带着笑意，说：“老屋再好，也是老屋，你拿了钱，什么事做不成？”吴老伯不理会他这话，只是问；“霍队长，征地不是需要农民自愿么？”霍半点头：“那是。”老伯就说：“我吴某人就不自愿。”霍半便收起了笑意，冷冷地说：“乡亲们要发财，没有错吧？”老伯说：“那也不能卖掉命根子！将来种田若能赚到钱了呢，我们又到哪里去种？”

吴老伯的话，使乡人们想到了一个更加危险的将来，议论声又激昂起来。众人分为两派，同意的那一伙人里，多是霍氏族人，旁姓人就更觉得这后面有鬼。乡人的讨论，没有什么逻辑，只执著于自己的感觉，不断地吼叫。霍家小院里，沸反盈天，惊得树上鸦雀乱飞。那朱老板的马仔和女秘书，从没见过这种场面，脸上都露出惊惶来。待众人稍稍懈怠，朱老板就举起手，提高喉咙道："我再讲几句。"霍半也说："好，听朱老板再讲几句！"朱老板神情诡秘地一笑，说："我过去也是种田的，最喜欢讲究实际。你们知不知道，我打算给你们的五百万，兑成现金，有多大的一堆？"众人都答不出，眼睛盯着他看。朱董事长遂对一个马仔示意，那马仔就跑开去，从轿车后备箱里取出了一个大蛇皮袋。朱老板打开袋口，与马仔兜底一倒，哗一声，成捆的钱钞就倾泻在桌上……

有几捆钱掉在了地上，霍半慌忙去拾。朱老板用手一拦，说："不要捡了！掉在地上的，就是给乡亲的红包。桌上这些，只是一百万。五百万么，就是五个这样多！"众人不由发出一阵惊叹。朱老板遂拿起了一捆钱，抽出一张百元大钞，晃了晃："我以前做苦力，在铁路上扛大包，扛十天，就这一张。"他又接二连三地抽出票子，一张张给大家看，"再扛十天，又一张……现在我要问你们，要种多少年的田，才能赚到这五百万？"乡人们都听懂了，一阵欷歔。朱老板就吩咐马仔把钱收好，拿回车上去，然后说："协议书，就在霍队长手里，若是想好了，就去找霍队长按手印……"他伸出手，张开一个巴掌，像五个长长的惊叹号，"这样多的钱，就全归了你们。”随后，他敛起笑容，与一行人上了车。车子刚开走，乡人们就一窝蜂地上前，争论如何分钱。霍半气得把桌子拍得山响：“猪头都煮烂了，还怕吃不到肉么？”

岭下的这片地方，自开天辟地以来，也许从未有过这样的激动。寂寞角落里，吴老伯站立许久，忽然打了个趔趄。六莲连忙上前扶住，问道：“阿爸，怎么啦？”吴老伯摇摇头，叹口气说：“终归呀……”他觉得自己很无力，甚至完全是个失败者。有一个庞然大物，正挟着潮流滚滚而来，自己只不过是洪水中的一株枯木，徒然在挣扎。下午的太阳已有些斜了，光线照在他脸孔上，使那沟沟壑壑，益发显得苍凉。

37. 纠纷

节令交了白露，才是真正入秋了，阳光变得柔和起来，轻纱一般四下里弥漫。那段平淡的日子，是莲塘村在那一年中最后的安宁时光。那些时日，六莲陷在恋情里，做事总有些慌张，与阿爸常起些不大不小的口角。心里烦闷，她就不愿在家里待，老是跑去井沿洗衣服。井台这地方，有黄叶沙沙地跌落下来，能让人心里熨帖。

这日，六莲一边洗衣服，一边听婶嫂们聊家长里短。话题很散漫，渐渐地就聊到了美芬的婚事，六莲不由得竖起了耳朵。就在这时，女人堆里忽然爆发了一阵骚乱，有人喊道：“马寡妇来了！”几个妇女便撇下衣服，甩着两只湿手，四下里逃散去了。六莲惊讶地站起，只见马寡妇一步抢过来，抓住一个没能跑得脱的妇女，两人互相指指戳戳，立刻吵翻了天。

那妇女，就是霍井石的母亲。霍母拼命地想讲清一个道理，马寡妇则连珠炮似的发出质问，两人脸孔都涨得像红布。六莲听了一会儿，听懂了。原来是一些乡人参加了“公司加农户”，由马寡妇的公司担保，从信用社拿到了小额贷款。协议书白纸黑字写着：贷款是一定要用到香蕉田上的，买肥料、买虫药，都可以。可是马寡妇没有料到：农户多少年来，从不曾有过这样一笔闲钱，所以钱一到手，就忍不住要乱用，有买鸡苗的，有翻修房子的，还有人索性买了整版的彩票。田里的香蕉苗，原来是怎样，至今还是怎样。到时候拿什么还贷？乡人不想那么多，只急煞了马寡妇一人。

马寡妇咄咄逼人，可是霍母也有她的道理，恨恨地说：“你说技术员二十四小时随叫随到，可是人在哪里？十叫九不应，半月还不见影子！好不容易来了一个，还比不上我懂种田，这不是在骗农民么？”马寡妇说：“你们这些人，签了协议，拿了钱就去买鸡苗，做人还要不要脸？”霍母说：“协议？什么协议？这些年按了几多手印，按一次，农民吃亏一次，哪次不是在哄骗？”马寡妇就冷笑：“你们是拿到了钱的。”霍母说：“拿了钱，以后再还么！你们骗农民，就一点亏也不想吃么？”

霍母说到激动处，连带镇政府、村委会也一起骂开来。先前那些逃开去的妇女，又都返回来，从旁助威。马寡妇几乎要崩溃掉了：“妇女婆呀！镇政府、村委会跟我有什么关系？我只要你们吐出贷款来！”霍母一下被激怒了，甩着手臂骂：“你不是妇女婆？你是妖精，跟县长吃过饭，是县长的情人！县长情人就可以骗农民么？”马寡妇喝道：“胡说什么？”霍母手指一戳：“你个八婆！”马寡妇狂怒起来，抡起手中阳伞就要打。六莲见了，连忙上前拽住。

对六莲来说，两边，一边是她敬重的女能人，一边是她同学的老母，她无法衡量是非，只是不愿看到这种场面，便死死拉住马寡妇，劝道：“马经理，越吵越说不清道理，还是到我家坐坐吧。”马寡妇眼见得理论不出名堂来，也只得忍了。有六莲从旁劝架，就顺水推舟跟六莲走了。到了老屋院子里坐下，她用手绢扇着风，还是气咻咻的。

吴老伯从堂屋里出来，见到马寡妇的这副神色，便很惊异，听六莲说了原委，才微微一笑：“你也是，怎么沾了官衙的习气，连技术员的问题都解决不好？做事，一定要讲认真。”马寡妇便叫苦道：“他们吹毛求疵。就算没有技术员的问题，那些人，也是要把贷款拿来乱用，天生是受穷的命！”老伯便摆手制止道：“这话，说重了啵？农人受骗受得多了，怎能不成惊弓之鸟？”马寡妇恨恨地说：“白纸黑字，都按了手印的，他们就敢乱来！”吴老伯也搬了条凳子坐下，笑笑说：“莫说农民，就是全体人，还有几个敢相信白纸黑字的？”马寡妇一怔，眨着眼想想，脸色渐渐缓和下来，不过仍摇着头不服：“莫不成，理亏的还是我？”老伯说：“农人世世代代都忠厚惯了，你对他们好，就要让他们能看得见。”马寡妇脸一红，说：“是我疏忽了。”老伯说：“你不种田，所以田里怎样，你不会肉痛的。”

说话之间，马寡妇气渐渐平了，心悦诚服地讨教：“老伯，当初我劝你加入，你不肯，是知道会有麻烦事。你老人家，真太聪明了！你看这事，该怎么收场才好？”老伯说：“当然是一家一户去说。”马寡妇便惊讶道：“妈哟！千座菩萨，就这一炉香，拜得过来么？”老伯肯定地说：“那也要拜。”马寡妇想想，就开颜一笑：“也是哦。我听你的，去向霍家那婶娘道个歉，然后一家家去沟通。穷家小户，我跟他们争，不大好。”老伯说：“是啊，合同再大，也大不过理，你不能强来。”马寡妇点头道：“那是。只是我为农民好，反倒被农民骂，心里边委屈。”老伯便放下烟筒说：“我先前没有加入，是因为没有想好。现在想好了，我偏偏就要加入，算是助你一臂之力。你看怎样？”马寡妇喜得脸都涨红了：“好哦！我是……瞎眼鸡吃到了好米呀。”吴老伯淡淡地说：“你有空，就把协议书拿来吧，我签字。”马寡妇应一声，喜滋滋地走了。

六莲送客送到门外，回来后，舀了几碗米来拣稗子。拣了一会儿，就抬起头来端详阿爸。吴老伯心里蹊跷，就说：“小女仔，怎么了？你是越来越三心二意了。”六莲顽皮地一笑：“我在想呀，这马寡妇，要真是个寡妇就好了。”吴老伯一怔，立即训斥道：

"这开不得玩笑的！"六莲就说："你就可以拿我开玩笑！当初'公司加农户'很红火，你不加入；现在有问题了，你却要加入，是什么道理？"老伯说："现在知道，即便有问题，也不过如此，就不怕了。"六莲便笑了："嘻！我明白了。看不清水脉，不下河。"老伯点头道："这个道理么，不单是做生意，嫁人也是一样呀。"六莲便把淘米箩一放："阿爸，你又在讽刺人！"老伯就嘀嘀地笑，捧起烟筒，不再提这事了。

38. 倒戈

这日早饭过后，六莲便出门去了，吴老伯在家中忽然坐不安稳，总在想女儿近来的小变化。老伯看多了世事，早就品味出：六莲的种种变化，都发生在白助理到来之后。对于这两者之间隐约的联系，老伯既喜又忧。女儿渴望文明，自然应当走正路，现在她能受到白助理的影响，老伯很是放心。可是，三十年前的创痛他忘不掉，爱情会毁掉一个人——这种因果，小女仔她是想不到的。

白助理是个正派人，女儿就算是喜欢他，也没什么可大惊小怪的。老伯不相信，这两个年轻人能跨越他们之间的差异。这种无根的感情，不会结出果子来。可是，眼见女儿一天天恍恍惚惚的，老伯又不大自信了，几天里，他再三再四地想到白助理。这是一个什么样的人？交往了多次，吴老伯自信看人不会错，可是，白助理身上，有没有他老吴完全不能了解的东西？这样一想，他心情忽然就急迫起来，想马上就见到白助理，看一看这年轻人日常是怎样生活的？老伯想：人之伪，只能在交际场合中，不可能整天都作伪。看一个人生活的细琐处，就能看到他心底里去。当即，老伯就留下阿丑看家，迈出家门，朝鳖场走去。边走，边还在想：数十年栖居莲塘村，自己不知错过了多少阔大的场面，今日的城市是怎样，真的不知道了。

进得鳖场大门，吴老伯拿眼扫了扫，心头便一震：荒僻乡间，居然建起了如此巍峨的场所！即使是在细微处，也与乡村处处不同，简直就是霸气。院中，工人们都在忙着。老金瞧见老伯，忙跑过来招呼道："老伯！是头一次来啵？"老伯点头，目光仍在四处打量。老金就问："老伯，是找白助理？"吴老伯见白助理不在，迟疑了一下，才开了腔："不是。你忙，我没事。"遂拔脚要走。老金说："你等等。"便一头钻进伙房，拎了一个小瓦罐出来，"我们湖南的黑豆豉，下饭最好。送一罐你尝尝。"老伯笑了："那不成，我无功不受禄。"老金说："你正是我的大恩人。"老伯怔了一下："……你是说上次挖路的事？小事么！"老金却坚持道："没有老伯你，我怕要被人打死！这点东西，你收下。"老伯说："不行。"老金见拗不过，遂恭恭敬敬送老伯出了门。

在夹道的树林中走了几步，老伯忽然看见前面有一人，急匆匆地低头走路。看那官派，就知道是霍半，便大声招呼道："急着去哪里，在寻元宝么？"霍半回头，表情惊喜得有些夸张："嗬呀！你家里无人，狗又叫得凶，我等苦了。走吧，去镇上喝茶。"老伯说："你几时见我去喝过茶？"霍半忙说："是哦！那就到你家里坐。"吴老伯看霍半神色，像没有了几日前的霸气，反而有些狼狈，不知是发生了何事，便不做声，把霍半引到自家院中坐下。

霍半掏出"红塔山"来，自己点燃吸了，长出一口气道："城里的老板，太精细！我是吃了个哑巴亏。"吴老伯看了一眼霍半，自顾点了水烟来吸，还是无话。霍半忍不住，朝老伯前面凑了凑，说："我是让矮凳子绊了脚！那朱老板，答应的条件不兑现。现在，他已经找了镇政府，又攀上县里几个局，通了天，要甩开我们征地。"吴老伯直直地盯住霍半："朱老板把你这队长甩开了？"霍半便不好意思地笑笑，老伯就叱道："你这人，跟老板勾结，卖祖宗的地，亏心不亏心呢？"霍半很有些委屈，说："我哪里想到那么多？交人交到鬼了！我们村里同意也要卖，不同意也要卖。卖多少钱一亩，不由我们说了算，因为上次开会我们没反对，各家都收了一点红包……"老伯就说："我没有收。"霍半一笑："我哪里敢给你？"

吴老伯觉得情况比原先要更复杂了，便沉吟起来。霍半瞄了老伯一眼。恳求道："这事，你要替我出主意，怎样才能挡住朱老板？不然，乡亲要骂死我。"老伯便点着他鼻子说："霍半，我看你性子里，真就是缺少一点火！”霍半说：“我总不能带领乡亲们对抗镇上吧？”老伯想了片刻，说：“我不是诸葛亮，没法子帮你！我只提醒你：乡亲们没有了地，你还当个屁队长？”

这话，激得霍半的身子一颤，恍然大悟道：“我知道了。你放心，这次我就是掉了头颅，也要保住乡亲们的地，下一盘棋给他老朱看。”老伯笑问：“你不怕他上面有人？”霍半把腰杆一挺，说：“老子在上面也有人呐！”老伯便不再说话，起身去寻锄头。霍半一见，忙起身告辞：“空肚不在这里打饱嗝。伯爹，你就看后面的戏吧。”吴老伯笑笑，算是相送。

霍半走后，吴老伯戴上斗笠，看了看太阳的位置，觉得下田有些晚了，就放下锄头，除去斗笠。犹豫了一会儿，准备再去一趟鳖场，哪知刚出门槛，却见六莲回来了。六莲劈面就问：“阿爸，你去哪里？”老伯想，若对六莲照直说要去鳖场，恐怕不好，就索性说：“哪里也不去。”遂回了院子。六莲一面进门，一面就说：“阿爸，刚才看见霍队长挨家挨户在走，不知要做什么？”老伯在竹椅上坐下，微微一笑：“他呀，是碰到了鬼。”六莲就问：“怎么回事？”老伯说：“先洗脸去啵。你也是，煮虾都等不得红！”六莲就顽皮地笑了两声。秋阳下，那笑声很响亮。

39. 荒原

在镇上的小书店里，白若川偶然淘到一本好书，是本经济学著作，写得通俗，让人看得懂。若川倚在床头，看得津津有味，遇到精彩的句子，几乎想拿笔来画线。他不断捶着腿叹息：这样简单的道理，十多年前为什么自己就没悟到？经济社会里，谁者穷，谁者富，书里说，那是与个人付出的辛劳无关的，而仅与身份有关。由此延伸开去，很多过往的事，都可以得到新解释。白若川看得出了一身冷汗。原来，自己早先的许多憧憬，竟完全是虚妄的。他抚着书，唏嘘了半天，舍不得一口气看完。

这时，忽听得老金在炮楼下面喊：“助理，有美女找你！”若川抛了书，下楼来看，果然是一位翩翩女郎，正在观看池中物。听若川走近，女郎回眸一笑——原来是朱老板的秘书。这女秘书不久前见过若川，此时自我介绍道：“我叫高赢，输赢的赢。我们董事长向你问好！”若川很感意外，木木地跟她握了一下手：“高赢，像男孩名字么。”高赢便一笑：“是男女通吃。”若川听了，就觉这女孩豁达，他向四下里看了看，觉得简直没个像样的落座处，便有些尴尬：“你瞧我们这地方！”高赢说：“不要紧，站在这里说话，也可以的。”若川问：“找我有事？”高赢说：“我们老板给你捎个话，我们都是外面来的，要相互关照才好。”若川有点儿疑惑，反问道：“我们与你们，井水不犯河水吧？”高赢就点破了要害：“若是我们跟村民起了纠纷，不希望你们掺和进来。”若川听了，犹疑起来。高赢仍是满脸诚恳，望着他，等他答复。此时一阵风起，吹乱了高赢的头发，她用手草草拢了一下。若川看了，倒是觉得那些秀发散乱开来，这女子才更像是真实的。

就这样，若川与高赢站在池边，字斟句酌地谈判。从远处看去，倒像是一对好朋友。一众工人不由得都停下手，巴巴地看起美女来。老金不怀好意地笑笑，叹道：“啧啧，这女子……死了也值呀。”

工人们在起哄，若川隐约能听见，怕高赢感到不自在，但高赢置若罔闻。谈完了正事，又从包里摸出一本书来，说：“不好空手来，就送你一本书吧。”若川接过一看，是一本艾略特的《荒原》，不禁苦笑：“这年头，还有人看这种书？”高赢便有些惊异：“咦？原以为你会喜欢的。”若川说：“我早不看这些了。”高赢就说：“我好喜欢这书名，就猜想，你也一定会喜欢。”若川笑笑说：“谢了！礼尚往来，等以后再回报吧。”

这工夫，白若川才仔细看了一眼高赢。这女子身上，有一种古典味道。若川便在心里叹：商圈里污浊太多，这样的女子，跟着朱老板跑，能有什么好？不料高赢对若川，也有类似的看法，心灵感应似的就说了出来：“那天初次见你，挺奇怪，心想：这人在公司里干，不是糟蹋了么？”若川一惊，忙说：“我算什么！”

高赢就笑："看你手指，那么长，这样的手，叫竹节手，是才子的手。"若川看看自己的手，脸红了一下。高赢遂道了声再见，出了院子，开车走了。

待车拐进树林，若川便返回，还在低头想着高赢的话。走了几步，倏地抬头，看见前面路上，站着一个人——是六莲！在她目光里，若川头一次见到有种警觉的意味。六莲无表情地问："她是谁？"没等若川回答，便又问了一句，"……是你老婆吗？"若川呆了一呆，遂大笑："认不出来了么？那是朱老板的秘书。"六莲马上就放松了下来："她找你？有什么事？"若川说："他们朱老板，不希望我们袒护村民。"六莲问："这跟你们有什么关系？"若川笑笑："朱老板，大概担心我们有背景。"六莲就忍不住笑："你们？有背景？有背景就不会来养鳖了。"她朝鳖场的方向望了望，眼光一下变得柔和起来。

深秋里，日头在下午落得快了，岭下的万树千树，全都浸在斜阳里。金光下，六莲五官的轮廓，有玉石样的温润。若川心里涌起一股爱意，脱口道："去鳖场坐坐，好吗？"六莲说："不了，有时间你去我家吧。"若川便应了声："好。"

天近黄昏，有浓浓的柴烟味儿，从远处飘来。丛林里面，鸟儿又开始叫了，在山谷里一声声地回应。六莲就问："知道这是什么鸟叫吗？"若川说："布谷鸟吧？"六莲遂一笑："嘻，你还懂！"这时，鳖场里猛地传出来老金的呼喊："开饭了——呷糜啰——"那声音尖锐、悠长，拖曳着一股生命的喜悦。若川与六莲对视一下，便都笑了。

40. 洪水

这一天，是农历八月十四，中秋节的前一日。因前几天连下过几场雨，秋凉日甚一日。燥热消退下去，乡人的心境也就不烦乱了，看山水依然如故，村庄确实安谧得多。但是，所有的人都不可能意识到——从这一日起，小村的宁静，就要被接踵而至的灾难击得粉碎！

早饭过后，美芬家里一个小男孩跑来，给六莲送口信，说美芬已经回到了家，正为出嫁做准备，邀六莲去做伴娘，也就是作为娘家“八姐妹”之一，在出嫁那天担大任。六莲闻听，心情便很复杂，本不想去，但又不好推却，只得应了，匆忙打扮一下，就要走。临行时忽然想起，就掀起枕头，找出那只绿色发卡，对着镜子，插好。

美芬家里，已忙成一团，有千头万绪的事要办。“八姐妹”已来了四个，正忙着做女红，缝纫衣被，清理衣物。按乡俗，八姐妹在这一日里，要在美芬家从早忙到晚，中午就在美芬家吃了。新娘子要出嫁，每家都有不同的程序，要事先设计好。尤其是如何想出古怪的法子，刁难一番新郎，还须姐妹们细商量。

乡间嫁女时的繁文琐节，是从古时候传下来的，大约是母系社会的遗风，备极隆重。可是另一面，乡间女子的角色，却从来就是忍苦耐劳。本地的风俗，女子不但要晨起洒扫，往往还要使牛驾犁，独当一面。男子则悠闲得像神仙，可以去泡茶坊、打麻将、逛集市。妇女们的不满，就只能在出嫁那一天，以恶作剧的方式，羞辱一下新郎罢了。

一踏入美芬家的门槛，六莲就感觉得喜气扑面而来。美芬闺房里，垒起大堆的陪嫁品，簇新而凌乱。美芬迎出来，惊呼一声，上前就将六莲紧紧抱住，仿佛将要生离死别一般，六莲的眼睛不由得湿了。几个姐妹也围上来，与六莲击掌，互相激励。在这样的氛围下，六莲的心，瞬间就融化了——女子远嫁的事，算是乡间的“姐妹节”了，自己的姐妹美芬，就要过这个节，从现在起，便要梳好头、开好脸、选好头钗，还要练习一下哭嫁歌。这氛围，充满了女子间的亲密，醉人呐！六莲一下就把自己投入进去了……

鳖场这边，上午却是出奇地安静。小郭约了若川，一起去镇上采购物资，两人一早就顶着晨雾出发了。一路上，小郭沉默寡言，不知有何所思。前几日里，村中劳力已按照约定，将鳖场新的排水沟挖好了。今日去镇上，就是为了买回水泥，制作涵管，还要雇请两位合适的泥水匠。此外最重要的，是要把那台“贼精”的磅秤拿去校准。

若川是北方人，耐不得热，唯在这入秋之后，天气变凉爽，心也才随之静了。困扰了他两个多月的财务“黑洞”已完全摸清，短期间内，可说是高枕无忧。坐在摩托车的后座上，若川心情好，就只顾讲笑话，对小郭说：“你可不要心存歹意，又把我掀到沟里去。”小郭便说：“再把你掀到沟里，六莲就要把我吃了！”若川就叱道：“胡扯！”听得小郭几乎要把窗纸捅破，若川心里便嘭地一跳，再不敢提这个话题。到了镇上，两人便马不停蹄地看货、询价，忙得一头是汗。看看中午赶不及回去了，就在小店里吃了碗面，下午又接着忙。

中午吴老伯从地里喷药回来，感到十分劳累，手臂麻木得厉害。他叹口气，将昨日的剩饭热了热，胡乱吃了些，就躺下歇息了。这一觉睡得昏昏沉沉，到得下午三点钟，才醒来，仍是感到浑身酸乏，便靠在竹椅上假寐。想来想去，疑心是得了病，就思谋过了中秋，定要去镇卫生院看一看。想到今后日子，忽然就觉得忧烦甚多，不禁又叹息起来。竹椅在身下吱吱地响，有不胜负荷的样子，老伯忽然就闪出念头：难道自己和这老屋，寿数都已经到了么？他仰头看看，那些破碎的屋瓦，是曾经一块一块地换过的；两侧房山上的彩绘，也是一笔一笔补过的。二十多年了，自己的心血，一滴滴都融进了那些砖木，到今日，怕是把心血都熬干了！

当初在生产队牛栏栖身的时候，一灯如豆，漫天风雨，人生像走到了尽头。只是凭着原始的生命力，才咬牙挺住。老阿公的儿子——那时也是一位长者了，从南洋回乡访旧，偶然碰见当年的小吴在牛栏里读唐诗，大为震惊，相谈之下，怜惜之意顿生，便将老屋慨然相托，那种信任，胜过了对自己的族人。老伯将这一段恩情铭刻在心，只当老屋的维护就是自家的事。有了老屋，老伯就有了莫大的勇气，守在莲塘，开始别样的人生，因此他觉得，老屋与自己的后半生关联甚大，一点儿也马虎不得。

午后的阳光照进来，意迟迟的样子，使人慵懒。乡村的此刻，宁静得连狗吠都听不到一声。老伯在半睡半醒之间，恍惚听到记忆里最亲切的木屐声，伴着粤剧声调，嗒嗒地由远而近，那是从老广州的小巷中走来的影子，婷婷袅袅。过往的岁月，怎能无痕呢？人的少年，是前世；人的老年呀，就是来世。即便是到了来世，也总有丝丝的筋脉从前世牵引过来，不能割舍……

突然，门前的阿丑一阵狂叫。老伯猛地睁开眼，见阿丑已经窜了出去。门外，人声嘈杂，来势汹汹。老伯心里便一惊，莫非是镇上的“黑七”一伙，又跑来鳌场寻衅了？他连忙披上衣服，站起身。猛然间，心里便有一道强光闪过，意识到：是了，就是这个时刻了！来的人不是别人，正是那些人。看来，躲不过了，这便是——命运。

大洪水，终于来了。

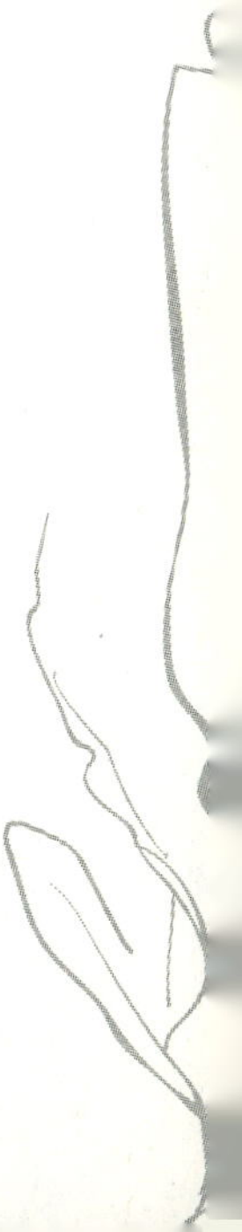

41. 生死

午后的宁静，转眼间荡然无存，番石榴树上的松鼠，被惊得一只接一只滑下树干，窜入草中。吴老伯走到前堂，便看见，院里已涌进了一群不速之客，看样子全是公家人，表情全都严肃，有的还拿着十字镐与绳索。宽敞的老屋，忽然就变得狭小了。后面还跟着些乡邻，来看热闹，霍半也在其中。来者为首的一位，脸微胖，衬衫很干净，立在堂前威严地问："你就是户主？"未等老伯回答，霍半忙从人丛中挤出，对那干部打个招呼："常委，我先跟老伯说两句。"那干部点点头，霍半便抢上一步，将老伯拉到一旁说："伯爹，这是镇上来的清欠工作组，今天要催欠款，带队的是常委老阎。这镇上的行动，我是拦不住的，有话你要耐心说。"老伯问："他们，是要杀鸡给猴看？"霍半说："看样子是。"老伯点头道："我晓得了。"说完便回屋拿了烟筒，搬了竹椅坐在堂屋门，对来人说，"我做田做累了，只能坐下跟你们说话。"

那阎常委，是有备而来，见吴老伯这样子，却也不惊诧，回头问霍半：“这一家，欠了多少？”霍半答：“一千三。”阎常委便婉劝道：“老伯，你看也看得明白。县里镇里统一行动，要清理欠款，无人能免。你老人家懂道理，不过就是千把块钱，不要再拖了。”老伯点燃烟，慢慢吸了一口，说：“钱，没有。”阎常委说：“去借么！”老伯抬眼看看他，说：“借不到，银行又不是为我开的。”老阎就有些恼火：“这是什么话？”老伯把脸一沉：“什么话？人话！你们今日来要钱，不就是过节要用钱了么？”老阎终究没能压住火气，厉声喝道：“胡说！”老伯平静地说：“莫要恼呀。如若不是，为何不等过了中秋再来？”老阎遂冷笑了一声：“伯爹，可不要自己往墙壁上撞。”

庭院里气氛虽然紧张，但围观的乡人，却只像是看戏。还有小孩子在拍掌：“打架啰！”众人慑于阎常委的威严，不敢造次，但没人能管住小仔的嘴巴。嘈嘈切切中，原本的肃杀，被社戏场般的乱哄哄给消解了。老伯忽然就笑了，指指一张板凳，对阎常委说：“坐下来说么！我也跟你讲讲道理，不过就是欠了几个钱，慢慢还就是。”老阎说：“拖来拖去，想赖掉是不是？政策，无人能挡，我劝你莫要做刁民。”老伯说：“政策？莫不成只对着老百姓？我们苦做，你们狂吃？”老阎就火了：“我们在哪里狂吃？”老伯霍地站起身，手一指院中来人：“一年三百六十日，你们在家里吃过几回？今日你们来，中午不是在村委会里摆酒，又是在哪里吃？”霍半慌忙摆手制止：“伯爹，好好对阎常委说么！”

老阎心里发了狠，低声问霍半：“老家伙是个什么东西？”

霍半忙赔笑道:“你莫气！这位老吴,是个广州老知青。”老阎听了,脸上皮肉动了一动，说道：“怪不得！霍队长，看你们这莲塘村，欠费不交，破坏招商，今日我们来，就是要解决问题的。”他扭头朝后使了个眼色，随同来的干部，就呈半月形慢慢围拢过来。老阎遂命令道，“拔锅！揭瓦！以财产充抵欠款！”随来的干部听令，都动了起来，跃跃欲试。黄所长虽然穿了警服，却立在人群后面，不肯上前。四个年轻仔冲上堂屋，就要去抱吴老伯，围观的乡人惊呼起来，嚷成一片。老伯哪里肯束手就擒，一脚踢翻了竹椅，把烟筒狠狠摔到地上，伸臂拦住来人:“敢动！光天化日，没见过有人敢拔锅的！你们要进去，可以，但你我中间，先死一个再说！”后面的乡人，都为之色变，不由自主地后退，小孩子也“哇”一声都纷纷跑了。

僵持中，忽听院内有人厉声喝道：“娘老子的，要抢劫么？”听声音，众乡人便知是老金来了。若川与小郭都去了镇上，老金在鳖场得到消息，即刻带了人、拿着工具跑过来，起初见是镇政府在追债，没敢贸然上前。听了一会儿，他耐不住，便吼了一声，随来的工人也一拥而上。一直躲在后面的黄所长，立即大喝一声：“想干什么？”有人就故意喊：“打老阎！”老阎一听，肩膀抖了一下，大怒：“妨碍公务，都给我拿下！”霍半见势不妙，忙上前劝老金：“这事，与你们没关，不要莽撞。”却见哥苗也从人群中挤出来，手里掂着伐木斧，在石阶上当地一敲，对霍半说：“队长，你为何吃里扒外？”霍半急得直顿脚，说：“关我什么事？老阎呀，算了！行动我不参加了，要撤职要查办，随你们的便！”

说完，甩手就要走，忽见霍井石也在人群中，便伸手去拉：“你在这里做甚？”霍井石说：“你不要管。”霍半松了手，骂了声“死仔”，便怒气冲冲走了。

乡人们与老伯相处多年，知道老伯是个“石敢当”，能镇百鬼，没听说有谁敢欺负他的，都暗暗希望老伯能顶住。霍半一走，霍家的人便没了顾忌，喧嚷声越来越大，还有人在喊：“滚吧！”阎常委面皮上的肉，便越发颤得厉害。哥苗见包围圈并未松动，朝地上啐了一口，指着老阎道：“你们，是要逼命么？”老阎是见过大阵仗的，毫无所动，提高喉咙说：“躲过初一，躲不过十五，最好不要对抗。黄所长，你来配合一下！”黄所长很不情愿地走到前面来，环顾一下众人，说：“不要惹事，法律是开不得玩笑的！”老金想起老伯的恩德，觉得今天就是报答的时刻，便“刷”一下敞开前襟，拍拍皮肉说：“哦？莫非还敢毙人么？”黄所长就把声音放低了说：“没你们的事，莫来胡闹！”老阎不耐烦了，一叠连声地催促：“不要跟他们废话，按计划行动！”黄所长被逼得进退两难，便狠了狠心说：“伯爹，我职责在身，不得已啊。胡闹的人，都要负法律责任！”老金便一撩衣襟：“法律？是你家的么？”老伯气得浑身颤抖，伸手朝哥苗索要板斧，哥苗见老伯脸色不对，便犹豫。老伯就吼道：“给我！”哥苗忙把斧子递过去，只见老伯指着竹椅对众人说：“谁来抢我，便是这个下场！”说罢高举起板斧，狠狠劈下，椅子喀啦一声被劈得稀烂，众人忍不住一阵惊呼。老伯说：“我这里，只有命！”不料刚说完，忽觉身体失去平衡，就朝地面瘫了下去。哥苗慌忙扔掉斧子，过去搀扶。

这时，半空里猛然响起一声尖叫：“阿爸——”原来是六莲跑来了，她在美芬家听到报信，忙与美芬一道跑回家来。六莲分开人群，见阿爸瘫坐在地上，不由就“哇”地一声哭出来，死命抓住老伯肩膀。老伯笑笑，说：“莫怕，我死不了的。”六莲便回头怒斥道：“你们这些人，夜路行多了，就不怕撞鬼！”美芬跟着挤过来，见率众逼迫吴老伯的，竟是自己未来的公爹——阎常委，顿感万分尴尬，脱口而出道：“爸，你怎么在这里？”一直沉默的霍井石，这时突然开口说：“他来抢东西！”美芬满脸困惑，急得要掉泪的样子。那阎常委一怔，便觉有些头晕：“咦，美芬？你来做什么？”美芬跺一下脚，眼泪就在眼眶里打转：“这是我同学的家呀！”六莲听见了两人的对话，抹了一下泪，站起来，缓缓走近老阎，逼视着他问：“你，就是阎槐树的爸爸？”老阎向后退了退，六莲便又说：“原来槐树还有这样的爸爸！”老阎顿时脸涨红，回头对黄所长说，“我还是避避嫌为好。这里的事，你看着办。”说罢一扭身，挤出人群，走了。

黄所长此时，想抽身也已经晚了，只得硬着头皮说：“我们若是空手回去，镇书记那里交不了差。伯爹，你就少少地缴一点么？”老伯冷笑一声：“你们这些人，怕不是为了区区两个欠款来的，是存心要拆我老屋吧？那朱老板，神通广大，能调动你们给他当马仔！”听到此言，黄所长神色一变，睁圆了环眼，怒道：“要逼我动手么？”老金遂抢上一步说：“动手？先拿下我再说。”哥苗也提起板斧道：“还有我！”黄所长慌了，下意识地摸了摸腰间的枪：“莫要动。动，性质就变了！”

围观的乡邻都喧嚷起来，阿丑也跑到人群里狂叫。只见又有两人挤进了院子，原来是若川和小郭从镇上返回，听到消息赶了来。小郭挤出人群，拉住黄所长说：“你息怒。乡里乡亲的，不好就扯破脸皮。”黄所长一巴掌推开小郭：“没你的事！”若川便上前一步，挡在黄所长面前：“慢！”他掏出手机来，晃了一晃，说，“所长，你要动手，我就要给省委书记打电话。”黄所长闻言，脸孔一下子变白，额上便沁出一片汗珠来，咒道：“这个老阎，害死人呢！”迟疑片刻，便手一挥，下了撤退令。那些随来的干部，极少经历农村的这种激烈场面，都怕闹出人命来，巴不得有这一声，忽地就都散了。黄所长遂向吴老伯赔礼道：“伯爹，我也是没办法哟。”一面退走，一面就驱赶围观的村民，“散了，都散了！”哥苗却跳将起来，怒吼一声：“屌你个老母！”提了板斧便要去追。众人慌忙将他拦住，都唏嘘道：“这些黑了心的……”

42. 劫后

中秋节的前一日，就这样过去了。工作队撤走后，夕阳如血，小村归于寂静，往日村童的嬉闹声也听不见了。这一日，原本是农家为小孩买月饼，准备拜月老的日子，可是经过下午的风波，大家都没了心情。清欠工作组在吴老伯家碰了壁，在其他几家却得了手。被讨了账的人家，虽东挪西凑还了账，却是心有余悸；未欠账的人家，也不敢心存侥幸，都关门闭户，怕惹祸上身。人们心里不平，都想不通：这个中秋节，怎么过得这样难？

拆房风波平息后，若川与小郭见工作组撤走了，安抚了老伯几句，便又匆匆回到鳖场，忙了一气之后，就是掌灯时分了，若川也无心吃晚饭，又去了老屋。未进院子，就见阿丑从里面窜出，一声哀鸣，蜷在了他裤脚下，似是也知晓主人的哀伤。进得院门，见老伯半倚在竹椅上，六莲正跪在地上为他捶腿。若川走近前去，见两人的神情大不相同——六莲眼睛红红的，也不搭话；老伯却是无事一般，照常与若川寒暄。若川坐下来，问道："还不要紧吧？"老伯说："活过半辈子了，这算不得什么。"若川愤愤地说："他们搞得这样无法无天，真是活气死人。"老伯说："跟他们生气，值不得。今日，多亏你仗义！"若川忙说不敢当，想想，又叹了口气。

这时六莲忽然开了口："助理，你在海口工作，认识什么大官么？"若川一时答不出，老伯就说："小孩子，莫乱问。乡下人家，莫要动那个心思！"若川仰起头来，无奈地说："我过去替公司办事，在省上也认识几个人，求他们批过条子。但是为乡下的这种事，怕是批不出条子来。"老伯说："农村的这些细小事，入不得人家的眼。"若川便说："农民的难处，不对上面去说，到何日才能了呢？"老伯说："莫要怕！我是一个死，总抵得了吧？”六莲便抬起头，说：“阿爸，你遇事情，总愿讲道理，你说，钱是刨土刨出来的，凭什么他们来向我们要钱？”老伯就笑：“你又提刁钻问题，跟阿爸年轻时候一个样。人与人为什么不同？那是天命，你再大的本事，也是拗不过的。”若川忍不住说：“难道说，就没有办法了么？”老伯说：“有，那就是等。”见若川很惊奇，老伯便接着说，“你读的书，自然是比我多，但我却比你虚长了几岁，这几岁，就让我看到了世事的反覆。事无论大小，都会变，有时候还来得快呢。不信么？”

若川半信半疑地望着老伯，觉得以往对老伯的认识，终究还是浅了，忽然就起了念头想替老伯还钱，于是说：“你到底欠了他们多少？若是他们再来，怎么办？”老伯一下便知若川的心思，笑笑说：“欠多少也无关你的事！车到山前必有路吧。”

六莲的心情也好了些，从旁插嘴道：“助理说得没错，我阿爸心宽，什么事，他都想得开。”老伯说：“看多了，几十年看下来，就不会生气了，乌七八糟的事，总有了结的一天。”六莲说：“你讲的，都是空道理。我就是要生气！”老伯说：“气平了，不还是照样要过日子？人，不是气鼓的青蛙。”六莲被老伯的话逗笑了，头扭向一边，不再说了。

若川看吴老伯还是浑身无力的样子，便说：“今日折腾了半天，好人也吃不消。明天鳌场出人，用摩托车载你，去镇卫生院检查一下吧。”吴老伯摆摆手，断然谢绝。六莲就撅起嘴巴道：“人家白助理是好意。”老伯说：“我自己的身体怎么样，我清楚，侬不要多话。”

若川见此，也不好坚持，聊了一阵，就告辞出来。六莲起身，将他送到路上。暮色里，见六莲神情郁郁，若川就停住脚说：“明年，你还是去城里吧。”六莲沉默了半晌，说：“看你们城里人多好，不犯法，谁敢对你们这样子？”若川听了心里发酸，忍不住抚了抚六莲的头。六莲眼泪在眼眶里打转，一个急转身，便跑回老屋去了。

若川感到有刺心的痛，初来莲塘村时那种闲云野鹤心情，早已不存。走近鳖场，见高墙内一派灯光冲天，便又想到：这堵墙，是他若川与老板的防护墙。这墙，足可以使他们不至受到吴老伯所受的屈辱，而那些在田土上劳作的人们，却是袒露于野，任由风雨。莲塘的这一晚，月初上，人不静。到了睡下时，若川竟觉得往日安稳的枕下，似有江海在涌动不宁。

就在咫尺之外，此时的六莲，也是睡不着觉。白天里的事，对六莲的刺激之深，实为她平生所未有。过去在学校念书时，所念的书，都很单纯，不会涉及这些苦恼。自小时起，她心理上就有所依恃——阿爸沉郁威严，四乡的人对他多有敬畏；从小到大，没一个人敢欺负她。不想今日竟有那么多人，一齐来到家里威逼，她顿感像天塌了一般。思来想去，觉得这莲塘村无论如何不能待了，明年一开春，就应该去海口。去海口，不是为了图富贵，而是为了能挺起腰杆来做人。海口是个大城市，只要有心，找到一个永久的落脚地，也并非妄想。即便是终身忙碌吧，也比留在村里看这些恶嘴脸要好……

就在刚才，白助理走后，美芬的大哥来了老屋一趟，婉转地表达了一个意思：今日虽出了天大的误会，美芬还是希望，六莲能不计较，仍去做“八姐妹”。六莲听明了来意，只说了句：“我不能去做伴娘了，代我恭喜美芬吧。”就再也不肯开口了。美芬大哥见事情已不可转圜，只得骂了几句老阎，讪讪地走了。六莲睡下后，又想起几日后就要做新娘的美芬，觉得这个小姐妹，仿佛已是陌路人。多年的友情，就这样被风吹散，今后的记忆中，可能还会有一点点碎片。想到这些，就忍不住哭了，又怕阿爸听见，只能用力咬住被单。哭了一阵儿，心倒也静了，看窗棂之外，竟是一片明光。天气原来是这样的好，中天的圆月，只亏缺了那么一点点。六莲想，花好月圆时，这世上总会有人笑的，但此刻还轮不到自己，轮不到的！想着，眼皮渐渐就沉了，又闻到了枕边有香味，那是舍不得丢掉的巧克力包装盒。那味道，好亲切……终于，六莲睡着了，嘴角还隐隐挂着笑意。

43. 求医

第二天一早，吴老伯吃了早饭，却没有下田，换了件干净褂子，对六莲说：“你也换件衣服，陪我去镇上看病。”六莲巴不得阿爸有这念头，说了句“你早该去”，就急急地换了衣服，出门时又说：“阿爸你也是，昨天白助理的好意你不领，今天却要抓我的差。”老伯故意板起脸说：“你若不愿去，我自己去。”六莲便笑一下，随手关上了院门。两人上路，拦下邻村一辆去镇上的“三脚猫”，到了镇上。

镇卫生院的设备简陋，也没有什么挂号处，患病的人，见到哪位医生桌前无人，坐过去便是。给吴老伯看病的，是位老医生，动作迟缓。他将老伯的症状问了又问，又按按老伯手臂，问麻木不麻木。最后，摘下老花镜，翻翻书，沉吟了半晌说：“先吃药吧。”说罢慢吞吞写好了病历，开了处方。六莲接过处方，却看不懂，就问了问，原来是几剂活血通筋的中药。

老伯便把捏在手心的一张五十元票子交给六莲，让她去取药。六莲走了几步，老伯又喊她：“若是太贵，就不要了。”老医生对此习以为常，只是笑笑，也不解释。六莲一走，老伯就凑近医生问：“你说实话，这病，要紧么？”医生闭目想了会儿，慢慢睁开眼，说：“你要到县医院去看。以我经验，无非两个可能，或是风湿，或是颈椎有病。”老伯便问：“这两个，有什么分别？”医生说：“风湿倒一时无大碍，若是颈椎有问题，那就麻烦，要早动手术才好。”老伯有些沉不住气了：“麻烦？会怎样？”老医生说：“严重的话，要瘫，并且有些危险。”他故意说得平淡，老伯却很机警：“有危险，那就是要死人喽？”医生面无表情，只是说：“早开刀，就不会有问题。”

听懂了病情，吴老伯习惯地去找竹烟筒，一转身，才省悟到这是在医院，于是回过身问道：“不知这手术要多少钱？”医生说：“统统加上，一万五吧。”老伯听了，倒抽一口凉气，心想这怎么得了，摇摇头就再不问了。少顷，又叮嘱医生道：“等下我女仔来，千万莫要提起这话。”医生点头应允了。

六莲取了药回来，与医生打过招呼，就扶阿爸出来。忽听那医生在屋里喊，六莲返身进去。老医生故意大声说：“把病历拿去！”而后，又小声说，“赶快送你父亲去县医院，莫大意了。”六莲一听，急得眼泪就要冒出来，想问个仔细。医生却只挥挥手道：“莫急。去看了，就好了。”六莲强自定了定神，才出来，继续扶了阿爸走。

此日虽不是集，却因为是中秋，人反倒比逢集时还多。石板街上，有舞狮队在耍弄，锣鼓敲得人心里发慌。走了两步，吴老伯忽然想起，便问：“药贵么？”六莲说：“还好。”说着便把找回的钱数了数，交给老伯。老伯看看街上盛况，笑道：“过节了，去买些喜欢的东西啵？”六莲心里乱，摇头说不想买了。

回到了家，六莲匆忙洗了一把脸，就坐在后廊上，把病历拿出来细细看。见上面字体龙飞凤舞，写着两种病名，后面都画着问号，下面还有两个字“待查”，心想这不是跟没诊断一样么？那老医生压低声音说话的样子，又浮现于眼前，她顿觉末日就要来了似的，心里一跳，忍不住喊了声：“阿爸！”老伯从屋子里慢慢出来，六莲便急急地说：“我看镇卫生院不行，明天去县医院吧。”老伯淡淡一笑：“隔天再说吧。”于是两人便都不说话，各自想心事。

不知不觉到了傍晚，老伯忽然来到灶前，对六莲说：“你去鳖场，把白助理请来，我要请他喝酒。”六莲说：“人家是北方人，中秋节要在自家里吃席的，怎么好去请？”老伯掩饰不住失望，见六莲闷闷不乐，就强打起精神说道：“你这是做什么？阿爸垮不了的。”见六莲还是不做声，老伯就开起了玩笑，“阿侬，我看有问题的是你。两个月里，神魂颠倒的，是喜欢上了谁家男仔啵？”六莲头也不抬，说道：“是又怎样？那人，远在天边。”老伯就说：“那我们就把他接过来，做入赘女婿。”六莲望了望阿爸，忽地就联想到白助理，脑海里，浮现出白助理做了新郎官的幻觉。他穿着礼服，是那么小心地抬起脚，跨过了老屋的门槛……想着，六莲就忍不住噗地一笑。

44 梦游

其实中秋这一日里，白若川倒是十分惦记着父女俩，上午就来了一趟老屋，见大门紧闭，不禁深感诧异。下午若川与工人们一起，张罗着中秋摆酒，不好出来，到晚上喝完酒，已是九点多钟了。待他再来到老屋前，见灯光已经熄灭，知道人已经睡下，便叹了口气，返身回去了。这一晚，鳖场众人，酒都喝得多，留了值夜的人之后，就七倒八歪地睡了。若川回到炮楼，忽然感到这个节过得意兴阑珊，便洗也不洗，脱衣躺下了。

中秋的夜里，月照千山，可谓亮如白昼。若川望着窗外，在心里自嘲：团圆夜，单身汉可有福气与哪个人团圆？想想前妻与孩子，再熟悉不过的人，却又再遥远不过。由此想开去，就不由想到，人憧憬的是一幅画，到现实中却往往是块破布。人生的骨子里，全是狼狈与苟且。眼下，在身边不远处，就有个自己私心喜爱的乡村女孩，却又担当不起。这样的人生，不叫失败叫什么？

窗台上，有六莲送的裸莲子，错落地放着，像是布了一个阵，我是朝里面走呢，还是不朝里面走？若川又睡不着了，索性打开灯，却蓦然看见，窗台上还放着那本《荒原》。他一笑：莲子——是敦厚的大地，艾略特的诗——是高远的天空；来自这两极的礼物，都有一种温暖。他信手翻了一下《荒原》的简介，心中一动：原来欧洲也有文明发达后的精神荒原时期。再看那长诗，确是大师手笔，亲切而含蓄。忽然，他看到了这样的诗句：

风吹得很轻快，
吹送我回家去，
爱尔兰的小孩，
你在哪里逗留？

这当儿，不知为何心里一热，眼泪就忍不住满眶。是啊，我们不就是孤儿么？在荒原上徘徊，何日才是个终结？若川的意识有点儿模糊了。他熄了灯，杂七杂八地想着，坠入了梦乡。

高墙之内的房舍，静谧如水。在这个小天地里，所有的人在睡下之前，都不会知道，这个中秋之夜将会发生什么事。这个夜晚，月不黑，风也不高，是万家团圆夜。若川的梦，却不那么平稳，恍惚中总听到有女子在饮泣，似山狐狸在哀哀地鸣叫。梦里出现了许多人，都看不大清楚面目，又见地平线上浮现出一片莲塘，莲丛中走着一个姑娘，神情痴痴地只顾朝前走，直走到一片白雾中去了……

在老屋那边，吴老伯却是睡不着。白天从卫生院回来，就想了很多。他觉得，人之力，抗不过命运，几十年水一样流过去，鲁迅先生所说的闸门，他的肩膀已承受不大起了。他心痛的是，六莲还幼弱。自己身上病痛，已有多年，为了省钱一直舍不得去看。现在，治疗与不治疗，都是麻烦事，吴老伯心中徘徊起来，在床铺上辗转，又起来吃了两回烟，还是睡不着，忽听得六莲的小房那边，有哗啦开门的声音，接着是熟悉的地脚步声，踢踢踏踏，直奔院门去了。这种动静，过去在朦胧中有时会听到，老伯不曾在意，只当是孩子起夜。可是，今天他意识清醒，听到脚步去的方向不对，不由一凛——这女仔，半夜三更的，要出门去？老伯不敢怠慢，忙披衣下床，跟踪了过去，见六莲穿一身节日里才穿的红衣褂，在那种童谣里唱的“月光光”之下，走在石板路上，走得不快，但是很坚定。

老伯心里越发感到蹊跷，蹑着足，不近不远地跟着。这样晚的时候了，女儿竟然跑出来，这还了得么？看六莲去的方向，是门前不远的莲塘。六莲走到水边，站住不动了。老伯猛地把心提到喉咙口，追上几步，到了六莲的背后，六莲似乎毫无察觉，仍是痴痴地立着。老伯看六莲面对着的方向——是鳖场的大门，心下就恍然大悟。

正犹疑间，忽见六莲又转身了，从原路折返。他连忙闪身，躲到了树后面。白昼似的月光下，老伯惊奇地看见，六莲的双目，是紧闭着的。原来，孩子是在梦游！老阿婆在世的时候，跟老伯提起过，六莲小的时候，有过梦游症，稍一焦虑，就要发作。阿婆去世之后，老伯倒也没发觉问题，便忘了这事。近来，常朦胧听到半夜门响，原来是这个原因。这女仔，是恋上了白助理呢！

夜里的村庄，虫鸣四野，椰子树高大的剪影，宛如神话巨鸟，羽翼飘动。六莲的身影，渐渐在蜿蜒小路上走远了。老伯这才迈步，远远地跟随着，返回了院中。他留心把院门关紧、闩好，走到六莲的小房外，推一下门，竟然是从里边闩好的，再从窗户张望一下，见六莲在蚊帐里睡得正好。

老伯重新躺下来，心里面就翻江倒海：苦命的仔呀！他知晓了女儿的向往，忍不住就自责。自己的一生，结局不过就是三尺红土埋人，而孩儿们前程还远大，应该放他们走，才是大善。

转念又想到了白助理，忽然就想起：这样熟悉的一个人，却不知他到底有无家室？如若没有，倒也可以考虑。男女间的般配与否，不在于条件，就在于是否两心相通。老伯对这个问题，有切身体会，倒是想得开了。再想那白助理，看年纪早应该成家了，可是两个月来，却不见他回海口探家，也不见有家人来看他，不知是怎样一个路数？想到此，老伯又觉好笑——越是思想上接近的人，越不了解他世俗的一面。这白助理，竟然是个谜了。

45. 枪声

后半夜，忽然一阵嘈杂在鳖场院中响起。若川被惊醒，侧耳听去，听见有人呼喝，有人奔跑，间或，还夹杂着几声爆竹似的炸响。他心知大事不好——那爆竹似的炸响，不就是枪声么？于是一骨碌爬起来，抢步来到窗前，远远看见，对面院墙上搭着一架梯子，几个黑影正攀着梯子翻墙而去，原来是小贼们又来了！几个贼人从容不迫，一面收拣东西，一面在放着枪。枪是火药枪，喷出的火光很大，照亮了地上一大片。小楼那边，已经跑出来几个工人，连衣服也来不及穿，呐喊着朝小贼们扔砖块。若川在窗口也大喝了几声，便急急地跑下去。待得冲到大墙下面，小贼们早就跑掉了。

这次他们是备而来，料定中秋之夜鳖场一定防范不严，所以搬了一架梯子，大模大样翻墙进来。值夜的工人晚上也喝多了酒，偎在水泥包上打盹儿，全不知鳖场已门户大开。小贼们拿了捞鱼的大网，不知网了多少鳖去，一袋一袋地抛到墙外。整个过程，不免有些小小的动静，但小贼们看鳖场虽然灯光雪亮，但人都是死猪一样毫无反应，知道此番算是得手了，就放肆起来，叮叮咣咣弄出了很大的响动来。值夜人被惊醒，没命地喊叫起来。小贼们见暴露了，遂乒乒砰砰放了几枪，趁着乱，从容地翻墙走了。

众人忙去查看鳖池，见池边有小贼们没来得及拣走的鳖，死伤狼藉。估计那些被弄走的，至少在百斤以上。小郭见损失不小，便有些慌："这怎么交差？这怎么交差？"再检点人员，所幸一个未伤，若川就摸着额头说："万幸万幸。"老金却愤然道："上次抓到的那个，就该当场打断腿，以后就是一万个贼，也不敢再来。鸟人们今天得了手，我们就没安生日子过了。"众人也都愤愤然，鼓噪着要去追贼。老金便趁势鼓动道："他们带着鳖跑，跑不快，眨眼就能追上。"若川遂与小郭商量，也觉得如果轻易放走了贼，怕是他们胆子越来越大，但又顾虑贼子们手中有枪，便一时不能定夺。老金就拍了拍胯下，说道："怕的甚？那火药枪，还不及我这杆枪好用。"若川说："好吧，去追。如果抓到了贼，千万不可下死手。"那一众工人整日在墙内劳作，了无生趣，今日有望可以痛打贼子，无不欢欣鼓舞，发了声喊，就各自抄起铁锨钉耙，从院门一涌而出。

此时，月儿虽然已斜，但清辉依旧，夜里也可以看得很远。山路上，能看到贼子们背了赃物在跑。众工人恶从胆边生，拔步就追。看看离得不是十分远了，却不料贼子们发一声怪叫，四散逃开，都隐入了树丛中。众工人就钻进树丛中去搜，哪里还能找得到？若川便有些丧气，对小郭说："算了，先回吧，再做打算。"小郭只得同意，招呼众人收兵。唯有那老金心有不甘，提着一把柴刀殿后，不断地吆喝着："鸟人！老子看见你了。再不出来，老子阉了你！"

一行人在杂木林里拨开枝叶，慢慢朝大路上走，胸中都有难解的愤懑。互相一看，又发觉彼此都是赤条条地跑了这大半夜，就不禁失笑。刚走了十几步，忽然身后一声枪响，火光一闪，接着就是一声哀叫。众人慌忙回头，见走在后面的老金张着双手，铁塔般地缓缓倒下去了。原来是一个小贼躲在草丛中，待老金走过，便跳将起来，朝他后脑就是一枪。众人心胆俱裂，呆了一呆，纷纷返身去照看老金。

老金仰倒在草丛里，五指攥得紧紧的，一个劲儿抽搐。小郭忙把他扶起，拼命地唤："老金，老金！"老金喘息半天，才说出来一句："鸟、鸟人，打黑枪……"小郭就喊道："你怎么样？"老金又喘着气说："白助理……打蛇不死……反被咬，你……为何要这样子慈悲？"说罢眼睛一闭，便没了声息。众人都慌了手脚，不知如何应付，有人撑不住了，嚎啕大哭起来。小郭看看乱得不可收拾，只得强打精神，说道："我去村里找车，先送到镇卫生院包扎，然后再送县上。"说罢放脚跑去了村里，众人则手忙脚乱抬起老金，往鳖场走去。

众工人把老金抬进小楼，见老金双目紧闭，后脑上的血汩汩在流。若川忙唤人找了块毛巾来垫住，此时大家的感觉，是一日长于百年。不过，那小郭腿脚倒也快，不一会儿就带着一个运输专业户，开了手扶拖拉机过来。拖拉机后面的拖斗，是运鱼用的，众人也顾不得腥臭，拿了张凉席，草草铺上，把老金抬上拖斗。小郭跳上车去，若川就叮嘱道：“你救人要紧。天一亮，我就去报案。”随后又唤了一个工人，跟上车去照应。小郭发一声喊，拖拉机便狂叫着冲出了院门。

众人此时睡意全无，谁也不肯散去，若川自言自语了一句：“这贼，怎的又来了？”大家就七嘴八舌地讨论开来，都说工作组在老屋要掀瓦那天，老金出头为吴老伯打了抱不平，紧跟着就有贼子来偷鳖，这不明摆着就有鬼？若川摇着头苦笑，说：“贼就是贼，你们多疑了。”他忽而想到，天亮之后去报案，就要去求黄所长，可是前几日鳖场没有给黄所长面子，这下如何求得动他？看来这乡村，哪里是什么洞天福地？简直就是大大的一个泥淖。想想刚才，若是自己落在了后面，岂不是也要吃上一颗枪子？想着，便脱口而出道：“太惨了！”一句慨叹，众人又都触景伤情，有人便哽咽道：“命苦啊！”其余的人忽然也都撑不住，一齐就唏嘘起来。若川不知该如何劝慰，只能说：“都去歇息吧，明天一早还要做活。”众人就嚷道：“做活，做活，活成这个样子，还做什么鸟活？”若川无言以对，摇摇头，自己回炮楼去了。

46. 牵手

次日清早，一个工人用摩托车带了若川，去镇上派出所报案。一出院门，却见六莲正匆匆赶来。小姑娘戴着斗笠，拿着绳索与柴刀，看样子，是要上山去砍柴。若川见了，忙叫工人停下，吩咐道：“你去前面等我。”那工人很知趣，一踩油门，先走了。六莲几步赶上来，急急地抓住若川胳膊：“你怎样？阿爸半夜就去了鳖场，没见到你。问了工人，知道老金挨了黑枪，太吓人了！”若川见六莲鼻尖儿上沁出汗珠，知道她急，就故意轻松地说：“我没事。”六莲又说：“阿爸今天就想去看望老金。”若川说：“我也想去县医院，但……先不要去，老金他，人还在抢救。”六莲脸色一白，把若川从头到脚看了一遍，仿佛要验证一下有无受伤似的，嘴张了两张，脸忽地涨红说：“你到我家去住吧，这些贼子，太狠毒了。”若川说：“那倒不必了。我这就去报案，不会有事的。”六莲又怀疑地问：“报案，有用么？”若川叹息一声：“那也要报啊。”六莲左右看看，叮嘱若川道：“等下你回来，先到我家，有话跟你说。”若川说声“好吧”，拔脚就去赶那工人。走了几步回头，见六莲仍立在路边朝他望，心下就一热，硬起心肠，扭头走了。

六莲从山上砍柴下来，回到院里，却见盛妆的亚娟正在等她。原来亚娟在家中歇了几日，今日就要回海口去了。六莲放下柴捆，诧异地问：“怎不过了国庆再走？”亚娟有些兴奋：“我要去三亚玩。”六莲一怔：“哦，是跟那个……”亚娟便有些害羞似的点头。六莲笑笑，不言语了。亚娟看六莲一身汗，就心疼起来，嗔道：“当真要在乡下当黄脸婆了？”六莲说：“老爸离不开我。”亚娟捶了她一下：“将来把他接出去，不就可以了！我不信，放着城里的福，你不愿意享？”六莲擦了擦汗，拉亚娟一同坐下，说：“我哪比得你有福气？”亚娟撇撇嘴道：“福气，是自己争来的！年轻女子，脸孔就是车票，不用，也就作废了。”说着，她从包里拿出一个塑料袋，里面装的是衣服，“是那件吊带装，送给你。”六莲像被烫了一下：“这个，穿不得的呀。”亚娟说：“谁说的？”遂把衣服朝六莲怀里一塞。

亚娟忽又想起了什么，凑近六莲耳朵说：“那个白助理，对你不错。你就跟他好，不就什么都解决了？”六莲脸陡地一红，擂了亚娟一下：“哪有这事？”这时，白若川远远走过来。亚娟见了一怔，遂又笑道：“你看你看！我不在这里充电灯泡了，你们谈。以后海口见吧。”说着，就跳将起来，蝴蝶摆翅似的跑开了。

六莲刚才被亚娟说到心事，脸色便不大自然，她让若川自己搬了竹椅坐，一时竟忘了要说什么。若川问起了老伯，六莲这才想起，说：“他病得那样子，一有空闲，又下田去了。”遂把给阿爸看病的事说了，然后说，“那医生没说实话，我担心，阿爸得的是大病。”若川心里一凉，稳了稳神，说：“先莫急，你再去打听一下。”六莲就皱眉：“我怕听不懂。”若川便说：“我陪你去。”六莲这才神色稍缓，说：“那就下午去吧。”

说完正事，六莲便去烧水，沏了一壶金钱草凉茶出来，心疼地说：“鳖场出事，你睡不好吧？喝这个凉茶，可以清火。”若川就笑：“你这里，尽是好东西。”啜了一口，忽然想起，就问：“阿丑呢？”六莲说：“你还想着它？跟阿爸下田去了。”此时，小院寂寂，秋后的太阳温温地照在身上。若川见六莲经过一夏的日晒，原本白白的脸孔，也有稍许黝黑，便有些怜惜：“这里有什么活儿要做，我可以来帮你。”六莲眨眨眼，笑了：“你在城里，能够做大事的，可要落到乡村来，怕连哥苗的日子都混不上。”若川想想也是，便有一丝懊恼从心底涌出。只听六莲又说：“我看，鳖场你不要再待了，快回城去吧。”若川说：“不行。拿了人家的钱，就要为人办事。”六莲说：“你呀，就是愚！跟我阿爸一样。”若川听了一笑，说：“就是命该如此吧？”六莲说：“也不是说一定要升官发财。你只在城里安安稳稳，那就好。”若川不以为然：“城里？还不是一样。”六莲忽然就发了急，眼里像是有泪水涌出：“可你……是读过书的呀！”

若川猛地呆住，知道这女孩已经恋得很深，便不知如何作答。六莲接着说：“你回海口吧，你一走，我也就去。”若川横了横心，说：“好吧，只要你去了，我就离开这里。”六莲的脸孔上，此时忽然涌起复杂的表情，眯着眼想了半天，才迟疑地问：“助理，你这样不急不慢的，你老婆……她不说你吗？”若川纳闷，看了看六莲，说：“我老婆？她可管不到我了，我们早就离婚了呀！”六莲像被火烫了一般，“你怎么从没说起过？”若川就笑：“这又不是什么光彩事。”六莲便低下头去，喃喃道：“……你为什么不跟我说？”

白助理是单身汉！当知道了真相之后，六莲却没办法高兴起来，反倒像跌进了一个空虚的深渊。两个月来，她做过很多梦，为了梦的难圆而苦恼过。日复一日，她已经不再有奢望了，习惯了与白助理之间的这种模糊格局。可是现在，有一个声音告诉她：你可以朝前走了；她却痛苦起来——那些时日，原来都是白白地受煎熬了！为何自己就不敢设想助理是个单身汉呢？六莲没有抬头，拉过了若川的手，握得紧紧的，像是别人欠了她很多债，可是却找不到人可以追讨。

若川心里也有东西滚烫，他喜欢这种单纯的依恋，明白自己是陷在儿女情中无法自拔了。但是，如果再跨进一步，他不敢。已经失败了一次，他害怕再失败。这莲塘村，只是个幻影，不知什么时候就会消散。他只有本能地祈祷：这满院的秋阳，唯愿能照耀到天荒地老吧！想着，就俯下了头，在六莲头发上深深地一吻。

47. 茶坊

到中午，小郭终于来了电话，说老金生命虽不至有危险，但颅内出血，要开刀，结果怎样还不好说。若川担心老金，急忙说："我现在就去。"小郭说："你不要来，人还在抢救室，乱得很，医生不让探视。那马寡妇还想来呢，也被我挡住了。"若川听了，也只好如此，遂与小郭商量好口径，由若川把事件报告给老板。拨通老板的电话之后，若川原以为老板会发火，却不想他只在电话里淡淡说了句："我知道了。可别再出事儿了，太烦！"若川忙问："老金的医疗费，如何办？"老板迟疑了一下，似乎根本没想到还有这个问题，少顷才说："就让小郭先垫着吧。"

若川只好打电话去跟小郭商量，小郭即便有一万个不愿意，也是没法。中午忙乱过去，若川就躺下来睡午觉，老是想着午前在老屋的一幕，也没睡好。他叩问内心里的那个"我"：爱上了六莲，是不是可以与这个村姑共结连理？这种设想，像是一个悬崖，到底敢不敢跳下去？周围没有先例，他难以定夺。

下午，若川与六莲在村外会合了。看样子，六莲也想了很多，但她神情很平淡。他们没有再聊上午的话题，只有眼神里的默契。

两人搭了一辆过路的“皮卡”，来到了镇上。在镇卫生院门口，按照事先商量好的，六莲把老伯的病历交给若川，若川便一人去了门诊室。给若川接过骨的那老医生，见若川走进来，还以为是若川的臂伤出现了反复，神色有些惊异。若川就说：“今天不是为我的伤来的。”说着将老伯病历递了过去，问道：“大夫，这个病人你可记得？”老医生戴起老花镜，看了看，连忙点头。医生对若川颇有好感，见若川郑重其事跑来询问，不知这书生与那父女俩是什么关系，遂不敢怠慢，讲了老伯的病况。

若川不懂医，听得似懂非懂，但在一闪念之间，就抓住了要害，问道：“老人这病，若不开刀，会怎样？”老医生略一踌躇，说：“会有危险。”若川一惊：“是要死人么？”医生说：“病人那天也是这样问的，这个，不好说的。”若川明白了，强抑住心头忐忑，又问了手术费等诸多细节。问毕，向医生道了谢，起身就要走。医生又叮嘱一句：“这种病，即刻间不会有什么，但乡下人缺钱，只是拖，反而拖成了绝症。”诊室门口，六莲见若川沉着脸出来，便有些慌：“怎样？”若川此时心事重重，没提半句病情的事，只说：“回去路上慢慢商量。”

这一日并不逢集，一条石板街格外地清静。若川与六莲在街上慢慢走，一时都无话。小镇的店铺，一家挨一家，凉茶店的门面外，有紫铜大壶冒着白汽，阳光斜照进黝暗的店堂里，恬静得恍似一百年前的景象。若川看着，不禁羡慕起小生意人的日子来，既不受人驱使，也不为驱使他人而操心。他看看身边的六莲，脑海里忍不住生出些幻想来……

如此走了一程，六莲见若川心事重重的不说话，猜到可能会有问题，便一下觉得很无助，走路也没有力气了，不由得靠紧了若川。若川此刻，也像与六莲有了一种血缘之亲，无论前景如何，他都要拖拽着六莲闯过去。见路边紫荆树下有个茶坊，他便停住脚步，提议道："我们去坐坐，再走吧。"

这是个海南遍地皆可见的"老爸茶坊"，完全露天，桌椅就放置在路边树下，茶客们头顶着树荫，吃着下午茶，闲散之极。这样的场合，在喧闹中，有人生最彻底的放松。若川拉着六莲进去，拣一处清静地方坐了。此时，斜阳正透过树叶照下来，木桌上满是斑斑点点，不时有硕大的树叶飘到桌上。若川叫了一壶本地土产的咖啡，就在想，如何对六莲开口才好？

不料六莲刚才的那一阵沉默，早已是想了许许多多，此刻，已抱定了一颗决绝的心，反而先开口问道："阿爸的病，治不好了么？"若川故意把口气放轻松道："哪里？只不过，要尽早开刀。"六莲就挺直了身子，说："我下月就进城，拼死也要赚钱。"若川说："这个时候，你的心要定。开刀的钱，不是你做服务员就能攒足的。"六莲便脸都涨红了，说："我去卖血！"若川当下脸色就变了，说道："你不要赌气。老伯开刀，我这里有些存款，是足够用的。"六莲连连摇头："你的钱，阿爸是绝对不可能用的。"若川便说："我不是施舍，是救急。他固执，你不能固执。无论如何，要开刀！"六莲说："可是我家里，连两千块富余的钱，也拿不出呀。"说着眼泪就要流出来。若川说："那，就说手术费不贵，我来垫上，先哄了他开刀再说。”六莲低头沉思片时，也只好同意：“我先对他说说吧。”若川心里一块石头落了地，便说：“你先说，然后我再去劝一劝。”过了一会儿，六莲又问：“你自己要是用钱，怎么办呢？”若川笑了：“我怕什么？一个光棍汉。”六莲怜惜地看了看若川，想想他居然是个单身汉，不知在城里的衣食起居，一个人是怎样打理的？不由又心疼起来，叹道：“好人，怎么都命苦呢？”店老板把咖啡端了上来，一只残缺的壶，两只残缺的粗瓷咖啡杯。杯具虽不好，但咖啡却异香扑鼻。若川尝了一口，有股很纯正的醇香，浓得像卤汁，堵在喉咙口上。

秋风吹过，茶坊里能听到远处有唢呐吹出的小调。这喜庆的音乐，忽然触动了六莲内心的隐痛，那痛苦，纠结成一团，无法散发。若川见六莲眉头紧锁，就逗她开心：“人生还有几十年哩，你不要现在就愁，愁成了老太婆。”六莲没笑，只是木木地坐着，半晌才说：“人和人真是不同。我们这些乡下人，当初还真不如不生下来。”若川说：“小小年纪，怎么学会了厌世？明年你就到海口来，我来帮你安排。”六莲感激地望了望若川，嘴上却说：“你就哄我高兴吧！”若川说：“难道让我惹你生气不成？”说得六莲开颜一笑，还想问什么，忽然脸色一变，眼睛直直地朝路边望去。

此时，恰巧有两个人，从路边走进了茶坊——是美芬和阎槐树！

按本地乡俗，马上就要做新娘的美芬，是不能到婆家去的，但美芬放心不下槐树店里的生意，时常来看，两人就经常携了手，一起到茶坊来坐。那美芬也是一眼就看到了六莲，不由就呆住了。六莲站起身，直望着他们俩。若川看看，这一对情侣，不正是在五金店打过照面的那对小夫妻么？猜想定是六莲的熟人，便也站了起来。美芬只得硬着头皮，拉槐树一同过来。六莲为槐树和若川做了介绍，两个男子便握了握手，都不知说什么好。美芬见六莲脸色灰暗，就很担心：“怎么累成这个样子？你爸身体怎样了？”一句话触到了六莲的痛处，她眼睛立刻红了。美芬便一下慌了：“六莲，我对不起你。”六莲摇摇头，拉起美芬的手，说：“美芬，你嫁到什么人家，都没有错，好日子是谁都想过的。”美芬听罢，禁不住热泪盈眶，抱住六莲道：“六莲，六莲！不管怎样，我们都是姐妹啊！”六莲也哽咽起来：“我明白……”说着，两人便抱头痛哭。

一旁的若川这才明白：这对小夫妻，原来就是阎常委的儿子和儿媳，便生出许多感慨来，忙对两个女孩温言相劝。那阎槐树，更是有解不开的一股心结，悲从中来。美芬哭了一阵儿，就说：“槐树也恨他爸爸，他开这五金店，意思也是要独立。我们已经商量好，将来就住在店里。”六莲抓住美芬的手，眼泪又要流出来。美芬遂又问：“乡下那么难，你能服侍得了你阿爸么？”六莲说：“我能！你不信？”美芬点点头，拭了拭泪，又看了一眼若川，说：“你们谈吧，我们先走了。”回头又对六莲道，“我们就要摆酒了，不方便请你。以后你到镇上来，我们单独请你。”六莲咬住嘴唇，点点头，小夫妻俩就走了。六莲坐下来，翻开阿爸的病历，眼泪又不住地落下来。若川便说：“这是命，我们就来扛吧！”

48. 热吻

在茶坊里大哭了一场，六莲把多日的积郁宣泄出来，心里感到清爽了许多，因惦记阿爸，就想早些回。离开茶坊时，若川竟然生出一丝留恋来，回望了一下紫荆树下的木桌椅，只觉这简陋中，透出的是乡镇的温馨。若是没有这么多苦恼事，常和六莲来坐坐，该是很惬意吧。

返回时，两人在路边等了半天，也搭不到便车，索性就从山间公路徒步回去，一路上说笑，倒也轻松。老伯的病终于有了着落，若川便觉心里敞亮不少，只是惦记着老金的伤势，仍不能完全放松，想想就说："下午郭主管要是再不回来，我就坐晚班车去县城，看一下老金。"六莲说："我和阿爸也一起去。"若川听了，却犹豫起来，担心老伯身体，于是说："你们不要急。"

在山路上走，沐着暖暖的风，抬头便能看见秋山如画。一条窄窄的公路，盘旋着向山上伸去，那些林木和草，都有热带植物蓬勃的鲜绿。若川以前坐火车，见过南北不同地方的乡村，内陆的地上，哪怕是巴掌大的一块，都有人种了庄稼。可是在海南，乡间的很多地方，还是大自然的属地，枝枝蔓蔓的，是野生的世界。他就想，这一片山河，只有生活极贫与心灵极富的两种人，才有福消受吧？看看身边走着的六莲，正是豆蔻年华，吸纳了山间的灵气，发荣滋长。她在这个年纪，生正逢时，应该比自己活得更好些。时光流走得快，一代人就要过去了，另一代人就要来接替了。时代就是这样，在某个时刻，就要将整整一代人轰隆隆地卷走，不分青红皂白。

若川大步疾行，六莲就在后面喊他：“不要走那么快么！”若川回头，见六莲的精神一好，神态马上就恢复过来，此刻，她走过一片开得如火的簕杜鹃，挨着花丛在笑，像有千言万语的样子。若川看了，又爱又心痛。这时六莲忽然问：“哎，你说，人的梦想能实现吗？”若川说：“当然能。”六莲就问：“那么，到月球上去呢？”若川大笑，说：“只要你想，就不难。”六莲便一笑：“那么，我有一个梦。”若川想也不想就说：“我也有一个梦。”六莲猛一下停住脚：“你？”她脸颊绯红，直直地望着若川。若川心头一热，伸手一揽，就把她抱在了怀里。两人交颈相拥，彼此的体温，透过了衣衫。在他们身后，是仿若火焰的簕杜鹃，直冲秋空……若川只觉得，天地间的事物，于此时都已不存在了。

一个长长的热吻过后，两个月以来飘忽的情与欲，总算有了一个稳稳的着落点。两人互相看了又看，只是微笑，只是迷醉。余下的路程中，他们手牵着手，不时停下来吻，时光都陷落在激情中。这样的肌肤之亲，对于爱侣的感觉，是换了一种全新的境界——所亲所近的，既是那人，又仿佛不是那人。六莲紧搂住若川，把自己的头重重压在若川颈边，头发上的香气，使人眩晕。若川已好久没享受到这样的依恋了，只觉得这样的亲昵，太过强烈。就这样，一直走到村边，见远处有人迹了，两人便不敢再亲热，隔开距离并排走，只以四目相对，像还有无数的话要说。

在岔路口上，要分开了，六莲只是低了头，轻轻说了句“回家了呀”，就扭头跑了。刚才在途中，虽然谁都没说出惊天动地的盟誓来，但在一刹那间，两人的生命，就像是并了轨一般，再不能设想哪天会分开。若川朝鳖场走了几步，再回头看去，见六莲也正停下脚步，远远地在回头望，恋人间的心灵感应，竟能默契到如此程度。夕阳正是火红的一团，将老屋照得如同仙境琼楼。这一刻里，他很陶醉。

进了鳖场，若川一眼便看见——小郭已经回来了。他心里一悬，不知是祸是福，忙上前去探问。小郭有气无力，只是摇头，一副一言难尽的样子。若川便寻了板凳，在伙房门口坐下，听小郭把这一天的经历从头道来。原来，老金虽然拣回了一条命，但医生说，当晚送去的路途远，耽搁了时间，颅内损伤已不可挽回，即便治愈，怕也是个半瘫，等于废人一个。这件事情，轰动了全县城，街市上茶坊里都在议论，偷鳖的贼竟然敢拿枪杀人，这还了得么？案子在电视台上曝了光，县委书记气得摔了茶杯，县公安局马上就接过案子，专门去医院询问了小郭。可以认定，这件事，就是下田镇一伙烂仔干的，通缉令已经雪片般洒了下去。

可是，黑七那一伙虽又偷又抢，家中也同样是一贫如洗，即便把他们逮住，也不过关几年大牢，赔偿就不要再想了。如此，老金的医疗费由谁承担，就成了问题。待老金出院之后，他一家人怎么过活？没有办法。小郭早想到了这一步，在县城就给公司老板打了电话，请老板补偿给老金一点活命的钱。哪知老板却发了火，说公司并没有指令要工人去追贼，出了事，公司一分钱也不会出！老板还质问：鳖场到现在分文未赚，却要搭进去不少冤枉钱，这又是何道理？

小郭见老板蛮不讲理，就说：追贼是为保护公司财产，受了伤，就是工伤，做老板的不管，这说不过去。老板气得破口大骂，但最终还是自认倒霉，答应出一万块钱补偿，此后对于老金，生死不管。小郭便打了长途电话，找到老金的老婆，报了信，请她赶快过来照料。不料，老金那老婆也不是省油的灯，嚎啕大哭了几分钟，就冷静下来，在电话里问清了情况，便咬定老金是小郭带出来的，受了伤，自然是小郭应该出钱，公司那一万元够什么用？老金如今成了废物，全家就断了吃喝，他小郭不负责怎么行？那婆娘说，她马上就带孩子们过来，住进鳖场，吃小郭的，喝小郭的，以后她本人也要靠小郭养老。小郭对若川说着，牙齿就仿佛痛起来，吸着气道："来这鳖场，原本就是亏，再赔进老金的工伤费，不是白忙？"若川听了，也是一筹莫展，想了想说："我明天再跟老板通个话，为老金求一下情。"小郭连忙摇头，说："这风头上，你不要多嘴。不是找骂么？"

若川心里当然明白，在公司里做事，错误都是下属的。于是就不再言语，只拿出烟来，坐在小凳上闷闷地抽。他看鳖场宽大的院子，样子仍十分堂皇，其实内里已是千疮百孔了。工人们虽还在忙碌，怨气却都堆在每人的眼中。若川便有预感：这鳖场，说不定哪天就要败掉，只余一片狼藉而已。想想刚才在山路上的幸福感，现在竟是一丝余味也没有了。

49. 心愿

小郭把鳖场的事交代了一下，取了些衣物，就又坐末班汽车，匆匆赶去县城了。其实从昨晚起，鳖场的主管无形中就换成了若川。顶上这个角色之后，若川才感到处理琐事之难。换水、进料、投料、清洁，一众工人早就习惯了事事都来请示，若川又是一个门外汉，搞得头疼。幸亏有霍井石在，小仔虽不多言，却是内秀，来鳖场后，早把一套工作程序整理了出来，记在了小本本上，此刻就拿出来给若川看。若川翻了翻，不禁大喜。再有什么事，就习惯地叫霍井石来询问，遇到麻烦纠葛，也愿与霍井石商量，简直把小仔看成是心腹干将了。

这天傍晚，霍半跑来场里探访，先向若川表示了慰问，又说：“抓贼的事，你不要分心，相信黄所长。我倒是替你们担心老金……”若川怕别的工人听见，忙截住他话头，说：“老金是为公司负伤的，我和小郭，都不能袖手旁观。”霍半说：“那就好。我当年闯江湖，碰到的小气鬼老板，比河里青蛙还多哟！”霍半这话，说中了若川的心病，若川就闷起头来不言语。霍半也无心再聊，站起身说：“乡村里古怪事情多，你多留心吧。我那小侄子，来了有些天了，他做事怎样？”若川便对霍井石赞不绝口。霍半面露得色，笑道：“你替我多管教他！”遂将手中烟头一抛，扬手作别。

送走霍半，鳖场快要开饭时，六莲忽然从老屋跑来，进门就招呼若川：“阿爸要请你去喝酒。”若川一怔：“喝酒？送他去县城看病的事，你说了吗？”六莲一脸焦虑地说：“说了，但他没有说话。”若川遂疑疑惑惑地起身，与六莲一同出来。

出得鳖场院门，见晚霞映红了东葛岭，半空里云团五色斑斓。一切都和两个月前的那个黄昏一样，只是人心里，早已起了大变化。若川在从夏入秋的时日里，经历了另外的一种人生，见过了另一群人的生活，对于人生，已有了新的概念。回想城里人，他觉得，没有多少人是真正清醒的，人人都在尽量把杯底饮干。六莲见他在想事，就碰了碰他，若川回过神来，便问：“你说，你阿爸会不会答应去看病？”六莲叹口气说：“不知道。”若川于是感慨道：“你阿爸，就是金子！”到得老屋门口，六莲却不进去，对若川说：“阿爸跟你有话说。我已经吃过了，去邻居家坐坐。”说罢脸忽地一红，就跑开了。

老伯招待若川的酒菜，仍是很简单。饭桌是摆在了堂屋里，若川一坐下，就发觉，自己正面对着八仙桌上的赤脸关公像。老伯这样地郑重其事，显然是有重要的话要讲，若川心里，不免有些忐忑。但是酒过三巡，老人家却只一味地寒暄，并不切入正题，这使若川倒有些疑惑了。老伯细细询问了若川的家世。听若川说起父母情况，老伯就不断满意地点头。又听说若川是刚离婚不久，老伯便显出有些诧异："可惜了！"

再说到若川的工作，老伯就单刀直入，问他收入如何。若川答了，老伯很吃惊："这一点点钱，够用么？"若川无言，只叹了口气。老伯便又问："以后想留在海口了？"若川说："当然，永远不想走了。"老伯便哈哈大笑，问道："这是什么道理呢？"若川说："气候好，人心也不那么躁吧。"老伯听罢，沉思良久，才又说："不过，年轻仔，还是要到更大的世界去闯荡，我这个人，吃亏就在年轻时没走得太远。"若川知道他说的是什么，就脱口道："人在年轻时谁不冲动，老伯，你……"老伯忙用一个手势，拦住了若川的话："我是良心不安。我命苦，是天罚。只是想到六莲跟着我，吃了这么多苦，我太不忍心。"若川就说："六莲她，你不用担心。"老伯听了，眼睛便有些湿润。

若川弄不清，老伯为什么今天有兴致聊家常，几次想把话题拉到老伯的病上面，却被老伯轻轻岔过。待两人渐渐都有了些醉意，吴老伯便端起烟筒，吃一口，吐一口，慢慢地说道："治病这件事，六莲已经对我说了。你们是去打探了我的病情吧？"若川想辩解，老伯却制止道："老天给我一条命，它什么时候来索，是天意，我就这么等着。今天请你来，是想谈谈六莲的事。"若川闻言，不由一惊，以为自己与六莲的隐秘，已被老伯察觉。正惶惶不安间，听得老伯又说：“六莲虽不是我亲生，我却待她如骨肉。现在她想去海口，我依她。但我不大放心……”说罢，就打住了话头，一口口地吃烟。

若川知道，老伯请他吃酒，为的就是这句话，想也没想便说：“您放心，六莲到海口，就让她来找我吧。”老伯看看若川，稍有迟疑：“……这个女仔，是受不得一点委屈的。”若川说：“只要她在海口，我会负责。跟你们父女相处这么久，我早就当她是亲人了。”老伯听了，面露诧异，随后便笑了：“人总还是要靠自己。我是担心，她不要把路走错了。”若川说：“六莲没有问题。倒是您，不可大意了。”他本想趁势再劝劝老伯，不料老伯断然做了个手势，指指八仙桌上的关公像，说：“我做人，就这一个榜样。借钱看病的事，不要再提了。”顿了顿，又道：“女儿的事，我实是无能为力，为了刚才的几句话，我是几晚上都没睡好呀。”若川心头一震，忙起身敬酒。老伯仰头把酒喝了，泰然一笑：“你知道中国人的父母心，是什么？你也好，谁也好，万不能让父母高堂失望。我倔强了一辈子，才明白，中国人就是中国人……”推杯换盏之间，天色已经黑透，小小的蚊虫绕着电灯乱飞。两个男人谈得投机，话题也越来越宽泛，古今中外地漫开了去。

50. 理智

暮色已降，六莲离开家，在村中石板路上走，忽然感到很失落——要好的姐妹都去了城里，村里连个能说话的“闺蜜”都没有。走到半路，竟然无处可去了。在“侍郎牌坊”下徘徊了许久，见家家都在绿荫的庭院里摆了桌吃饭，就更觉孤独，于是转身朝回走。不知不觉间，走到了哥苗的家门前。哥苗一家也正准备开饭，院中扯了一盏二十五瓦灯泡，能看得清人脸。此时哥苗正把多病的老父从屋里背出来，在竹椅上安顿好，又一口口地喂老人吃饭。哥苗的老母仍在狭小的灶前忙碌。那老父，说话与动作都困难，抖抖颤颤的。哥苗一边喂饭，一边说着家常。

此情此景，勾起了六莲的遐想。她一下就想到自己与阿爸，心头猛然一紧，一种女性的悲悯心油然而生。于是想也没想，跨进了哥苗家的院子，说：“让我来吧。”哥苗和那老父都很惊异，两人的眼光一齐向她投来。哥苗说：“你好久都没来了，快来一起吃饭。”六莲说：“我吃过了，让我来吧。”说着就夺过了碗。那老母从灶房出来，也是一阵惊喜。六莲耐心地喂着饭，一副很熟练的样子。过了一会儿，哥苗讷讷地问：“六莲，你有什么事么？”六莲一笑，说：“没事。家里来了客人，阿爸在跟别人喝酒。”哥苗似乎明白了什么，便不再作声。

一家人吃罢饭，哥苗老母收走了碗筷，又为那老父扇蚊子。哥苗就与六莲拣了小板凳，到院门外坐下。哥苗望望东山上的月儿，就叹气道：“又是半月过去了，鳖场如今碰了贼，不知何时才能把排水管装好。”六莲苦笑道：“他们？怕是顾不到你了。”哥苗说：“可我这里，是盼星星盼月亮呀。”说罢，遂不住地叹息。六莲问道：“你包这塘，总不会亏吧？”哥苗皱着眉说：“难讲。”六莲就劝：“那就退掉吧，还是去种田。”哥苗苦笑一下：“那要交罚金的，连本钱都要亏掉了。”六莲就暗自叹气，觉得这一家，比自家还要困窘，想了想便说：“你是男仔，为什么不出去闯呢？”哥苗回头望望屋子，说：“闯荡过了，难。再说老爸这样，我怎么能走？赚回一座金山，又能怎样？”六莲心里嘭地一跳，就感觉有些惭愧。她想，自己这两个月来，是不是太执著于想去海口了呢？

过了一会儿，哥苗的老母又砍开两个椰子，送了出来，让两人喝椰子水。六莲谢了，捧起椰子仰头喝下，椰汁清洌的甜味，让她感到温暖。放下椰壳，望望自家的方向，灯火被丛林遮住了，不知酒桌上是什么情景。她的心，忽地又跑到白助理身上去了。坐在这里，六莲就多了几分冷静，想到这个男人，确也值得她依恋，将来到了海口，也许两人真的就能成就一段姻缘。但是，老爸的告诫，也使她有所不安——老天会单单对我如此偏心吗？

过去在大姑的排档上帮忙的时候，她就已经体会到，人是有身份区别的，想逾越这个界限，就要忍下许多屈辱。在城里那样的环境里，一个村姑，又有什么优势呢？两个月来，六莲有意忽略了白助理身后的那些东西，现在，当大门洞开之后，她却忽然看清楚了那里面的丝丝缕缕，心里不但没有狂喜，反而多了一层担忧。哥苗家的困窘，阿爸的病痛，这些才是真实的世界。我与白助理所隔着的，一点儿也不比银河窄呀！六莲惆怅地望着夜空，不敢再想下去了。

哥苗陪着她，沉默了好久，忍不住问："你有什么心事么？"六莲说："没有。这些星星呀，真好看……"哥苗像是猜到了什么，就说："你一个女仔，有什么可发愁的？"六莲听了，没有做声，眼里忽然就涌出了泪水。

51. 悲喜

老金的手术做得顺利，需静养一些时日，若川和老伯父女，就都抽空去县里看望了老金，村里也陆续有人去看望，马寡妇更是热心，买了一大堆营养品去。老金在病床上，管子插了一堆，说不了话，动不了身子，只眨着眼睛表示还能认得人。没过两日，老金的老婆坐长途汽车，从湖南赶了来，还带了三个自家孩子和一个侄儿。她把侄儿和大儿留在县医院照看老金，替下了小郭。自己带了两个小的，跟着小郭来，住进了鳖场。这女人倒也并非像小郭说的那样凶悍，反倒是整日悲悲切切，见人就说：“我们老金成了废人，以后几十年，怎么办呀！”这样单调重复的诉说，成了一种祥林嫂式的咒语。众工人干起活来，一见老金老婆走过，就仿佛见了不祥之兆。到吃饭时，那女人和两个孩子凑上来，也算一份，摆出了要安心吃上小郭十几年的架势。女人平时倒也不闲，帮助工人洗衣煮饭、打扫卫生，见了小郭，就只说要赔偿的事。小郭被缠得头痛，连活计也没心思分派了，整日里牙痛难忍。那两个小孩子，全然不知父亲的厄运，在鳖场的开阔地上嬉戏，开心得不得了，众人见了，只是心酸。

若川见不是法子，就劝小郭忍痛拿出五六万来，让那妇人早些离开，但小郭始终不开口。小郭那里说不通，若川就掉头去劝那女人，让她到海口去找老板，从公司讨一点儿赔偿金出来。那女人却一口咬定：若没有小郭的蛊惑，老金哪会到这种鬼地方来？公司赔偿先莫谈，只要小郭不拿出钱来，她是不会走的。若川见两方都说不通，便也心灰意懒，再不提此事，只买了些糖果点心，安抚两个小仔。小仔就更是欢天喜地，见了若川就“伯伯、伯伯”地叫。若川见此，就越发伤感：对这种悲惨，只有硬起心肠来不听不看，日子才能过下去，可是不听不看，心里就更痛！

那日与老伯喝了酒，若川知道自己借钱给老伯的计划落了空，于是就更觉郁闷。几日里，场里的事缠住了身，未得空闲再与六莲商量，心悬悬的不是滋味。中午吃饭时，与小郭说话，小郭头也不抬。若川就说："鳖场的事，你还是要考虑长远些。"小郭抬起脸孔，眼睛茫然地一转，说："到什么山，唱什么歌吧。"话刚落地，就像应验了似的，从莲塘村的榕树那边，猛然传来一阵热烈的山歌声。

小村已经很多日没有歌声了，这一天，又是为了何事？原来这是国庆节后的两日，村姑美芬终于出嫁了。迎亲的"八音"乐队开进村来，夫家与娘家两边请的歌手，排开队伍，在榕树下对歌。阵阵尖锐高亢的欢歌里，乡村里又喜逢"声音的盛宴"。迎亲这一日，娘家摆一天席，到傍晚才能放新娘走。大中午天，娘家的亲戚坐了满院，不慌不忙地吃着席，娘家歌手则使出浑身解数，唱了一首又一首，把夫家的迎亲队挡在外面。几个迎亲代表好不容易喘息一下，就毕恭毕敬地发着烟，说着吉利话。"八姐妹"团团围住新郎槐树，想尽古怪法子刁难。夫家来的歌手若是对歌对不赢，或是新郎忍受不了刁难，那就只能饿着肚子，在太阳底下"晒鱼干"。全村老小乐不可支，都跑去看热闹，欢闹声震动屋瓦。

这个时刻，没有人来请六莲。六莲很想去看看，但又知道自己不该去。她走到莲塘边上，心里便有动荡：今日是谁找到了归宿？——是美芬，是自己从小的密友呀！秋光里，满塘的荷叶都已黄了，只有那株睡莲开得正好，似烛炬，直指蓝天。六莲拉了拉衣服，手触到了口袋里的一颗巧克力。她摸出来，剥开，放在口里含着。那味道，有梦幻样的感觉。不知为何，她一下就很想哭。

美芬出嫁，村里像刮起了一场台风，都说：“生男哪有生女好？”紧接着，老井边的谈议又刮起了另一场台风——是村姑亚娟再一次返回了村里。这一次，没有轿车来送她，是她独自一人回来的。六莲知道了消息，忙跑到亚娟家。见到亚娟，不觉吃了一惊：国庆节前后不过数日，原本打扮得花蝴蝶似的亚娟，竟然光彩尽失，呆呆地坐在院子的树下。见了六莲，亚娟木然地张了张嘴，想笑笑，又笑不出。六莲慌慌地问：“你怎么啦？”亚娟的眼泪，就断线珠子似的落下来。亚娟的老母走出来看见，恨恨地说：“说你不听，弄田的人不弄田，现在流泪有什么用？”六莲把闺房的门轻轻关上，挨着亚娟坐下，连声劝慰，一面就问：“跟他吵架了？”亚娟仍是不语。六莲急了，拉过她的手狠命摇：“到底出了什么事嘛？”亚娟这才讲出了原委。原来，亚娟早就怀了那中年“卖鱼爹”的孩子。当初进城，亚娟是在啤酒屋里做陪酒——这件事，对家里父母和村里人，都瞒得死死的。有这样一份工，好歹就能在城里混下去了。

那卖鱼爹看亚娟顺眼，立即租了房子，一月三千块包了起来。厮混了几次，不知不觉，亚娟竟怀孕了。这姑娘虽然泼辣，但男女之事却是初试，对孕情浑然不觉。去三亚游玩回来后，人又懒又呕吐。拖了几天，情形越发不对，老板就带她去诊所看了，才知道是有了喜。亚娟很高兴，那“老爹”却沉得住气，找熟人带亚娟去做了B超，知道是个女婴，立刻就冷了脸。那卖鱼爹原本不是个薄情寡义之人，但与亚娟的交往，是经过大老婆允许的，目的很功利，就是想生男仔。这个交易一失败，财源立刻被老婆断掉，卖鱼爹自己也拿不出多少私房钱来。不几日，他跑来见亚娟，扔下了一点儿钱，说是再无力负担了。又过了几日，不但人不见了，连手机号码也给换掉。亚娟的房租到了期，房东立刻就来催逼，一天也不能缓，只能仓皇地返回。

六莲是个姑娘家，听这些，有如听天方夜谭，只为女友急。亚娟并不怨恨那男人，只怨命不好，她说："天下男人，都一样的。"六莲说："你去告他！"亚娟说："我们又不是夫妻，法律怎能保护我？"六莲想不清这里面的道理，也知讨要赔偿是无望，便问："孩子怎么办？"亚娟看看六莲，叹道："就生下来啵！"六莲急了："那不行的呀！"亚娟说："医生说，小宝宝都有人形了，做掉我不忍心，给人也行。"六莲问："给人？"亚娟说："医院里有人排队等，凡是没有老公陪的，刚生完，护士就来问，我还能得一万块钱呢。"六莲瞠目道："那不是卖孩子了？"亚娟说："你又傻！我为什么要白送？"六莲一惊，捂了脸，心里翻江倒海。

亚娟的命运变化，她接受不了。所谓女人的命苦，过去她也会嘴上说说，如今却是发生在好友的身上，犹如利刃刺入皮肉。看到亚娟那陌生的眼神，六莲心里震骇——这就是你吗，亚娟？

从亚娟家里出来，六莲失魂落魄。几个月来，亚娟的成功，多少给了六莲一些信心。但不料，大梦转眼成空。六莲的心里，此刻有东西在坍塌！她明白了，要在那迷宫一样的海口立住脚，并不像自己想的那样简单。她又想到朱老板秘书的那种明朗笑颜，顿觉自惭形秽。走到莲塘边，就停住了，痴望着水面。想起满塘荷花的时候，不就是在两个月前吗？那时候白助理刚到莲塘村，夕阳西下时的初次见面，就像在昨天。可是这样快地，就花落了、叶败了，只剩下满眼凄凉。这，就是一个女人的青春么？

52. 塘边

此时的若川，几次想去老屋见六莲，却被鳖场的事缠住，一拖下来，便是两天没有出门。这一日早上醒来，躺在床上还没起来，就听几个工人在底下喊，声音急切。几天来，若川早已成惊弓之鸟，听那呼喊声有些异样，心里就狂跳，忙滚下床，冲到窗口。只见几个工人在楼下一脸惶急，七嘴八舌地嚷：“助理，郭主管不见了！”若川呆了一呆，才反应过来，知道大事不好，胡乱套上衣服下楼来，与工人去了小楼。

平日若在此时，小郭早在场里派好了工，背着手在各处巡视；今日他楼上的卧室，却是大门紧闭。开始工人当他醒迟了，乐得晚出工，便没喊他。后来看看时间不对，就有人上去敲门，半晌未有动静，推门进去一看，里面不见了小郭，只一片狼藉，私人细软全不见了。工人们慌了，便跑去喊若川。

若川细看了一遍，发现桌上有串钥匙，用来开了抽屉，里面还没来得及做账的票据，都还在。经费还剩得有万把块钱，清点一下，倒也不少。小郭原先答应吐出的黑钱，当然卷走了，不可能留下来。这时老金的老婆听得众人喧哗，也上来看，见小郭跑了，就一屁股瘫在地上，大哭："天杀的哟，叫我们娘母子怎么活！"若川心烦意乱，呆若木鸡。工人们拥在卧室门口，拿眼睛盯牢他。他挥开众人，无知无觉地下了楼，呆望着几个鳖池，闷声不响。工人们又渐渐围上来，像是受了他感染，个个都不做声。好半晌，若川才长吐一口气，喃喃道："跑了，跑了。"

——鳖场终于塌了天！

这样的结局，若川万没有想到。原本是来散心的，却接了个烫手山芋。秋风起了，几千只成鳖，马上就要销售。可是，销售渠道都在小郭的手里，这样一个烂摊子，他若川如何拾得起来！良久，他才回头对工人道："你们先选个头儿，按平日安排的活儿去做，我给公司打个电话。"工人虽然五心不定，却也听话，商量了一回，就分头去了。

若川自己又上到二楼，在小郭卧室门边呆立了半晌，才拨通了老板的手机。电话里，老板果然大怒："你怎么搞的！"若川也不申辩，默默无语。少顷，老板放缓口气说："先稳住工人，我明天就来。"

通完话，若川无心做事，也无法在鳖场待着，想去老屋，又不想让六莲看到自己的沮丧，便去了岭上。蜿蜒的路，从木麻黄树林中穿过，不知走了有多远，一回头，看得见鳖场的全貌了。往日若川从外面回来，看到鳖场，便觉有家一样的亲切，此刻见了，却如望见陷阱一般，生了恐惧心出来。木然坐了许久，才起身下了岭，来到莲塘旁。看到塘里的睡莲，正一枝独秀，在一片衰落当中，凄美而倔强。看着，眼睛里就有幻化的影像，正是六莲的笑容……他心里打了个旋儿，便坐下来。

不知过了多久，听见身后有草响。若川辨出是六莲，但他并未回头。脚步停了，他感觉六莲慢慢靠过来，片刻，两只小手搭在他的肩上。两人都无言，一站一坐，呆望着水中。良久，若川才轻轻叫了一声：“六莲！”六莲也轻声应道：“助理……”于是又久久无言。过了一会儿，若川才问：“你都知道了？”六莲说：“听说了。那鳖场，还能办吗？”若川无力地说：“能吧。”六莲便与若川并排坐下，说：“我看，你还是回海口吧。你的命，是不该到这来的。”若川就有些诧异，看了她一眼：“怎么说起了这话？”六莲下巴抵在膝盖上，望着塘水，轻轻地说：“阿爸的病，是命。老金的伤，是命。我自己……也是命。”说罢，眼里就有泪光闪。若川心乱如麻，想说几句振作的话，又哽在喉咙里说不出，半晌才道：“你这就去海口吧。”六莲喃喃道：“海口……那是我前世的家呀。”她脸上露出淡淡笑容，像是很幸福，又像很凄楚，若川见了，便是一呆。

53 祭献

次日一早，老板又来电话，确认了下午就到鳖场来。众人正张皇着，忽有老金的侄儿从县城坐班车赶来，摸到了鳖场。小仔带来的消息，让若川和众工人震惊：因小郭一跑，老金的治疗费就断了，药一用完，护士立刻来拔管子，限令两天里把病人抬走，给旁人让位子。两个小仔急得没法，就跑来一个报信。老金老婆一听，立刻又瘫坐在地上大哭。若川心里叫苦，知道这事若对老板去说，就如火上浇油，不会有好结果。再数数小郭剩下的钱，还凑不到一万，只得都拿出来，也不管鳖场经营不经营了，准备和老金的老婆一道去县医院，交上这几个钱，再哀求一下，或许可以多留几日。

众工人闻听消息，都按捺不住，见若川要去县医院，就围上来嚷道："那一点点钱，够做什么用？""娘老子的，去闹！"若川想说服众人，但工人们早看出他是傀儡，知道公司绝不会出钱，便都吵嚷："娘的，先闹医院，再去闹公司！"

任凭若川如何说，也弹压不住这场面。霍井石在一旁默默看着，为若川着急，扭头就进村去找他叔叔。不一会儿，霍半气喘吁吁地赶到，对众工人说：“你们到医院，会闹出大事的。我带几个村民去理论，我们本乡本土的，无人敢对我们怎样。”众工人半信半疑，若川也是满腹狐疑。霍半就说：“这事情，我自会处理。放心啵！我霍半，还有点良心的。”说罢，又对老金老婆道，“你们等着。”随即转身走了。

不大一会儿，他开了一部“皮卡”来，载了一车的霍氏丁壮，叫上老金老婆娘母子，便要走。若川忙赶出来叮嘱道：“路上小心，你有驾照么？”霍半哼了一声：“屁，老子就是驾照！”说罢甩掉烟头，把车开走了。

霍半走后，若川就忙带着工人打扫院子。自从鳖场建成后，老板还从没来过，这一点面子功夫，是一定要做足的。工人们见有霍半出头去说理，心里稍安，也就忍下火气，忙碌起来。

忙了小半日，若川终是惶惶不安，惦记着霍半那边的消息。正在近于绝望时，手机响起，霍半从县医院打来电话说：“屌他个老母，没问题了！医院答应，无论钱交与不交，都不能赶人。”若川心里一块石头落地，叹服霍半的手段，连声称谢。通完话，他顿感浑身无力，便一屁股坐下了。

下午，天阴了，凉意渐起，空气中飘起雨丝。若川无情无绪，只等老板从海口过来。他知道，老板这次来，就是一次宣判，有些东西就要结束了。昨天，在莲塘边与六莲坐了很久，两个人的心，像衣服贴肉般，贴在了一起。而后，在他最软弱的时候，是六莲，给了他莫大慰藉。那是一生中永远定格的一刻，也是天地间的一桩秘密……

就是在昨天，若川握着六莲的手，在塘边默坐，听风声与虫鸣，渐渐地悲情就消去了许多。又不知过了多少时候，若川拉六莲起来，慢慢往山上走，走的正是鬼节上坟的路。两人都无话，但心内都知道要到哪里去。斑鸠鸟的鸣叫，仍是声声呼应，尘世在路的一侧渐渐降了下去。他们走到了山顶，林中隐约可见那些无名墓碑，苍苔生在上面，皱纹一样苍老。千百年了，这里的虫与鸟，就像草莽中的农人一样，窸窸窣窣在生存着。两人来到空地坐下，若川感叹道："真安静呀。"六莲望着他，小鸟依人似的说："下辈子，我就住这里。"若川与她对视了一会儿，两人猛然就烈火腾起，交颈相拥，万物一下便远远退去。他们什么也没想，虽各有各的人生路，可是在最初那个黄昏之后，就注定了要在这时来一场壮烈的交汇。

这一场灵肉之欢，短暂得令人目眩。树影在头上摇，近旁有小虫在飞。少女身体上的香气，永远地留在了若川的记忆里。他默默地祈祷着：日月呀，就停在这一刻吧，保佑我无冬无夏，无悲无愁……

从山上归来，若川果断地下了决心：要对这小姑娘负起责来，带她去海口。如果六莲情愿，也可以就这样永远厮守。到了晚上，他已想了很多，把将来的生活想了个七七八八。

54 邂逅

汽车喇叭一声响，两辆轿车相跟着驶进鳖场。若川从恍惚中惊觉，跳将起来。见前面的奔驰车上，下来两人，是老板和公司的财务。老板走过来，喊了声："老白，你来看看，谁来了？"若川顺着他目光看去，那第二辆车，有些儿眼熟。车门一开——原来是高赢来了！老板说："你们是老朋友了，她特地来看看你。你们谈，这里的事我来处理，那个受伤的怎样了？"若川赶忙说明："霍队长已帮忙去解决了，医疗费可以拖一拖。"老板听了便点头，说："我这次来，要见见霍半。"

高赢站在若川面前，神情淡淡。有些天没有见她，在这村子里骤见，若川觉得她衣饰要比以前华丽，那淡淡的神情，含着些怜悯的意思。高赢说："我们老板，要拿下这片地，是说到就要做到的。这几日，他跟你们老板在海口已经混熟了。我来……就是想告诉你：不要做徒劳无益的事。"若川心里惊讶，叹道："你们老板，真是法力无边！"高赢一笑，说："不是他厉害，是时代如此。像你，已经不大读书了；农民，也不可能死守住土地。"

若川苦笑道：“这就是孔老夫子说的，礼崩乐坏了。”高赢说：“我们老板天天来找村民，做思想工作。他不让我露面，也不把车开进去，怕村民反感。”若川心头一凉，便摇头。高赢忽然挥挥手说：“不谈这些恼人的事了。送你的书，你看了？”若川忙说：“谢谢你呀，送了我《荒原》。看了一段，流泪了。”高赢就掩口笑：“是念中文系出来的吧，夸张！是不是在这儿也有罗曼史了？”若川忙矢口否认：“穷乡僻壤的，怎么可能？”话一出口，他忽然发觉自己是在说谎，脸就红了。高赢盯了他一眼，说道：“我料定你不会那么浪漫。干脆，今天就回海口吧，我们好好聊聊，你不能再这样下去了。”若川很惊讶：“那怎么可以？”高赢说：“有什么不可以，难道，这儿真有什么舍不得的？”

两人正说话间，雨丝渐密了，寒意包围上来。高赢穿得单薄，风一吹，便打了个寒战。若川看看高赢瑟缩的样子，心有不忍，下意识地伸出手，替她掩了掩衣服说：“鳖场的事一完，我马上就回。”高赢就很欣然的样子，伸手与若川一握：“一言为定啊。”说完便挥手作别，回身上车，发动起车子走了。

天气不好，若川的心情也黯淡到极点。高赢的神态作派，忽然让他想到了前妻的样子，只痛心当初的日子完全被命运毁掉了。他倚着院门，呆望了村路好大一阵儿，才回过身来。

院子里，财务陪着老板，已忙碌了半天。老板虽比若川年纪轻，却是精明过人，一切事务举重若轻。他四处转着，不知在打什么算盘。众人都停下手中活计，盯着走来走去的老板看。老板一招手，叫若川过来坐下，聊了一会儿，就挥开苍蝇似的，摆摆手说："事情都出了，不去说它了。"随即又狡黠地一笑，岔开了话题，"你到这儿来，心情好多了，是谈情说爱了么？"若川心里就一惊，难道老板另外有获知信息的渠道？于是心里暗想，老板的这种驾驭术，简直是鬼斧神工了。老板却没理会若川的尴尬，朝几个看热闹的工人大声说："好好干，工资一分不会少，都把心放到肚里去吧。"

霍半闻讯，马上就赶来了鳖场。老板在建场时就认识霍半，此时便拍拍霍半肩膀说："老兄，给你添了麻烦。走，我们去喝酒。"

老板请霍半在镇上喝完酒，一个人回到鳖场，便叫了若川与财务，布置鳖场事情。这次老板来，活活见出一贯的老辣，他说："鳖场的事，我插手晚了。"若川正欲解释，老板却摆手，示意他不必再说，接着就对财务说，"鳖场的账，就到今天为止，账册你带走。"说完，就把与霍半喝酒时谈的内容，对两人讲了。

原来，老板此来，就是为快刀斩乱麻。鳖场在莲塘村的处境，他在百里之外也了如指掌，农行的贷款暂时下不来，铺开这摊子就等于烧钱。况且鳖场处在是非之地，无一日安宁，还几乎闹出人命来，它的存废，也就没有什么悬念了。老板，决意要抛弃它！

刚才与霍半谈的，就是要把鳖场甩给霍半来做，但霍半必须顶着公司名义继续做，以便仍能充当公司圈钱的诱饵。鳖场今后赚的钱，公司也一分不要。至于老金的医疗费，两家各出一半，只要人能下床，就弄回湖南去，再不管了。想要赔偿，就让他去找法院吧。霍半做梦也想不到，天上会掉个馅饼下来，喜得合不拢嘴，向老板保证道，今后鳖场不会再少一根汗毛，他农行就是派个特派员常驻，也准定看不出毛病来……

一番话，听得若川目瞪口呆，方知老板手段狠辣。又想到老金的无助，心里就痛，有一股无名的火，发也发不出来。老板说完，财务就叫好，若川却没有心思去奉承，头脑里只转着一个念头：一个星期后，就要离开莲塘村了，这是真的吗？想着，不觉就发起怔来。老板看了，笑着拍拍他肩膀：“今晚，你就开始跟霍半办交接，交接完了，就赶快回吧。”说罢，大笑几声，与财务一起上车走了。

若川站在院中，望着黑色奔驰在暮色中跑远，只觉恍如梦境。他这时才注意到，院门之外，远远地在莲塘边，聚集着一群乡人。听说城里来了大老板，一个下午，已经轮番来了几批村民，都好奇地朝门里张望。若川站在鳖场门口，望着那一群乡人，不知自己该做些什么。一会儿，才想起来：应该马上去找六莲呀！可是此时，他万不敢离开。

55 幻灭

下午时候，若川在霏霏雨雾中，伸手去为高赢理了一下衣服。

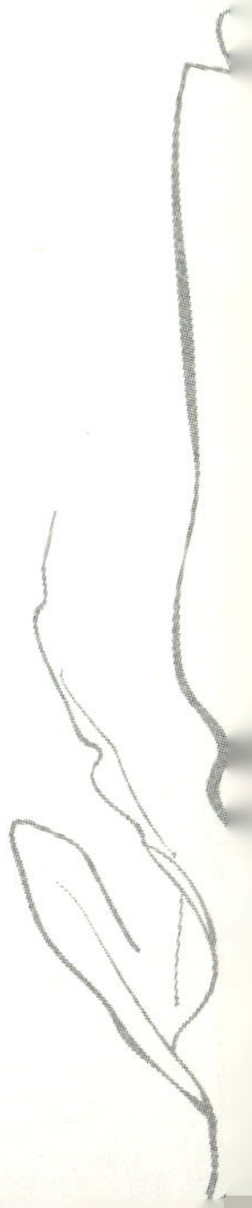

这一幕，深深刺激了一个人——六莲。她那时恰好就在院外人丛中。听说鳖场的大老板来了，六莲担心若川要吃批评，便跑来看。万想不到，她看到的是这样的一幕！若川的动作，完全是不经意的、是一种潜意识里的习惯，但就是这一举手，却刺痛了少女的心。六莲先前以为白助理是个有家室的男人，至于他的老婆如何，那是很模糊的概念。听说白助理的老婆比他本人还有文化，六莲是吃惊的，但也只一闪而过。当得知白助理是一个光棍汉时，六莲惊喜过，也悄悄在心里，把自己摆到“妻子”的位置上试过。昨日在山上，密林间的那一场激情，于六莲，是此生从未有的，像做梦一样。她恍惚地下山，一路幻想披上婚纱的未来。但也就想到此为止了，没有继续做梦。因为，朱老板的女秘书前次来找若川的那天，六莲的内心，就有个东西被撬动了，她已闪电似的意识到了“身份的问题”。今天，当她再次看到那个女人，心里就有个堤坝哗一下崩塌了。那女人，不用讲，一眼就能看出是与白助理同类的人。文化的高低，她判断不出，但是，白助理与她讲话的那种神态，是出自本色的言笑——他们才是金童玉女样的人。

物以类聚，人以群分。在初中的时候，她就饱尝过这句话的冷酷。猛地，她想起了亚娟那充满凄惶的眼神，心头就一阵惊恐。

这个下午，在鳖场院门外，六莲表面上是在看热闹，内心却有滚水在翻腾。与白助理隔着的这条鸿沟，究竟是要跨过去，还是不跨过去？无从选择。她在心里无声地喊着：助理呀，我们相爱，我们依恋，我们有了最亲密的关系。可是，绝大部分离婚的人，当初不都是因为相爱而结婚的么？那么多命里红线相牵的人，都要离婚；我和你，就再也不会离开了么？

一个多小时的站立，在六莲，像是过了几天。她心里涌出绝望，感觉那雨雾濛濛的暗晦，便是老天给她的警示。今天，是注定了盛极而衰的一天！于是乎，昨天在山上丛林里的一幕，如慢镜头一样在她脑海里展开来。有一种晕眩，刀一般剜着她的心……她差一点就要喊出声来了：“我为什么要把自己交给他？”

六莲死死咬住自己的一只手，望着前面，浑身发颤。那个城里女人，凭什么那样绚丽？自己心爱的白助理，为什么要对她那样随和？那女人，让六莲窥见了——天堂也是要门票的。

白助理，和那女人，都是生活在殿堂里的人。那个殿堂，高高在上，谁也不能给她六莲一架梯子爬上去。在莲塘村十七年的生长，已经把什么都错失了！幻想就是幻想。阿爸说得对：命中没有的，就不会属于你。白助理，今生能认识你，不知是几世修来的福？所谓“天长地久”的话，只是用来哄女人的，我不想再听到了，我不要做第二个亚娟！

少女的泪慢慢溢出来，模糊了眼前景物。六莲渐渐看不清楚那两个人了。终于，她猛一转身，挤出了人群，在无路的乱草里，向山野间踉跄走去。走了很久，一直走到那条孤魂长眠的山路上了。

56. 寻踪

傍晚时分，若川独坐楼上，心事重重。工人来喊他吃饭，他只说是不吃了。看看窗外，东葛岭早就被夜色所掩盖，天地浑蒙，雨始终未能畅快地下，小村只是一片风雨飘摇的样子。

田野里，老伯担心雨会下大，忙着疏通蕉园里的排水沟，傍晚从地里回来得晚，见老屋灯火也无一盏，心下不免诧异。喊了几声，六莲竟踪影全无。待冲了凉出来，又坐了坐，还是等不到六莲的影子，空空的院落里只有阿丑不安地窜来窜去。老伯心里有不好的预感，不知六莲遇到了什么事。他记忆里，还从未有过这样的事情。六莲自小就懂事，不打招呼便不回家的事，是不可能想象的。吸完一管烟后，老伯自己弄了些残汤剩饭，吃了，又坐在廊前，等六莲回来。阿丑也觉出今日事有蹊跷，耳朵竖得直直的，村中方向只要有一丝响动，便急躁地吠叫起来，听那声音，竟有些凄惶。

老伯听了一会儿收音机，身上又开始酸痛。阴雨天气，湿气好似都逼到了骨髓里，越发难忍。往日一遇这样天气，六莲就会为阿爸捶背，又会绞了热手巾，来给阿爸敷臂膀。今日这女子却不知野到哪里去了？老伯看看时候不早，心里就发起急来。这样的天气，六莲会在谁家盘桓这样久呢？想想，就起了身，披了一块雨布，拿了根柴棍作拐杖，走去村中。

像这样子到村中来，老伯一年也不会有几次，路上乡人们见了，都感惊奇，争先打着招呼。老伯逐一应声，一路走下去，径直去了亚娟家。他知道，六莲的小姐妹不过两个，一个美芬如今已嫁了，只剩亚娟待在家里。但亚娟家里的情形，让老伯失望，六莲并没有在这儿。

亚娟病恹恹地躺在床上，听老母在外面喊，便勉强起来，走出房门，见是老伯来了，大为惊奇。老伯见亚娟神色凄惶，往日的光彩尽失，也很诧异，但心里发急，也没顾得多问。

在亚娟这里不得要领，老伯的脸色，就越发地暗下去了，说了一声谢，返身便朝家中走去。雨夜里，村庄很静谧。头顶的树冠、身边的树丛，都饱吸了水分，看上去又黑又重。只有脚下的石板路，是光亮亮的。家家矮檐下，有农人在絮语，还有锅碗瓢盆相碰的家常声。雨打在雨布上，发出闷闷的声响。老伯边走，边四下张望，心头生出了一种凄凉感。六莲不过是一时不见，他这做老爹的就像天要塌了一般，要是将来放她跑去海口，寂寞的日子又如何打发？

路过邻家的时候，听见哥苗在院里说笑，老伯心里一动，埋怨自己怎会就把这里忘了，便隔墙喊道：“六莲呀——仔呀——”哥苗闻声，忙不迭地跑了出来，满脸都是疑惑：“六莲？她没有来呀！”老伯听了，失望到了极点，忍了一忍，摇头说：“没事。”便又重新拄起拐杖，返回老屋去。走了几步，忽然想起刚才亚娟的灰暗脸色，不知小仔是生了什么病，便又联想到女儿，担起心来。临近家门，远远看见鳖场里灯火通明，老伯的心又一跳，想到：莫非六莲去了白助理那里？虽然从情理上说，这不大可能，但他还是决定去看看。

鳖场此时已乱成一团，恰好比败军溃逃之前的营盘。工人们知道霍半就要接手鳖场，大失所望，除了一二人之外，都决意要走。七嘴八舌议论了一番，一时还理不出头绪来，便都骂霍半贪心。有人惶急地收拾细软，也有人四下寻觅鳖场的小物件，偷偷据为己有，都是恨不能连夜就逃散一空的样子。鳖场，成了随时可能爆发的火山口。幸而若川还在，他的炮楼窗口，灯光仍是静静地亮着。这种平静的幻觉，多少慑住了工人们，还不至于马上就轻举妄动。

众工人见到老伯到来，都感大大的惊奇，知道了老伯要找白助理，就有人带他去了炮楼底下。这时的若川，万念俱灰，觉得人生残破得再也无法收拾，脑子里回旋的，都是两个月来的场景。昨日的寂寂山风，那融入生命的芳香，就如钢针刺在心里。正胡思乱想间，忽听得有人喊，探头去看，见是老伯来了，连忙下了楼。

老伯见若川愁容满面，便知六莲绝不可能在这里，但仍不甘心，问了句：“六莲来过么？”若川在冷雨里猛地一激：“六莲？她在哪里？”老伯见若川如此反应，更觉无望，叹了口气说：“下午我去田里，她说你们老板来了，要来看看。出来以后，就再没有回家。”若川脱口而出道：“六莲下午来过鳖场？”他猛然想到，下午六莲如果也在鳖场外面，那定是看到了他与高赢对话的情景，将心比心，她六莲大概是受不了的。若川心里猛一抽搐，难道……他完全知道是怎么回事了，在冷雨中痛苦地闭上了眼。在这个世界上，只有他一个人知道六莲去了什么地方。

老伯见若川心力交瘁，只道是鳖场的事弄得如此，竟有些不忍了，便要告辞。若川忙拉住他：“我跟你一起去找。”老伯实在想不出六莲是遇到了什么事，就仰天叹了一声：“算了，我的女儿，她总要回这个家的。”说罢，与若川道了别，一步步踩着积水走了。望着老伯蹒跚的背影，若川心有歉疚，呆在了雨中。

不知过了多久，他感觉到头上有把伞，回头看，原是霍井石。若川问他：“你怎么还没回家？”霍井石说：“等下我叔叔要来办交接，我还是在这里的好。”若川就说：“你不用等他。雨大了，你回吧。”霍井石摇摇头说：“雨大了，才不能走，我担心鳖场会出问题。”若川低头想了想，说：“也好，你守在这里。等下你叔叔来，就说我有急事出去了。”霍井石见若川满脸沮丧，不由起了同情心，把伞塞给若川：“有我，你放心。”若川接过伞，如梦方醒，遂拔腿奔到院门口，向工人借了手电，匆匆上山去了。

57. 落梅

此时的六莲，正如若川所料，是去了山上那个无名墓地。遍山的林木蔽天，为她少许遮了一些风雨。少女的泪，到此时，已全然流完。从下午离开鳖场，到后来的风雨漫天，不知多少个时辰过去了。单衣耐不得秋寒，但六莲早已感觉不到外界的凉热了。她从起初的悲伤中，渐渐脱离出来，把一些事情想得很透。白助理，是爱她的，怜惜她，这她知道。可是，这个男人一个习惯的举动，又无意中伤了她的心。关于海口的一些梦想，在她心里，就像骄阳下的雪糕，在某一个瞬间，突如其来地融化了。说起来，她该不至于如此脆弱，但爱得强烈的人，就是这样容易崩塌。自从白助理走近她家的那一天起，小姑娘所想到的海口，就是白助理与她共有的。可是现在，她清醒了，那其实不是的。

六莲，一个从小傲慢的姑娘，一向没有把阎槐树那样的男孩放在眼里，今天她知道了，还有比她六莲更有资格傲慢的人。他们或她们，绝不可能平等地待她。白助理对她六莲的怜惜，是居高临下的。六莲固然谈不上有恋爱经验，但天赋的聪明使她发现，白助理和那女秘书说话，那种神态就像兄妹，像真正的亲人。

他绝不可能这样来待我！

他只是一个从海口到乡下来玩的人。来了，终究还要走。走了，就是遥远天边的一个人。

六莲知道了，自己的悲剧就在这里，身在这边，心在那边。下午离开鳖场的时候，小姑娘心里有近于绝望的呼喊："白助理呀……"她从鳖场门外逃跑似的离开，下意识地走上了山，来到这个她献出处女之身的祭献地，是想再回味一下那可怜的梦想。她来了，却没有料到，心里的哀痛是那样多，触景生情，完全控制不住了。眼前，不断重复出现白助理伸手去为高赢掩衣服的动作，那是一种有着十几年积累的默契。白助理在这里给了自己梦样的激情，可是，这远比不上那种天生的默契。

我与他，这个男人，怎么可能做到那样呢？她完全清醒了：两个月来，关于去海口的梦，其实都是拴在白助理一个人身上的。如果抛开这个人，那么海口也就算不得什么天堂。

可是，白助理呀，只是一个梦，不知道自己命中哪个地方出了错，才有了这样一个梦。他来过，爱过她六莲，可他还要走，一个可怜村姑的手，是抓不牢他的衣襟的，硬要去抓的话，就会变成第二个亚娟！两个月来，自己的种种行为，不过是无数痴心女子都曾演过的戏。莲塘村的日子，寒暑交替，秧绿稻黄。有个好男人，眼睛很清澈，到这里来做了一回客，如此而已。还能有什么？渐渐地，六莲的耳边，又响起白助理昨天贴着她的耳朵，轻轻喊出的声音，"六莲，六莲，你就是我的"……

——天地间若有大圆满啊，也就是那一刻了。处女的祭献，是她六莲最壮丽的一次飞升。六莲，再不是从前的六莲了，即使到老到死，都可以含笑来回忆的。只是，那欢乐，太短了！不过才一夜间她就看清了，天堂的门是关着的。村庄里的生活，平凡、卑微，可这才是她要过一辈子的。白助理是凡人，给不了她六莲一架天梯。今天下午，那个服饰明丽的女人，代表了城市里傲慢的力量，把白助理拉了回去，让她六莲停住了脚。

就在吴老伯一步一拐，在村中到处寻找六莲的时候，六莲已经完成了内心的痛苦转变。她不再想什么了，也不想马上回家。她就这样，在墓园的老树下坐着，任由雨淋。她想等长夜过去，她要等明天。明天，等太阳升起；然后，在这片古老的乡土上本本分分地活下去，烧火做饭，嫁人生仔，做中国无数普通村妇中的一个。她终于明白了，当初阿爸为何要从广州回到这里。天真而聪明的女孩子，在命运的偶然触动下，也会突然间就饱经沧桑。

六莲听着雨声，抱紧双臂坐着，麻木了。两个月来鲜活的日子，已经褪去了色彩；也许是情到极浓时，就薄得无影无形了吧？以前听阿爸吹笛子的时候，她常嫌《落梅花》的曲调太冷，但今天，她想念那笛声了。漫天飘飘的雨，好像飘一夜也不会完。六莲想，那梅花落起来，大概就是这样的吧？

58. 颤栗

六莲沉浸在一种气氛中，那气氛，稀薄得几乎什么也没有。忽然，她听到了一个熟悉的声音，微弱而凄惶。那是在喊她的名字：

“六莲，六莲啊——”

她屏息听了听，心里微微一颤，那是白助理在喊她。声音不远，就在附近。若在平时，白助理的声音，于她就是天堂之音，她定会跳起来，把一个灿烂的笑容送上给他。可是此刻，她没动，也不想应答。

她一点儿也不惊讶——在村里，只有白助理才能猜得出，她会躲在这里。天都黑了，自己下午从村里“失踪”，不知已经惊动了多少人？阿爸、哥苗、亚娟、霍井石，他们都不会知道自己的行踪。他们都可以算是自己最熟悉、最亲近的人了，但这两天里发生的事，对她六莲的意义，他们永远不会想得到。在这片墓园旁的丛林里，六莲第一次做了女人。还有什么遭遇，比这更像一场戏剧？只不过一夜之后，秋日的莲花，就衰败了，花瓣落尽。在今后的漫漫长途中，再也不会有这样的花了——白助理呀，你为什么不永远消失掉呢？你为何还要来这山上寻我呢？你已经……全都进入我的生命里了，我一生一世，都会带着你走。

热带风暴就要来临，山里的雨声，凄楚万分，但六莲却感觉不到，她已经死了心了，只想盼到明朝太阳升起。从明天到永远，我六莲都是莲塘的女儿，不会再变了。在这块田土上，我也还会唱歌，还会流泪；将来也许会嫁人，生儿育女，到老到死。海口的诱惑，是晨雾，都将散尽了呀……

雨还在下，天上仿佛有一条河，流也流不尽。淅淅沥沥中，白助理的喊声，那样地悲哀。那是物伤其类的哀声吗？任是铁石心肠的人，也承受不起了。六莲掩住了自己的耳朵，她不敢再听。再听，就要崩溃。

这个夜，好像没有尽头了，白若川的寻找也是没有尽头的。山上树枝交错，雨伞用不上，若川就把它当拐杖。他拨开树丛，上下左右地找。他坚信，六莲只能在这里。这里，是他和六莲共有的圣地，承载了他自降生以来最美好的东西。他一生所有的追求，与六莲的存在相比，都是没有意义的。他一定要找到六莲，要把她带到海口去，今后的路，只要有胆子去走，就一定走得通。城市，是太混浊了，所有的那些纸醉金迷，怎能抵得上六莲的一个清纯笑容？他早想好了，要在海口，像牛犁田一样，犁出一片自己的小天地，让六莲做一个高高兴兴的主妇。现在还什么都没有，不能给她披上婚纱，那就暂时生活在一起吧。这很简单，这个日子已经不渺茫了，露出了它绛红色的、令人心动的曙光。我和六莲，要像坐在竹椅上那样，手握着手，坐在海口家里的阳台上，看那第一道阳光照下来。可是，在曙光已初现的时候，六莲，你为什么要跑掉？

漆黑的山路上，几乎是一步一趔趄，雨水湿透了若川的衣服，树枝划伤了他的脸，他浑然不觉。那凄惶的呼唤声，在雨中一刻不停地回荡着："六莲……是我呀……六莲……"不知过了多久，手电光终于照见了六莲。若川一下呆住了，他见六莲背靠着一座残破的墓碑，浑身湿透，双臂抱在胸前，雕塑般地端坐不动。若川走上前，小声问了句："六莲，是你吗？"说着就想打开伞给六莲遮雨。不料六莲奋力站起来，喊道："你不要过来。"若川心里又急又痛，埋怨道："你这是做什么？你阿爸找你，找得好苦。"六莲的身体在颤抖，她盯着若川，突然就爆发了："白助理，你为什么要来？"若川一惊，说："鳖场转让给霍半了，再过一个星期，我就要走了。"六莲说："你走嘛！"若川觉得委屈，说："怎么了？下午，她……也就是顺路来看一下呀！"六莲哀怨地摇了摇头："你不要提起那女人！你要走，就走吧。……可是当初，你为什么要来呀！"这一次，若川听懂了。他不知道六莲心里究竟起了什么变化，但他一下就懂了，少女的怨恨，是有道理的。自己来到这莲塘村，唤醒了小姑娘沉睡多年的渴望，可是，他既定的生活之轨，如何能容纳下这个十八岁的村姑？

他想过，只要自己愿接纳六莲，就再无障碍。可是，六莲能接受这种实际上的不平等吗？六莲，是倔强的，她要去海口，就要和人齐肩并排地走。想想自己，从来就没说过一句斩钉截铁的话——无怪一个不相干的女子在鳖场露了一面，就让六莲受了这样大的刺激。六莲要的是光明正大，是一生一世，自己能下决心给她吗？

“白若川！”冥冥中，似乎有人在厉声喝问。墓园里起了一阵冷风，若川的三魂六魄都在打战。他声音嘶哑，几乎是在哀求地说：“六莲，先下山去吧！”六莲没有出声，静默得化成了一株树。若川又走近了两步，挽起她的胳膊说：“我们就在一起吧，我娶你！我早就应该说的……”六莲抬起头来，猛一下看清了若川的脸，那上面，划伤的血水正与雨水交流。若川的脸色苍白，嘴唇在发抖。六莲心底的母性此刻再也压抑不住，热泪夺眶而出：“你，你为什么要来……”说着就拿衣袖去给若川擦脸，执著地、一遍一遍地擦着。若川此时，也止不住悲从中来，颤栗着说：“六莲，你跟我去海口，我们结婚。”六莲停住了手，凝视了若川很久，才抿住嘴唇，摇了摇头。若川有些急了：“我们，没有什么障碍了呀！”六莲摇着头说：“不，助理……助理……”随后便猛地抱住若川，额头抵紧他的胸膛，嚎啕大哭起来。若川浑身一颤，手电落到了地上，滚了滚，熄灭了。霎时间，山野，天地，全都陷入了无边的黑暗中。若川在绝望中，感觉这雨是没有时候停了，永远也停不下来了。

59. 陨灭

若川好不容易劝好了六莲，两人互相拉扯着，一步步挨下山来。农历九月里，下这样大的雨十分稀见，雨势就像喷泉，劈头盖脑地砸下来。下山的路滑，不好走，显得格外漫长。两人钻过不知多少拦路的葛藤，像熬过了大半夜一样，才下到了山脚。

还未到村口，就见对面也有一支手电，黯淡的光在雨中摇晃。有人走了过来。那人发现了若川和六莲，手电光直射过来。若川便问："谁？"来人没理睬他，把手电照向六莲，听说话，才知道是哥苗："六莲，你要吓死人么？"六莲与若川共撑着那把遮不住雨的伞，她无力地倚在若川身边，冷与惊吓，已使她麻木了，没有反应。哥苗便转向若川，突然暴怒起来："你把她怎样了？"六莲挣扎着说："哥苗，没有事的。我求求你……"哥苗一指若川，喝斥道："白助理，你要是害了六莲，我拿斧子砍烂了你！"六莲几乎是在哀求了，喊道："哥苗！"哥苗忽然哽咽起来，说："六莲，你阿爸找你找得好可怜……"他说不下去了，一转身走开了。一双沉重的胶靴踏着积水，嘎吱嘎吱地远去。

前面不远就是老屋。在夜空下，那熟悉的黑色轮廓凸显了出来。若川心里顿觉一阵温暖，对六莲说："我不进去了，伞你拿着。"六莲推辞道："你拿着，还有雨呢。"在老屋门口，两人推让了一下，若川便想吻一吻六莲，但犹豫着没动。黑暗中忽然响起"呜哇——"一声，有什么活物撞在了六莲腿上。若川用手电一照，原来是阿丑。

阿丑的前爪，紧抱住六莲的腿，嘴在她腿上抚来抚去，有无限哀怜的样子。六莲就喊："好了！丑丑，我们回家。"刚要跑去敲门，两人这才注意到，院门并没有关——吴老伯静静地坐在门廊中。看样子，他就这样坐了不知道多久了，像尊石雕。六莲几乎要哭，怯怯地喊了声："阿爸！"就跑了过去。老伯缓缓地站起，平静地对若川说了句："你也进来吧。"六莲看了看老伯，怕他生气。老伯便问她："你去了哪里？"六莲说："山上。"老伯就催促说："快去洗脸、换衣服吧。"随后，又对若川说，"我准备好了炭火，你进来烤一烤，再走。"

在堂屋坐下，陶土盆里炭火通红，老伯只是吸着水烟，并不讲话。若川在心里揣摩，老伯会问些什么，可老伯就那样静静地坐着，一直无话。六莲换了衣服出来，老伯就说："灶前温得有姜汤，你端一碗来，给白助理喝。"

堂屋里，呈现出奇异的静谧，若川喝着辛辣的姜汤，感觉热力进入了四肢百骸。三人都未说话，能够听见火炭轻微的爆响。待一碗姜汤喝完，老伯便说："今夜鳖场乱得很，你回去吧。"若川忽然觉得羞愧，只说得一声"好"，就起身要走。老伯忽然又叫住他：“你脸上有伤，给你一盒自制的膏药。”若川接过膏药，又偷眼看了一下六莲，便匆匆走了。

回到鳖场，立刻看到了老伯所说的混乱。霍半虽然不在，但他带来的几个霍氏男丁，已经进驻了鳖场。原先的湖南籍工人，除了两个想要留下的，其余全都跑进小楼睡觉去了。雨下得太大，霍家的人，都有些紧张。霍井石此时，就成了霍氏族人的核心，对于鳖场的活计，只有他才熟悉，其余人不过是壮声势而已。若川见此，忙跑回炮楼，换了干衣服，披上雨披下来，找到霍井石。

今夜的鳖场，到底由谁说了算，已然混沌不清。他问霍井石，霍半是否已正式接手鳖场。霍井石答道：“接了。库房钥匙都拿走了，他让我有事问你。”若川又问：“有问题么？”霍井石望望天上，不无担忧：“雨若下得大，池水涨满，鳖会跑掉的。”若川就有些急：“快放水呀！”霍井石却面露难色：“涵管都还没铺呢。”若川一顿脚，说：“管他那些，放！就往挖好的土沟里放！”霍井石说：“不行。水跑到稻田里去，乡亲们会骂死我……”若川绝望地扬起了脸：“怎么办，就让鳖跑掉？损失算谁的呢？……算了，算了，就听天由命吧！”霍井石见若川焦急，就说：“可以抽水，用软管排到莲塘里去。”若川一惊：“莲塘？那莲塘不是毁了？”霍井石说：“不过就是水脏了么，我们又不是放毒。”若川便无语。霍井石理解若川的尴尬，又看他疲倦之极，就催他去休息：“我守着，抽几个小时水，到天明雨小了就好了。”若川想想，也无他法，便说：“这里一切，你就做主吧。我歇息一下，有事可以叫我。”

若川擦过澡，用膏药涂了伤处，便倚在床头，心里杂乱得睡不着，翻开了《荒原》来看。灯很昏黄，读着艾略特的诗句，他不禁浑身战栗：

你的臂膊饱满，

你的头发湿漉，

我说不出话，

眼睛看不见，

我既不是活的，

也未曾死……

是啊，这就是老天对我的折磨。六莲，它让我看着你双臂抱着肩，头发湿漉，却无能为力；让我灵魂早就死掉，躯壳却这样苟且地活着。若川手抚着书，感觉有来自灵魂的痛楚。雨仍在下，热带风暴挟着大雨，卷地而来，房顶倾泻下来的水柱轰轰作响。在这轰鸣的雨声中，仍能听到附近有公鸡打鸣。天就要亮了。若川想，天亮了，悲剧就该结束了，再捱一会儿，就好了。

刚刚在山上的经历，就如下了趟地狱一般，眼前仍摆不脱林中的黝暗。六莲那交织着雨水与泪水的脸孔，满是哀怨，那种无助与绝望，简直把生命之弦都要绷断了！六莲呀，你太倔强了，为什么一点点委屈都受不得？你看，天就要亮了，你为何不相信幸福就在眼前呢？若川伤感地想着，倦意忽然排山倒海而来，头向枕头上一靠，就睡了过去。

不知过了多久，忽有凄厉的喊声响起，横贯夜空。若川蓦然被惊醒，外衣也没穿，仓皇地跑下炮楼，才听清楚是有人在狂喊："电死人了！"霍井石的担心应验了，若川心里一阵狂跳，拔腿就朝鳖池奔去。鳖池边，已经聚起了一堆人，连睡觉的湖南工人也都跑了出来。若川挤上前去看，登时如五雷轰顶，心一下就凝住了——是霍井石。霍井石四肢瘫软，面色像张白纸，一个湖南工人正在给他压心脏。人们七嘴八舌在嚷："快送医院吧！"

原来是半夜雨又大了，池水溢出，不断裹走了一些鳖。霍井石心急，就一直守在水泵旁，拼命抽水。水泵原是小郭为省钱买的便宜货，已经修理过几遍了，电动机漏了电，霍井石忙着操作，不慎触了电，一头便栽倒。一个湖南工人见到，狂喊让大家不要乱动，用木棍打下了电杆上的电闸，众人才跑上前去，把小仔救了下来。霍家丁壮里，早有人去给霍半报了信。不大一会儿，霍半赶到，看了一眼侄子，眼角就有泪珠滚下。有人开了一辆"皮卡"来，众人七手八脚，把不知死活的霍井石搬上车，霍半便带了几个人，急惶惶去了镇卫生院。

这事情，狂风一样卷来，像要把鳖场连根拔起。那种兵败如山倒的感觉，把所有人都罩住。众人扯断电线，把惹祸的抽水机搬进仓库，便聚在小楼里议论不休，都叹："鳖跑就跑了，老板还能吃人？这是何苦啊！"若川脑子完全麻木，坐在凳上，满耳都是喧嚣。外面，雨声滔滔，有人忽然起了个头儿，众人就唱起湖南花鼓戏来——

今朝喊我的娘哟，人还在，

到明朝喊我的娘，山中寻。

我的娘母，你三魂渺渺今何在？

老母娘呀，你七魄幽幽去哪方？

……

高亢的小调，在雨声中冲天而起。有人模仿着花鼓“冬不隆冬”地敲着，人们几乎是扯着喉咙在吼，既似悲，又似喜，完全不似人类的任何一种感情。若川抬头望着这群人，心中满是惊骇。

待若川再次见到霍井石的时候，可怜的男孩，已永远离开了这世界。一早，霍半派人到鳖场来报了信，请若川务必到霍井石家，表示一下哀悼。他还捎话说，霍家的族人可能会大闹，来时要多带几个人。若川跟工人们一讲，众人感念若川往日的恩惠，都摩拳擦掌地要跟去，说大不了拼个一死。来到了霍井石家，见堂屋正中摆着两张八仙桌，桌上有门板，遗体就躺在门板上。堂屋里点燃了香，香气氤氲。霍井石此刻像一个安睡的婴儿，他躺着，身上盖着白被单，永远不会再说什么了。门板旁边，站着几个弟弟妹妹，最小的，还不够桌子高。几个小仔头缠白布，眼睛都哭肿了。霍氏族人见若川带着人进了门，一下就骚动起来。霍半便吼了一句：“都闭嘴！”

若川又见到了那张熟悉的脸孔。但此刻，这张脸失去了血色，像敷了白灰，有一种骇人的精致。他眼泪唰地就流了下来，与同来的工人，向霍井石的遗体三鞠躬。众工人想到一个月来与这小仔的相处，也忍不住掉泪。礼毕，若川问起霍半送医院的经过，霍半满脸疲惫，摇摇头说：“医生说，早就没得救了。小仔他爸已经坐船回来了，正在路上。哦……你们老板呢？”若川知道会有这一问，只得低头不语——这日早晨，若川就向老板报告了此事，老板倒没急，只关心一个问题：昨晚霍半是否接过了鳖场的管理权？若川答复，已经接管了。老板就说：“那你担心什么？让他自己处理。”若川急忙问：“我们总要给点儿钱吧？”老板就有些烦：“老金还没打发掉呢！算了算了，就给两万吧。”若川惊愕：“两万？”老板随即就冷笑一声：“你要是觉得不够，差多少你自己出。”——这话在此时，是没办法对霍半说的，若川只得支吾道：“他忙，我就全权代表吧。”霍半有些惊讶，凑近了若川说：“助理呀，这事情，你自己摆不平吧？你看看这一家！”

霍井石的家，几乎是家徒四壁，霍母早已哭得没了力气，瘫在椅子上。霍母身旁，是马寡妇在半跪着，不停地给她捶背。若川连忙上前，向霍母鞠了一个躬，说：“阿婶，你保重。”霍氏家族的人，又都愤怒起来，指指戳戳地骂。霍半瞪了一眼众族人，又吼了一声：“人死了还能怎样？雨大，出了事故，怪得了谁？”说罢，又挨近若川，近乎耳语地问道，“你们，能出多少钱？”若川一脸的绝望，悄悄伸了两个手指头。霍半脸色一变，但随即克制住了，没再说话。若川看到霍半的表情，立刻就知道，他因鳖场已经到手，并不想另生枝节。这样一想，若川便暗自松了口气。

附近的乡人，一批又一批地到来，向霍家的人慰问，若川吃惊地看到——老伯和六莲也来了！

一看到阴阳两隔的老同学，六莲便泪如泉涌。她的脸孔，还有昨夜留下的痕迹，一丝惊悸尚未消散。她轻轻走到霍井石的遗体前，把盖在身上的被单掖了掖，想到霍井石尚未娶妻，死了要做野鬼，被葬到山上去，于是脱口说了句："霍井石，你连婚都没结呀……"就忍不住嚎啕大哭。坐着的霍母一惊，又拍着腿，声音喑哑地哭起来。吴老伯默默看着这情景，臂膀不住地颤动。

霍半这时对众族人说："事故，就是天灾，怨不得谁。抚恤金，我出一万，公司出两万。这算是公平合理了，也对得起这个孤魂小仔。"众人又喧哗起来，有人觉得不公，却说不出什么道理来。这时候，吴老伯突然开口道："霍队长，这是条人命呀！"六莲也站起身来，满面惶惑，看看霍半，又看看若川。霍半尴尬了一下，马上说："可是人死了，活不过来，我们对得起小仔就可以。白助理，你同意么？"众人的眼光，一下就都投过来。若川感觉到老伯和六莲的炯炯目光里，都有一种期待。可是，自己能说什么呢？这样大的一个世界上，真正属于自己能掌控的事，有多少？无力感仿佛山一样，把白若川彻底压垮了，他就像木头人，机械地点了点头。一瞬间，他看到老伯的眼里冒出了愤怒，六莲的目光也猛然黯淡了下去。堂屋里，有股窒息人的气氛。

霍半抓住时机，又威胁众人道："我霍半文不能、武不能，但不管怎样，我是霍家的人，照管着村里的事。小仔这个事，如果我摆不平，你们谁有本领，谁就来弄！"族人被霍半的权威压住了，心里的火气，似是在空气里四处乱窜，找不到地方宣泄。马寡妇眼睛红红的，叹了一声道：“三万！为几只鳖，造孽哟！”六莲终于忍不住，上前扯住了若川的胳膊，说：“白助理！霍井石，他是为你们……死掉的呀！”她的眼神里，满含着怨愤。与若川同来吊唁的工人，联想起老金的遭遇，也都内心不平；可是受着身份的制约，只能在心里咒骂。

人群中，忽然挤出一个粗壮的人来，高声说：“开玩笑！三万？死了一只水牛么？”来人是朱老板，他今日穿着低调的布衣服，正在村里挨家挨户地“做工作”，听到消息，就赶来了霍井石家。这句打抱不平的话，引燃了众人内心的干柴，喧嚷声再次爆发。朱老板接着便说：“白助理毕竟是要混碗饭吃的，就莫要为难他了。这丧葬费，我也来出一点儿，十万！丧事余下的钱，就翻盖一下这破房子吧。”众人哗地一声惊叹，目光里，甚至有了景仰的意思。墙角，只听得一声嘶喊响起：“恩人呀——”霍母颤巍巍地从凳子上起身，扑到地上，给朱老板磕起头来……

吴老伯“哼”了一声，拉起六莲就走。走到堂屋的门边，六莲忽然停住，呆呆地望着若川，嘴唇颤了几下：“你！你……”她终究还是没有说出后面的话来，眼泪大颗大颗地滚下。吴老伯回头看看，一语不发拽走了六莲，只把一道鄙夷的目光留给了若川。若川像是被一把利剑刺中，脑子嗡地一声，几乎看不见东西了。这时，只感觉朱老板凑了过来，低声说了句：“快撤吧，夜长梦多！”若川听了，一阵天旋地转。

60. 尾声

从莲塘村回到海口以后，很长时间里，白若川都是处在一种惊魂未定的状态中。莲塘村那两个月的经历，毁灭了他的清白。后来的十四年中，他换了好几家公司。最终，也有了自己的一家小公司，做起了老板。他的手机，十几年里一直没换号。可是，六莲——那个他永远也忘不了的农家女孩，却始终没有给他打过电话。十四年了，他一直怀有深深的负罪感。当时他还算年轻，却一直没有再婚，就这样独身一人，过着寂寞、克制的生活，从青年跨入了中年，慢慢地就变老了。他觉得，自己当年的行为，毁灭了一个乡村女孩对于善良、正义的期待，是一件很残忍的事，因此，后半生有必要用一种清教徒的方式，来为自己赎罪。

这年的初秋，白若川终于鼓起勇气，驾车去了一趟莲塘村。一路上，在他的内心，有一条已经愈合了的伤口，在慢慢裂开，犹如溃坝的前夕……渐渐地近了，这里，就是十四年来梦绕情牵的地方吗？东葛岭的轮廓，还是那样的熟悉，但田野上的细节，与记忆中的样子已经很不同。早先的青石板路不复存在，一条水泥村道取代了它。若川吃力地辨着路，慢慢开着车，忽然，眼前出现了一道蜿蜒的长墙，把他记忆中的莲塘村拦腰切断了。他一下想到，这不就是当年朱老板想要建造的高尔夫球场么，比当年的鳖场蛮横了不知有多少倍！

沿着墙边的水泥路，车开进了村庄，前面就是那一片高高的龙眼树了。白若川心跳得厉害，眼睛湿润了——那就是老屋呀，它更衰老了，屋脊上的草，长势很疯狂。此刻的情景，与十几年间的想象，一点儿也不一样。老屋没有声音，没有炊烟，大门是紧闭的，挂了把锁，好像很久都没有人住了。她不在这里了！六莲，当年十八岁的小姑娘，算来如今应该三十二岁了。她嫁去了哪里呢？老伯也不在这里了，他老人家又会迁移到何方？……若川把车缓缓开过老屋，在记忆里搜索那个夏末的黄昏。车速已经慢得跟走路差不多了，他忽然听见，老屋里有欢笑声，明亮、纯净。他赶紧把车刹住，再听，却是寂然无声。那是十几年前的笑声啊！一股热泪，从白若川的肺腑深处涌出……老屋啊，依然如故，包括所有的细节。只是门上那把铁锁，像缄默的嘴，永远不会再说什么了。

正午时分的小村，除了虫鸣和鸟叫，到处都静悄悄的。高尔夫球场像个巨大的伤疤，延展在地面上，差不多毁掉了整个田野，让人透不过气来。再往前面，就是当年的鳖场，看上去已有些颓败，但墙头却明晃晃地装上了监控探头。白若川把车停下来，跳下车，望着鳖场大门。

就是这里啊！当年六莲把骨头汤熬好，送到这里，那时满院飘着的香气，到现在还记得很清楚。六莲，我的六莲！你的眼睛，还那样清澈吗？你，还爱笑吗？还是那么倔强吗？

这时，从鳖场里有人走出来，是一位十七八岁的小伙子，完全不可能认得白若川，他问：“找人么？”若川说：“不找，我路过。这里还在养鳖？”小伙子说：“养啊。”若川就问：“那霍队长呢？”小伙子感到很意外，看了一眼来客，说：“他不当队长了，就只当鳖场老板。”若川有些紧张了：“他在？”小伙子说：“没有。”若川松了一口气，眺望了一会儿当年住过的炮楼，百感交集。

这，就是我的卧龙岗，我的茅庐啊！在很久很久以前，我曾在这里度过了两个月，那时候，就是从这个炮楼上走下来，沿着一条石板路，走近了老屋的。到今天，已是十四年过去了。六莲，你应该已经原谅我了……

鳖场的小伙子，肩头上搭着一件工装，与白若川擦肩而过，朝村中走去。他回头看了陌生人一眼，心想：这人好生奇怪！怎么一眨眼的工夫，脸上就全是泪水了？

【注】 本书所引英国诗人T.S. 艾略特《荒原》中的诗句，是采用已故翻译家赵萝蕤先生（1912—1998年）的中译文。

书评

故园在溃灭的途中

莎娃

如果稍不留神，把清秋子的长篇小说《六莲的爱情》仅仅看成是一部爱情小说，那就会错过了一部深刻之作。实际上，在一段凄婉的爱情故事背后，它隐含的是非常复杂的多重主题。应该说，这是一部文人气质很浓的乡土小说，它从海南一个僻远的小村切入，以小见大，清晰地勾勒出了当今农村的广阔图景，展示了作者独特的思考向度和社会视野。作者以细腻的笔触，层层揭开一个“世外桃源”的内里，直至纤毫毕现，抵达灵魂，读之令人感喟。

错位的爱情折射现实

《六莲的爱情》讲述的是一则凄美悲凉的当代爱情故事，但作者并未止步于言情，而是以此生发开来，在貌似温情的娓娓叙述中，以冷峻的目光观照整个乡村的现实。故事里最令人感伤的，是 18 岁乡村小姑娘六莲的命运。六莲原是个城市弃儿，小时被农民吴老伯收养，在老伯的呵护下，如田野之草成长起来。从小到大，她的生活可说是苦中有乐，天然去雕饰。在她眼里，田野上有鸟鸣清婉，天空自是湛蓝，小村是千年不变的故园。当她长成花季少女之后，这种恬然的日子仿佛在一夜间发生了剧变——幼时的伙伴一个接一个地进城，乡村的单调闭塞日益令人沮丧，外部世界的诱惑难以抵挡。故园的宁静不再，城市化进程以其强悍的力量，正逐渐将“乡村的魂魄”抽空。就在她为此而郁闷的时候，邻近鳖场新来的白助理，进入了她的视线。这个俊朗、文雅、干练的中年男子，在一个偶然场合下引起了六莲的注意，不经意间，一种从未有过的爱意在她心内悄然滋长。

这位白助理，就是公司高管白若川，他刚刚经过一场离婚的打击，心情抑郁，接受老板的劝告，来到乡下的公司鳖场散心。从洋房别墅里下到乡间的最底层，他发现，乡村并非世外桃源，鳖场内外的人事和利益关系错综复杂。更令他意想不到的是，种种矛盾冲突，竟不期而至地集中到了他的身上，无计解脱，逃无可逃，令他不胜其烦。幸好乡村的风物景致与乡民的淳朴之情，能令他稍有舒缓，尤其是偶遇六莲，使他与一对老宅父女开始了频繁的交往，也引发了一场超越了文化隔阂的“城乡之恋”。

作者用平实而又富于韵味的白描笔法，娓娓道来，描写了六莲和白若川的相识、相知与相恋过程，有极细腻处，也有昂扬激越处，节奏上有许多变换。随着作者笔触的引导，读者得以一步步深入六莲的内心，如身临其境，品味这一段带有奇缘意味的错位恋情。小说叙事的时间跨度，仅有两个月，可是在这几十天之中，人物的命运起伏开阖、倏忽变化，反映着各自不同的利益诉求与命运走向，牵着人不由自主地或喜或悲。读到情浓处，不免要洒一掬同情之泪。

阅读六莲和白若川的爱情，初时不大容易接受，再读，则可悟出其发生的必然性与幻灭的宿命。他们的爱情悲剧，处处烙有现实的印记，淋漓尽致地显示了社会转型期私人生活和公共生活的矛盾错乱。故园在溃灭，回故园之路已断——这就是足以撼动读者心灵的一个乡土主题。作品揭去了都市人对乡村想象中的温情面纱，一点点把转型期乡村的痛楚及其原因展开来给人看。

相慕者最终背道而驰

这一场阴差阳错的爱情，既是故事的主干之一，也是作者借以表达思想的载体。它看似错谬，实则合理。六莲这个人物，其实代表了千千万万尚在乡村挣扎的青年男女，他们向往城市的生活方式，渴望做个都市人，幻想丰富的物质和精神生活，尤其追慕现代环境中的私人生活。对六莲来说，偶然出现的白若川满足了她对城市的期待。在乡村生活所感到的压抑越重，渴望被“贵人”拯救的心理也就越强，少女的爱情既有非功利的一面，又带有不可回避的潜在功利意识，作者不动声色地完成了这方面的刻画。

反之，对“城里人”白若川来说，在城市的物欲化生活中，不可能出现六莲这样清水出芙蓉般的女子。不期而然的乡村艳遇，满足了他对传统女性的想象，给了他一个逃离城市的心理支撑点，他在商业场中的异化感越强，六莲对他的吸引力就越大。白若川对六莲由倍感新鲜到怦然心动，是一个合理的过程。

但这场“荷塘之恋”之必然失败，也是早有伏线的，六莲和白若川，属于完全不同的甚至相互对立的社会阶层，想要跨越鸿沟，谈何容易？从乡村到城市的大规模人口流动，并不等于阶层间的交融同化，各自的身份、地位、资源、话语权与终极追求，完全不对等。“我本将心托明月，谁知明月照沟渠。”当各自代表的利益团体发生剧烈冲突时，灰姑娘与王子的神话定遭灰飞烟灭。白若川作为商业资本阵营中的一员，作为城市向乡村强势侵袭的代言人，不可能超然于冷酷的现实格局之上。即便他作为个例超越了现实，也丝毫不会令乡村城市化的冷酷进程有所软化，且他本人亦无意愿致力于改变现状。他和绝大多数都市精英一样，在现实面前有心无力，遁逃无门。在商业时代充满霸气的话语喧嚣中，白若川们的个人情感，就如秋夜的虫吟一样，可以忽略不计。

从本质上说，六莲对白若川的爱情，实质是对城市文明的极度渴望；而白若川对六莲的爱情，则可视为渴望回归传统生活的心理投射。这是两个相向而行而又必然背道而驰的旅程。无论他们之间的情感有何等真实、有何等美好，他们的相互救赎也只能是一厢情愿，在商业时代资本的重压下，不可能获得任何出路。资本流溢的世界中，人的自主性被宰制，爱情同样也被无情宰制。他们爱情的结局，注定悲凉，所有荷塘月色下的种种美好，都只能成为传统农业社会向现代社会转型中的一曲挽歌。爱情，只是历史年轮中一条浅浅的痕迹。在世俗的汪洋大海中，人不过是渺小的鱼鳖，载沉载浮。这就是生活哲学。

当世罕见的乡村守望者

在《六莲的爱情》中，最能见证社会转型艰辛过程的人物，是六莲的养父吴老伯。这个人物的典型意义颇为深刻，是一个当代作品中非常稀见的“守望者”形象。这位广州来的知青，在海南农村度过了他的青年时代，曾于上世纪 70 年代末，随着知青返城大军回到城市。异于同龄人的是，他最终不能忍受城市的冷漠与势利，毅然重返海南乡村，立志终身务农。他收养了弃儿六莲，供养了一位孤老阿婆，组成了一个非血缘的祖孙三代家庭，共度时艰。他从小吴熬到老吴，再熬成吴老伯，在乡村苦捱了大半辈子。曾经的城市背景与资历，使他具有了一种民间高人的特异品格，他坚忍，冷静，洞察世事，宠辱不惊。世道的种种变迁，于他已不是新鲜事，他每每从中梳理出黑白善恶的历史宿命。

但清醒者从来就有比旁人多一份的痛苦，吴老伯目睹了“乡村魂魄”日渐流失，却无能为力，只能独善其身，尽全力抚养六莲长大成人。他的坚守姿态，是纯然的，不为彰显虚名，只为守护内心那一方不容浊流侵入的神圣园地。在白若川认识的乡村众人中，吴老伯是最能引起白若川心灵共鸣的一个人。在白若川看来，吴老伯代表了传统社会的核心力量，是乡土中国真正的脊梁。不论现实如何日渐沦陷，有吴老伯这样的中坚人物在民间传承，未来总不至于过于绝望。